소통과 상황의 시학

- 백수인 -

국학자료원

책머리에

창밖엔 지금 봄이 몰려오고 있다.

설이 지나고, 우수가 지나고, 3월이 오고, 새 학기가 시작되었다. 세월은 이처럼 빠른 걸음으로 몰려왔다가 훌쩍 지나가버린다. 시간이 갖는 속성이 이렇다는 걸 깨달은 지 오래지만 내 몸과 마음은 아직도 그것에 익숙하지 못하고 있다. 그건 내가 갖고 있는 그물 탓이다. 내 시간의 그물은 그물코가 너무 커서 중요하고 의미 깊은 것들도 자칫 놓쳐버리기 일쑤였다.

교수, 학자, 시인, 문학평론가의 직함을 지니고도 그 어느 이름에도 충실하지 못하고 너무 헐렁하게 살아왔다. 그런 지난 세월을 되돌아보고자 한다. 빛바랜 사진들을 주워 모아 앨범에 끼워 정리하고 싶은 마음이다. 그래서 그동안 틈나는 대로 한 꼭지씩 썼던 논문들을 모아 묶기로 했다. 오장환에 관한 글은 박사학위 논문이고, 그 밖의 글도 여기저기 작은 지면에 발표했던 것들이다. 어떤 글은 발표한 지 20년이 훨씬 넘은 것이지만, 그때 그 시점에서의 생각을 그대로 두는 것도 무방하다고 판단했다.

앞으로 몇 번이고 이런 정리의 기회를 갖고 싶다. 어려운 여건 속

에서도 출판을 허락해 주신 (주)국학커뮤니티의 정찬용 회장님께 감사
한다.
　창밖엔 지금 꽃의 향기가 가득한 봄이 지나가고 있다.

2007년 3월

무등산록 연구실에서　**백 수 인**

목 차

Ⅰ. 한국 현대시의 흐름

1. 서구적 충격과 근대시의 형성

우리의 근대적 각성은 조선 말기인 19세기 중엽부터 싹트기 시작하였다. 특히 개항과 함께 밀려 온 서구 문물과 사상은 우리 사회를 급속한 속도로 변화시켰다. 기독교와 동학을 통하여 한글 보급 운동이 확산되었고, 이와 함께 근대적인 신문과 잡지들이 속속 간행되었다. 이와 같은 전반적인 사회 문화적 변동에 따라 우리 시단에도 변화의 물결이 일기 시작하였다. 새로운 시가 형태가 나타나기 시작한 것이다. 동학가사, 의병가사, 창가, 신민요 등이 그것이다. 이러한 개화기 시가들은 그 형식에 있어서는 전통적인 가사체 문학을 계승하면서도 그 내용에 있어서는 새로운 시대의 지향이 잘 드러난 것들이다. 뒤이어 1910년대에 이르러 나타난 이승만, 최남선, 이광수, 신채호 등의 신체시, 항일 의병들의 애국 시가, 그리고 독립투사들의 독립군가는 개화기 시가의 대표적인 것들이다. 이들은 다음 시기의 자유시를 이루는 기틀이 되었으며, 아울러 시문학의 흐름 속에서 민족 주체적 창조

정신을 확고히 이룩한 것이라 할 수 있다.

　신시가와 신체시의 뒤를 이어 근대시가 형성되는 데는 외국 문학의 번역이 주효한 역할을 하였다. 문예 주간지 「泰西文藝新報」(1918)가 발행되면서 서양의 낭만주의와 상징주의 시문학이 백대진과 김억에 의해 소개되었다. 김억은 번역 시집 "懊惱의 舞蹈"(廣愛書館, 1921)를 간행하였는데, 이 시집은 베를렌느, 구루몽, 싸맹, 보들레르, 예이츠, 시몬즈 등의 작품을 번역 소개한 것이다. 이러한 서양시 번역 작업은 자유시 형태에 대한 인식을 확산시키는 데 기여하였고, 서정시의 다양한 시도를 가능하게 한 것이다. 김억은 창작시 "밋으라"를 필두로 "오히려", "봄", "무덤", "봄은 간다"(「태서문예신보」, 1918.11)를 발표한 이후, 시집 「해파리의 노래」(朝鮮圖書株式會社, 1923)를 간행하였다. 이러한 초창기 우리 시단에 대한 김억의 업적은 우리나라 현대시의 풍향을 결정짓는 중요한 요인이 되었다는 점에서 긍정적인 의미를 갖는다. 다음은 김억의 초기 작품 중 하나다.

　　밤이도다
　　봄이다.

　　밤만도 애닲은데
　　봄만도 싱각인데.

　　날은 싸르다
　　봄은 간다.

　　깁흔 생각은 아득이는데
　　저-바람에 식가 슯히 운다.

검은 닉 써돈다
죵소리 빗긴다.

말도 없는 밤의 설음
소리 없는 봄의 가슴.

꽃은 썰어진다
님은 탄식한다.

—김억의 「봄은 간다」 전문

　이 시는 상실의 정한을 읊은 작품으로 이전의 최남선, 이광수 등의
작품에서 보이는 율격의 규칙성에서 탈피하고 있음을 알 수 있다. 우
리의 시문학은 이 무렵부터 전통적인 맥을 이어 온 '부르고 듣는 시'
에서 새로운 형태의 '쓰고 읽는 시'로의 확실한 변화를 이루게 된다.
　「創造」는 3·1운동 직전인 1919년 2월 일본 동경에서 평양 출신
유학생들인 김동인, 주요한, 전영택, 김환 등에 의해 창간되어 9호까
지 발간된 동인지이다. 「창조」는 우리 신문학사상 초유의 순문예동인
지라는 점에서 문학사적 의미를 갖는다. 더욱이 창간호에 실린 주요한
의 "불노리"는 우리 나라 자유시의 선구적인 작품으로 평가되어 왔다.
주요한의 초기 작품은 생경한 한문투를 최대한 배제하고 순수한 우리
말로 시를 쓰고자 했으며, 신체시에서 나타나는 계몽 의식, 목적의식
등에서의 과감한 탈피를 시도하고 있다. 개성에 대한 자각이 움트기
시작한 시대적 조류는 이와 같은 근대 초창기의 자유시형을 확립하는
바탕이 되었다. 황석우도 「태서문예신보」와 「창조」지를 통하여 근대
시를 형성하는 초기 시인으로서 활발한 시작 활동을 하였다.

2. 감상적 낭만주의 시와 이데올로기 시

　20년대 우리나라 시단은 크게 낭만주의와 경향파로 구별하여 파악할 수 있다. 3·1 운동은 근대적 민족주의의 확립이라는 측면에서 민족 문화 건설의 길로 나아가게 되는 소중한 계기가 되었다. 3·1 운동 이후 일제의 식민 정책은 무단 정치에서 이른바 문화 정치로 바뀌게 되었고, 이 무렵 각종 문예지와 종합지가 우후죽순처럼 쏟아져 나왔다. 1920년에 「朝鮮日報」와 「東亞日報」가 창간되었고, 주요 문예동인지로 「廢墟」(1920), 「薔薇村」(1921), 「白潮」(1922), 「金星」(1923), 「靈臺」(1923) 등이 잇따라 나오게 된다. 또한 이 시기에 창간된 종합지로는 「開闢」(1920), 「現代」(1920), 「新天地」(1921), 「市民公論」(1921), 「新生活」(1922), 「朝鮮之光」(1922) 등이 있다.

　「폐허」 동인으로는 황석우, 김억, 오상순, 남궁벽, 김형원, 변영로, 조명희 등이, 「백조」 동인으로는 홍사용, 박종화, 박영희, 이상화, 노춘성, 김기진 등이 활약하였다. 「금성」 동인으로 활동한 시인은 양주동, 백기만, 손진태, 유춘섭, 안석주, 명동순, 이원영, 박용서, 홍재범, 이익상, 이장희, 김동환 등이다. 이 시기의 시문학은 3·1운동의 실패, 서구의 낭만주의 상징주의 퇴폐주의 등의 세기말적인 허무주의 사조의 유입, 문학 청년들의 예민한 감수성으로 인하여 대체적으로 퇴폐적이고 감상적인 낭만성이 주조를 이루었다. 「태서문예신보」로 등장한 황석우는 「폐허」에 "석양은 꺼지다", "碧毛의 猫" 등의 작품을 발표하고 「장미촌」을 주재함으로써 본격적인 활동을 전개하였다. 그는 주로 관념적인 비유로 짜여진 시를 많이 발표하였고, 시집 「자연송」(조선시단사, 1929)을 간행하면서 상징시 운동을 전개하였다. 변영로는 "논개"를 비롯한 민족주의 색채가 농후한 작품을 주로 썼으며, 시집

「朝鮮의 마음」(평문관, 1924)을 간행하였다. 오상순은 "신시", "힘의 숭배" 등을 발표하면서 시작 활동을 시작하였으며, 불교적 색채가 깔린 관념적인 작품을 많이 썼다.

「금성」 동인들은 대체적으로 탈감상적인 시적 경향을 보였다. 김동환은 "赤星을 손짜락질하며" "北靑 물장사" 등 민족주의적 이념을 바탕으로 한 시를 창작하였다. 특히 그의 「國境의 밤」(한성도서주식회사, 1925)은 여진족의 딸 '順伊'와 한 젊은 청년과의 연애담을 통하여 피압박 민족의 시대적 고통을 집약적으로 보여 준 서사시이다. 이장희는 "봄은 고양이로다"와 같은 감각적인 작품을 통해서 모더니즘적인 기교를 보여 주었다.

이 무렵 「백조」 창간호에 "말세의 희탄"으로 등장한 이상화는 "나의 침실로", "쌔앗긴 들에도 봄은 오는가" 등의 작품을 발표하여 일제 치하의 20년대에 가장 주목받는 시인이 되었다.

> 나는 온몸에 풋내를 씌고
> 푸른 웃슴 푸른 설음이 어우러진 사이로
> 다리를 절며 하로를 것는다. 아마도 봄신령이 접혓나보다.
>
> 그러나 지금은 - 들을 쌔앗겨 봄조차 쌔앗기것네.
> —이상화의 「쌔앗긴 들에도 봄은 오는가」 중에서

이 작품은 반항과 회의의 교차, 부단한 갈등 체험의 반복 속에서 종국에는 자아 극복을 성취하는 의지적 저항에 이르고 있다. 이와 같이 이상화는 현실 인식을 바탕으로 한 확고한 역사의식, 그리고 당대 사회의 구조적 모순과 부조리에 대한 치열한 저항 의식을 확보하고 있으면서도, 이것을 예술적 차원으로 끌어올리는 참된 시의 전범을 보여 주었다. 후에 이상화는 「백조」 동인인 박영희, 김기진과 함께 카프에 참여하였다. 따라서 「백조」는 순수문학의 선구적 역할을 하였으면서 동시에 프로 문학으로 이행하는 가교가 되었다는 점에서 詩史的 의미를 지닌다.

20년대 우리 시의 또 하나의 흐름은 프로 문학이다. 「백조」의 동인이었던 박영희와 김기진은 「백조」가 해체될 무렵부터 신경향파 문학 운동을 전개하게 된다. 이들은 궁핍과 모순 등 참담한 식민지 현실을 목도하면서 당대에 팽배했던 현실 개혁 의지와 사회주의 운동에 힘입어 문학의 현실성, 사회성, 역사성, 계급성 등의 문제에 관심을 기울였다. 즉 "힘의 예술", "무기로서의 문학"을 강조하게 된 것이다. 이러한 신경향파 문학은 1922년 9월에 조직된 염군사(이적효, 이호, 김홍파, 김영팔, 박용대, 최승일, 심대섭, 김두수, 송영)와 1923년 "인생을 위한 예술, 현실과 싸우는 의지의 예술"을 기치로 내걸고 조직된 PASKYULA(김기진, 연학년, 박영희, 이상화, 안석주, 김복진, 김형원, 이익상)를 통합하여 1925년 8월에 조선프로레타리아 예술동맹(KAPF)을 결성하였다. 이들은 문학을 계급주의 이데올로기에 입각한 무산계급의 투쟁을 위한 수단으로 인식하면서 맹렬한 활동을 전개하였다.

이 무렵부터 30년대 중반 카프가 해체되기까지 약 10년간의 우리 시단은 본격적인 경향시의 시대라고 볼 수 있다. 카프 결성 이후 새로이 합류한 시인들은 김창술, 유완희, 김해강, 홍양명, 임화, 이북만, 김두용, 김남천, 안막, 권환, 한재덕, 양창준, 민병휘, 이찬, 백철, 조벽암, 이흡, 윤곤강, 송순일 등이다. 또한 카프 해산 후인 1930년대 후반에 새로이 나타난 경향시 계열의 시인으로는 이용악, 안용만, 백석, 오장환, 임학수, 설정식, 이정구, 김용호, 김조규, 민병균, 김북원, 양운한, 김철수 등이 있다.

임화는 이들 가운데 대표적인 시인인데, 그의 "네 거리의 順伊", "우리 오빠와 火爐" 등 이른바 단편 서사시는 우리 문학사에서 특기할 만한 작품들이다.

順伊야! 누이야!
勤勞하는 靑年 勇敢한 산아히의 戀人아 …
생각해 보아라 오늘은 네 貴重한 靑年인 勇敢한 산아히가
젊은 날을 싸홈에 보내든 그 손으로
지금은 정든 피로 벽돌 담에다 달력을 그리겠구나
그리고 이 추운밤 가느다란 그 다리가 피아노줄 같이 떨리겠구나

또 여봐라 어서
이 산아히도 네 크다란 오빠를 …
남은 것이라고는 때묻은 넥타이 하나 뿐이 아니냐

오오! 눈보라는 도락구처럼 길거리를 다라나는구나
자 조타 바루 鐘路 네거리가 아니냐!
어서 너와 나는 번개같이 손을 잡고 또 다음일 計劃하러
또 남은 동모와 함께 거문 골목으로 드러가자
네 산아히를 찾고 또 勤勞하는 모든 女子의 戀人인 勇敢한 靑年을
찾으러 …
그리하야 끊이지 않는 새롭은 用意와 계획으로 젊은 날을 보내라
　　　　　　　　　　　　　　　—임화의 「네거리의 順伊」 중에서

3. 만해와 소월의 민족시

20년대 낭만주의, 경향파의 양대 조류와는 무관하면서도 독자적으

로 민족 주체성의 상실을 통감하고, 이를 회복하는 시적 창조에 큰 기여를 한 두 시인이 있다. 한용운과 김소월이 그들이다. 이들은 20년대 중반에 있어서 시를 통해 민족적 주체성을 확립하고 예술적 자존심을 성공적으로 고양하였다.

한용운은 시집 「님의 沈黙」(회동서관, 1926)을 간행하였는데, 이는 일제 치하의 어두운 현실에서 오히려 민족 주체성을 생생하게 인식한 고매한 사상적 표현으로 평가되고 있다.

> 나는 갈고 심을 짱이 업슴으로 秋收가 업슴니다
> 저녁거리가 업서서 조나 감자를 꾸러 이웃집에 갓더니 主人은 「거지
> 는 人格이 업다 人格이 업는사람은 生命이 업다 너를 도아주는 것은
> 罪惡이다」고 말하얏슴니다
> 그말을 듯고 도러 나올 째에 쏘더지는 눈물속에서 당신을 보앗슴니다
>
> 나는 집도 업고 다른 까닭을 겸하야 民籍이 업슴니다
> 「民籍업는 者는 人權이 업다 人權이 업는 너에게 무슨 貞操냐」하고
> 凌辱하랴는 將軍이 잇섯슴니다
> 그를 拒否한 뒤에 남에게 대한 激憤이 스스로의 슯음으로 化하는 刹
> 那에 당신을 보앗슴니다
> 　　　　　　　　　　　　　　　—한용운의 「당신을 보앗슴니다」 중에서

당대의 선구적 독립투사, 불교 사상가, 민족운동가인 한용운은 이처럼 이별을 통한 더 큰 만남의 성취를 갈망하고 있다. 이는 이별 뒤에 오는 갈등을 극복하고 사랑과 인생의 참다운 본성을 발견하고자 하는 구도적인 자세의 표출이지만, 다른 차원에서는 국권을 상실한 식민지 어둠 속에서의 고통과 절망을 이겨내는 항일 저항 정신과 민족애의 발현으로서 민족의 광복을 갈망하는 역사의식의 상징적 발현으로 해

석할 수 있다.

1920년 「창조」 5호에 "浪人의 봄" 등을 발표하면서 등장한 김소월은 주로 「개벽」과 「영대」에 많은 작품을 발표하였고, 시집 「진달래꽃」(賣文化, 1925)을 펴냈다. 김소월은 민족의 보편적 정서인 정한을 민요적 율조로 적절히 변조하여 빚어 낸 절편들을 남겼다.

　　나보기가 역겨워
　　가실째에는
　　말업시 고히 보내드리우리다

　　寧邊에藥山
　　진달래꼿
　　아름싸다 가실길에 쑤리우리다

　　가시는거름거름
　　노힌그꼿을
　　삽분히즈려밟고 가시옵소서

　　나보기가 역겨워
　　가실째에는
　　죽어도아니 눈물흘니우리다

—김소월의 「진달래꼿」 전문

이와 같이 소월의 시는 우리 민족의 전통적 정감에 뿌리를 두고 있는 것이 특징이다. 그의 작품은 사랑의 기쁨과 슬픔을 표층 정서로 내세우면서, 내면으로는 인간의 근원적인 삶의 모습을 존재론적으로 형상화하여 깊은 감동을 준다.

4. 현대시의 성장과 다양성의 시

1920년대 후반부터 우리 시단은 현대시로서의 본격적인 성장의 모습을 보이기 시작한다. 이러한 징후는 만해와 소월, 그리고 정지용에서 찾을 수 있다. 특히, 정지용은 30년대의 시문학파와 모더니즘, 그리고 40년대 청록파에 이르기까지 성장기의 우리 시문학사에 지대한 영향을 끼친 시인이다. 정지용은 1926년 "카페프랑스" 등의 작품을 「學潮」에 발표하면서 시단에 등장하였다. 그는 우리의 시 속에 현대적 호흡과 맥박을 불어넣은 시인으로, 그가 선구적 역할을 한 지성시, 언어시 운동은 소중한 것으로 평가된다. 그는 "유리창"에서처럼 공감각적인 다양한 비유를 통한 감수성의 세계를 개척하여 지적 절제와 정서의 명징성을 보여주었다. 아울러 "향수"에서와 같이 향토적 서정을 통한 향수의 미학을 발굴하였고, "장수산" 등에서는 고전적 정서를 일깨워 현대시의 본격적 기틀을 마련하였다.

한편 1927년에 일본 유학생들을 중심으로 결성된 해외문학파의 동인지가 창간되었다. 「海外文學」 동인들은 외국 문학과 서구의 문예 운동을 소개함으로써 우리 문학에 새로운 창조적 자극과 영감을 주는 데 기여하였고, 이는 30년대 전반기의 문예적 성격 형성에 영향을 주었다.

30년대는 시문학파와 모더니즘이 등장하여 우리 시단을 풍성하게 하였다. 시문학파는 「詩文學」(1930), 「文藝月刊」(1931), 「文學」(1934) 등에 참여한 김영랑, 박용철, 정지용, 이하윤, 변영로, 김현구, 정인보, 허보, 신석정 등 일군의 시인들을 이른다. 이들은 언어 예술로서의 시에 대한 자각이 뚜렷하여, 우리말의 발굴과 조탁, 정서의 적절한 절제 등에 힘썼다. 이 중 대표적인 사람은 김영랑과 박용철이다. 김영랑은

「시문학」 창간호에 "동백닙에 빛나는 마음" "어덕에 바로 누워" 등 13편의 시를 발표하면서 등장하였다. 그는 주로 시의 음악성에 관심을 갖고, 압운, 음성상징, 이미지 활용 등을 섬세하게 배려하는 작품을 주로 썼다.

> 내마음의 어딘듯 한편에
> 끝없는 강물이 흐르네
> 도처오르는 아침날빛이
> 뻔질한 은결을 도도네
> 가슴엔듯 눈엔듯 또 핏줄엔듯
> 마음이 도른도른 숨어있는곳
> 내마음의 어딘듯 한편에 끝없는
> 강물이 흐르네
>
> —김영랑의 「끝없는 강물이 흐르네」 전문

　영랑은 시어와 리듬, 그리고 형태에 대한 의도적이고 섬세한 조탁을 통해서 우리말에 대한 애착과 예술성에 대한 깊은 탐구를 보여 주었다. 이것은 시가 정치적 수단이나 현실 묘사의 방법일 수만은 없다는 문학관의 일단인 것이다. 그런데 후기 작품에서는 저항 의식, 민족적 지조 의식을 시화한 작품이 보인다. "毒을 차고", "春香", "거문고", "한줌 흙", "杜鵑" 등의 작품이 그것이다. 이러한 시정신은 그가 기미년에 고향의 만세 사건을 주도하였고 끝까지 창씨개명을 하지 않았을 뿐만 아니라, 신사 참배를 거부하였다는 전기적 관점에서 이해되는 부분이다. 그렇지만 그는 이러한 저항 의식이 드러난 작품들도 항상 정제되고 순화된 언어를 통해서 표현함으로써 시가 현실을 반영하더라도 예술로 승화되어야 한다는 것을 강조하고 있다. 「시문학」 창간호에 "써나가는 배", "이대로 가랴만은", "싸늘한 이마", "비나리는 날", "밤기차에 그대를 보내고" 등의 작품을 발표한 박용철도 영랑과 함께 시문학파를 주도하면서, 계급주의 문학에 대항하여 시의 심미적 가치를 강조함으로써 예술로서의 시를 확립하고자 노력하였다. 신석정은 「시문학」 3호에 "선물", 「문예월간」 2권 1호에 "나의 꿈을 엿보시겠습니가?", 「문학」 1호에 "너는 비들기를 부러워하드구나" 등을 발표하였다. 그는 초기에 주로 자연과 동화하고 친화하는 시심을 발현하였다. 그의 시는 표면적으로는 전원적이고 목가적이면서도 그 이면에는 당대의 민족적 당위성을 주제화하고 있다.

모더니즘 시는 기존의 주정주의 시에 반기를 든 주지주의 시운동으로 대두된다. 선구적 역할을 한 사람은 영국의 모더니즘 문학 이론을 소개한 최재서라고 할 수 있다. 최재서는 T.S. 엘리어트, T.E. 흄, E. 파운드 등의 이미지즘 기법 등을 소개하였다. 김기림은 이론으로 이를 뒷받침하면서, 한편으로 이를 바탕으로 시작에 몰두한 시인이다. 30년대 우리나라의 모더니즘은 김광균, 장만영, 이상 등이 실천한 시운동의 하나였다. 이 시운동은 기존의 자연적 정서에서 일탈하여 도시적 소재와 정서를 주로 표현하고 그 기법에서는 서양의 이미지즘을 원용한 것이 특징이다.

차단-한 등불이하나 비인하늘에 걸녀있다
내 호을노 어델가라는 슬픈信號냐
　　　-중　　략-
皮膚의 바까테 숨이는 어둠
낫서른 거리의 아우성소래
까닭도 없이 눈물겹고나

空虛한群衆의 행렬에석기여
내어듸서 그리무거운 悲哀를 지고왔기에
길-게느린 그림자 이다지어두어

내 어듸로 어떠케 가라는슬픈信號기
차단-한등불이하나 비인하늘에걸니여잇다

—김광균의 「瓦斯燈」 중에서

이 작품은 도시 문명을 비유적 기법으로 형상화하는 30년대 모더니즘의 특징을 잘 보여 주고 있다. 특히, 김광균은 관념적 서정, 자연, 감각 등을 비유를 통해 회화적으로 형상화하는 데 탁월성을 보여 주었다. 한편, 이상은 "烏瞰圖" 등의 초현실주의, 다다이즘 계열의 전위적이고 실험적인 작품을 썼다. 김기림에 의해 주도된 모더니즘 시는 감수성의 혁신, 시의식의 변모, 시작 방법론의 변화라는 측면에서 긍정적으로 평가된다.

1936년 11월에 창간되어 2호로 끝난 「시인부락」은 서정주가 주재한 문학 동인지이다. 여기에는 서정주를 비롯하여 김달진, 김동리, 김상원, 김진세, 여상현, 이성범, 임대섭, 박종식, 오장환, 정복규, 함형수, 오화룡, 이시복, 이해관 등이 참여하였다. 「시인부락」의 시사적 의의는 KAPF가 내세운 이데올로기, 시문학파의 감각적 기교, 모더니스트들의 주지주의적인 시작 태도 등에 반대하여 '생명'의 탐구와 이것의 집중적 표현, 즉 '인간성'을 기치로 내걸었다는 데에 있다.

麝香薄荷의 뒤안길이다.
아름다운 배암 ……
을마나 크다란 슬픔으로 태여났기에, 저리도 징그라운 몸둥아리냐
꽃다님같다

너의할아버지가 이브를 꼬여내든 達辯의 혓바닥이

소리잃은채 낼룽거리는 붉은 아가리로 푸른하늘이다 …… 무러뜨러라.

　　원통히무러뜨러,

　　　-중　　략-

크레오파투라의 피먹은 양 붉게 타오르는

고흔 입설이다-슴여라 베암!

우리 順네는 스믈난 색시 고양이같은 고흔 입설-슴여라 베암.

—서정주의 「花蛇」 중에서

서정주는 1936년 「동아일보」 신춘문예에 시 "壁"이 당선되어 문단에 데뷔하였다. "花蛇", "대낮", "문둥이" 등 그의 초기 작품은 보들레르의 영향을 받아 정욕적이고 원초적인 생명 현상의 강렬함을 드러낸다. 그러나 점차 동양의 정신세계로 돌아와 '신라 정신'과 토속적인 사상에 관심을 집중하여 민족의 전통적 사상의 탐구에 관심을 쏟게 된다.

「시인부락」 동인은 아니지만 유치환도 그 시적 주제가 생명 탐구라는 점에서 그들과 유사성을 찾을 수 있다. 그의 시는 세속적 자아와 순수 자아의 대립과 갈등 속에서 열렬한 의지를 내적으로 응결시키는 특징을 가지고 있다.

백석은 1935년 8월 「조선일보」에 "定州城"을 발표하고 같은 해 11월 「朝光」 창간호에 "山地", "주막", "비", "나와 지렝이" 등을 선보이면서 등장하였다. 그는 토속적인 언어와 사설조의 문장으로 철저하게 서민적인 정서와 삶의 가락을 서술시의 형식에 담고 있다.

이육사는 1933년 「新朝鮮」에 "黃昏"을 발표하면서 등장한 30년대 대표적인 저항 시인이다. 그는 「자오선」, 「시학」, 「문장」, 「인문평론」 등에 "路程記", "年譜", "湖水", "靑葡萄", "絶頂", "喬木" 등의 작품을 발표했다. "꽃", "曠野" 등 유작을 포함하여 지금까지 발견된 그의 시는 모두 34편으로 알려져 있다. 그의 시집은 일제 때에는 발간되지 못하였고, 작고 2년 후인 1946년 아우인 이원조에 의해 「육사시집」으로 출간되었다. 그의 시풍은 남성 화자를 내세워 시대의 억압과 고통을 의지적으로 극복하는 매운 절개 의식을 표현한 것이 특징이다.

매운 季節의 채쭉에 갈겨
마츰내 北方으로 휩쓸려오다

하늘도 그만 지쳐 끝난
서리빨 칼날진 그 우에 서다

어데다 무릎을 꿇어야하나
한발 재겨 디딜곳조차 없다

이러매 눈감아 생각해볼밖에
겨울은 강철로 된 무지갠가 보다

—이육사의 「絶頂」 전문

이 시에는 혹독한 식민 통치 상황을 견디지 못하고 북방으로 쫓기고 있는 모습과 더 이상 갈 곳이 없는 극한적 한계에 도달해 있는 정황이 잘 나타나 있다. 그의 시는 시대와 현실에 끊임없이 절망하면서도 노력을 통해서 자기 극복을 성취하려는 의지를 확연히 드러낸다. 이러한 투철한 현실 의식과 역사의식을 바탕으로 한 저항 의지를 예술 의식으로 승화시켰다는 점에서 그의 정신적 높이와 예술적 깊이를 짐작하게 한다.

심훈은 1919년 말부터 시를 쓰기 시작하여 작고한 해인 1936년 8월 "오오, 조선의 남아여"를 쓰기까지 약 17년간 시작 활동을 하였다. 1933년 시집 「그날이 오면」을 간행하려 하였으나 총독부의 검열에 걸려 뜻을 이루지 못했고, 해방 후인 1949년 유고 시집으로나마 그 뜻이 이루어 졌다. 그의 시에는 투쟁적인 민족의식과 항일정신이 드러나 있다. 심훈의 대표적인 시는 3·1 운동이 일어난 지 11년 후인 1930년 3월 1일에 쓴 것으로 기록되어 있는 "그날이 오면"이라고 할 수 있다.

> 그날이 오면 그날이 오며는
> 三角山이 일어나 더덩실 춤이라도 추고
> 漢江물이 뒤집혀 용솟음 칠 그날이,
> 이 목숨이 끊지기 전에 와주기만 하량이면,
> 나는 밤하늘에 날으는 까마귀와 같이
> 鐘路의 인경(人磬)을 머리로 드러받아 올리오리다,
> 두개골(頭蓋骨)은 깨어져 散散조각이 나도
> 기뻐서 죽사오매 오히려 무슨 恨이 남으오리까
>
> —심훈의 「그날이 오면」 중에서

이 시는 일제하의 절망적인 상황에서 해방의 그 날을 절실하게 소망하는 마음을 담고 있다. 이 작품은 비장미와 숭고미를 불러일으키는 저항 의식과 역사의식을 비극적 황홀로 상승시키고 있어서 일제하 저항시 중 뛰어난 작품의 하나로 평가된다.

김현승은 1934년에 「동아일보」에 "쓸쓸한 겨울 저녁이 올 때 당신들은"을 발표하면서 문단에 나왔다. 그는 「동아일보」, 「중앙일보」 등에 "새벽은 당신을 부르고 있읍니다", "아침", "黃昏", "새벽교실" 등을 계속해서 발표하여 당시 시단에 주목을 끌었다. 그는 일제하에서 민족적 로맨티시즘적인 작품으로 출발하여, 해방 후 고독과 허무로서의 인간의 본질을 탐구하는 데 노력을 기울인 대표적인 명상 시인으로서의 위치를 지닌다.

이 밖에도 1930년대에는 김상용, 김동명, 김광섭, 오일도, 이용악, 유진오, 윤곤강, 신석초, 장서언, 김용호, 조종현, 김상옥, 김소운, 이시우, 신백수 등이 등장하여 활발한 시작 활동을 하였다.

5. 식민지 시대 말기, 청록파와 윤동주

1940년을 전후한 시기부터 8·15 해방까지의 기간은 우리 문학사의 암흑기로 불린다. 이 시기는 일제의 조선어 말살 정책이 강행되었는가 하면 「조선일보」, 「동아일보」 등 우리말 신문이 강제 폐간되었고, 이어서 순문예지인 「문장」과 「인문평론」도 자진 폐간할 수밖에 없는 상황이었기 때문이다. 이러한 상황에서 일제의 억압 정책에 굴복하여 '조선문인협회'를 발족시켜 친일적인 창작을 하는 경우도 많았지만, 대부분의 문인들은 의연히 민족적 지조를 고수하여 창작 활동을 하거나 절필하여 때를 기다리기도 하였다.

이 무렵의 대표적인 문예지는 「文章」이다. 1939년 2월에 창간되어 1941년 4월 통권 36호로 폐간된 「문장」은 추천제를 두어 많은 문인들을 발굴함으로써 우리 문학의 계승에 끼친 공적이 지대하다고 평가할 수 있다. 「문장」을 통해 등단한 시인으로는 청록파로 알려진 조지훈, 박두진, 박목월을 비롯하여 김종한, 이한직, 김수돈, 박남수, 조남령, 오신혜, 김상옥, 이호우, 김영기 등이다. 이밖에도 신진순, 장응두,

허민, 조운, 박일연, 최봉령 등이 이 무렵 새로이 시단에 등단하였다. 이 시기에 시사적으로 주목받은 시인은 정지용에 의해 추천된 청록파 세 사람이다. 「문장」을 통해 등장한 청록파 시인 세 사람은 공통적으로 한국적인 자연을 재발견하고, 자연 속에 인간과 민족, 그리고 역사를 투영함으로써 식민지 말기 한국시의 지평을 새롭게 개척했다는 데에 시사적 의의가 있다.

조지훈은 동양의 고전적 정조와 한국적 미의식을 전아한 언어로 노래하였다. 그의 시는 자연에 대한 섬세한 투시를 보여 주면서도 한국적 사상과 사회 의식의 시적 승화에 깊은 관심을 표명하였다. 그의 시적 주제는 초기 시 "古風衣裳", "芭蕉雨", "鳳凰愁" 등에서 드러나는 전통적 삶의 인식, "僧舞", "古寺1", "梵鍾" 등에 집약된 禪的인 法悅의 세계, 그리고 후기시에 드러나는 사회적 부조리와 부패상을 투철한 역사의식으로 비판하는 선비 정신과 지조라고 할 수 있다.

박두진은 1939년에 "香峴", "墓地頌", "落花頌"이, 이듬해에 "蟻", "들菊花"가 추천되어 등단하였다. 그는 자연과의 친화와 교감을 산문적인 율조로 읊었는데, 그의 시에 나타나는 자연은 기독교적 의미의 생성적 질서와 영원주의가 주조를 이루고 있다.

아랫도리 다박솔 깔린 山 넘어 큰 山 그 넘엇 山 안보이어,
내 마음 등등 구름을 타다.

우뚝 솟은 山, 묵중히 엎드린 山, 골골이 長松 들어 섰고, 머루 다랫
넝쿨 엉서리에 얽혔고, 삽삽이 떡갈나무 억새풀 욱어진 데, 너구리, 여우,
사슴, 山토끼, 오소리, 도마뱀, 능구리 等 실로 무수한 짐승을 지니인,

山, 山, 山들! 累巨 萬年 너희들 沈黙이 흠뻑 지리함즉 하메,

山이여! 장차 너희 솟아난 봉우리에 엎드린 마루에 확확 치밀어 오를 火焰을 내 기다려도 좋으랴?

핏내를 잊은 여우 이리 등속이 사슴 토끼와 더불어, 싸릿순 칡순을 찾아 함께 즐거이 뛰는 날을 믿고 길이 기다려도 좋으랴?
—박두진의 「香峴」 전문

박목월은 1933년 「어린이」에 "통딱딱 통딱딱"이, 「신가정」에 "제비맞이"가 당선되는 등 동시로 시작 활동을 시작하였으나, 1939년부터 1940년에 걸쳐 「문장」에 "길처럼", "그것은 年輪이다", "산그늘", "가을 어스름", "年輪" 등이 추천되어 본격적인 시인으로 데뷔하였다. 그의 시는 향토적이면서도 서정적인 자연을 배경으로 인간적인 그리움의 세계를 노래하는 것이 특징이다. "나그네", "청노루", "모란여정" 등은 초기의 향토적 서정이 짙게 드러나는 작품이다. 그는 민요적 율조를 창의적으로 수용하였고, 수묵화에서의 여백 처리의 기법을 원용한 시의 여운을 살리는 독창적 경지를 이루었다.

식민지 시대 최후의 서정 시인은 윤동주다. 그의 최초의 작품은 1934년 12월 24일이라고 부기된 "삶과 죽음", "초 한 대", "내일은 없다" 등이다. 그는 독립 운동 혐의로 체포되어 2년형을 언도받고 후쿠오카 감옥에서 복역 중 28세를 일기로 옥사하기까지의 짧은 생애 동안 시 76편, 동시 35편, 수필 5편을 남겼다. 1941년 연희전문학교 졸업 기념으로 18편의 시를 自選하여 시집으로 출간하려 하였으나 뜻을 이루지 못하였고, 해방 후에 유고 시집으로 「하늘과 바람과 별과 시」(정음사, 1948)가 간행되었다. 이 시집의 서시는 그의 시 세계를 함축하고 있다는 의미에서 대표작으로 꼽히고 있다.

죽는 날까지 하늘을 우러러
한점 부끄럼이 없기를
잎새에 이는 바람에도
나는 괴로워 했다.
별을 노래하는 마음으로
모든 죽어가는 것을 사랑해야지
그리고 나한테 주어진 길을
걸어가야겠다.

오늘 밤에도 별이 바람에 스치운다.

―윤동주의 「序詩」 전문

　이 시에서 볼 수 있는 바와 같이, 그의 시는 짙은 서정성을 바탕으로 한 표현 기법상의 독자성을 확보한 명편들이다. 그는 주로 사색적이고 지고지순한 도덕적 완성을 지향한 감각적인 서정시를 썼다. 윤동주의 서정시는 현실과 역사에 대한 바른 인식을 전제로 하고 있다. 그의 시에 나타난 삶의 방식은 "별을 노래하는 마음으로 / 모든 죽어가는 것들을 사랑해야지"에서처럼 범생명적 사랑을 바탕으로 하고 있다. 그는 이러한 '사랑'을 기저로 하여 "모가지를 드리우고 / 꽃처럼 피어나는 피를 / 어두워가는 하늘 밑에 / 조용히 흘리겠읍니다."("십자가"의 한 부분)라고 하여 양심에 따라 가야 할 시인의 길을 분명히 제시하고 있다. 또한 "지조 높은 개는 / 밤을 새워 어둠을 짖는다."("또 다른 고향"의 한 부분)에서 드러나는 바와 같이, 식민지의 '어둠'을 밤을 새워 짖어야 하는 시인의 사명을 분명히 인식하고 있다. 이런 의미에서 그는 품격 높은 시정신을 가진 일제 말 암흑기의 문학사적 공백을 메운 민족 문학의 최후 보루로 평가된다.

6. 해방의 환희와 좌우의 대립

1945년 8월 15일은 우리 민족이 일제의 압제에서 풀려난 역사적인 날이다. 우리 민족에게 있어서 해방은 비록 외세에 의해 이루어진 것이기는 하지만, 국가적으로는 상실했던 주권의 회복, 문화사적으로는 말살 위기에 있던 모국어의 회복이라는 중대한 의미를 갖게 된다. 8·15 해방을 계기로 위축되었던 민족정신을 다시 불러일으킬 수 있게 되었다는 점은 민족사적으로 절대적인 가치를 지닌다 할 것이다. 해방 공간의 우리 문단은 문학사적으로 볼 때 모처럼 검열이 없는 자유로운 활동이 보장되었다는 점은 특기할 만한 사실이다. 그러나 좌·우파 문학 단체들이 혼립하였고, 이에 따라 해방의 기쁨과 환희를 노래하는 공통성 속에서도 그 시각이 다를 수밖에 없었다.

얼마나 그리웠던가 저 창공
껴안고 싶은
아름다운 강산

무거운 연옥 속의
36년 동안
고난의 시험을 훌륭히 치뤘다.

—이희승의 「영광뿐이다」 중에서

그것은 씩씩한 얼굴이었다.
그것은 찬란한
아침 태양이었다

이제야 나왔구려 그녀는

　　대지를 울리는 해방가와 함께
　　씩씩하게 나왔구려
　　창공을 덮은 붉은 깃발 아래서

—권환의 「그대」 중에서

　이희승을 비롯한 민족주의자들의 시는 소박한 언어와 감정으로 직설적인 환희를 노래하면서 민족 해방의 역사적 의의를 추구하였다. 그러나 권환을 비롯한 좌파 시인들은 단순한 감격에 그치지 않았다. 그들은 새로운 역사의 주역으로서의 위치를 가늠함과 아울러 강경한 계급 의식을 해방의 환희 속에 고취시키려 하였다.

　해방 시단의 좌익에는 조선문학가동맹의 권환, 김기림, 김동석, 김상오, 민병균, 박석정, 박세영, 박아지, 박팔양, 백인준, 설정식, 오장환, 유진오, 윤곤강, 이병철, 이용악, 이찬, 이흡, 임화, 조남령, 조벽암, 조운 등을 들 수 있다. 그 반대편인 민족 진영 시인으로는 김광섭, 김상옥, 김억, 모윤숙, 박남수, 박두진, 박목월, 박종화, 서정주, 양주동, 이하윤, 이한직, 이희승, 조지훈 등을 꼽을 수 있다. 이 시기에 이들의 해방에 대한 열정을 담은 세 권의 합동 시집이 발간되었다. 해방된 지 5개월만에 간행된 「해방기념시집」(중앙문화협회, 1945.12)은 비록 민족 진영에서 주도하여 발간한 것이지만 범문단적으로 시인들을 규합하여 엮은 것이어서, 이념적 색채가 뚜렷하지 않다. 이에 비해 「횃불-해방기념시집」(우리문화사, 1946.4)은 조선문학가동맹에 가담한 열세 사람의 작품이 실려 있다. 이 시집은 "조국 해방을 위해 싸운 혁명 투사에게 바친다"는 발간 의도에서도 짐작할 수 있듯이 정치적 선동을 위한 작품들이 대부분이다. 「연간조선시집 1946년판」(조선문학가동맹, 1947.3)은 조선문학가동맹의 조직 체계가 완비한 후에 간행된 것으로, 게재 작품은 좌익 진영 시인들이 망라되어 있다. 이 시집은 "조국의 자유를 위하여 인민의 행복을 위하여 싸우는 시"를 기치로 내걸고 있어, 이데올로기의 요구와 구호화된 정치적 이념이 강조된 투쟁의 노래가 주축을 이루고 있다.

이 시기에 나온 또 다른 합동 시집은 조지훈, 박목월, 박두진 세 사람의 「청록집」(을유문화사, 1946.6)이다. 이른바 "청록파"라 불린 이들은 1930년대 말기의 시와 해방 이후의 시를 잇는 서정시의 맥락을 보여 주었다. 또한 일제 때 발간하지 못한 이육사와 윤동주의 유고 시집이 발간된 것도 이 시기이다.

이 무렵에 발간된 주요 개인 시집으로는 서정주의 「귀촉도」, 박종화의 「청자부」, 김광섭의 「마음」, 김영랑의 「영랑시선」, 신석정의 「슬픈 목가」, 신석초의 「석초시집」, 장만영의 「유년송」, 모윤숙의 「옥비녀」, 윤곤강의 「피리」와 「살어리」, 노천명의 「창변」, 김용호의 「해마다 피는 꽃」, 유치환의 「생명의 서」「울릉도」, 김광균의 「기항지」, 김동명의 「38선」, 오장환의 「병든 서울」, 이용악의 「오랑캐 꽃」, 설정식의 「종」, 임화의 「회상시집」, 권환의 「동결」, 김기림의 「바다와 나비」「새노래」, 김상훈의 「대열」「가족」 등이 있다.

해방 공간의 시단은 좌·우의 대립 속에서도 민족 문학 건설이라는 대전제 아래에서 다양성을 추구하여 왔는데, 그것이 1948년 정부 수립과 남북 분단, 1950년 한국 전쟁을 거치면서 복합적으로 발전하지 못하고 말았다. 남북 분단과 한국 전쟁의 비극 속에서 수많은 시인들이 납북되거나 월북하면서 우리 시단은 분단 문학의 시대로 접어든다. 이 시기를 전후로 남·월북 또는 북한에 잔류한 시인은 김기림, 김상민, 김상훈, 김철수, 박산운, 박석정, 박세영, 박아지, 박팔양, 설정식, 안막, 양운환, 여상현, 오장환, 이병철, 이용악, 이흡, 임학수, 임화, 조

남령, 조벽암, 조영출, 조운, 김북원, 김조규, 민병균, 백석, 안용만, 이
원우, 이정구, 이찬 등이다.

7. 전쟁 체험의 비극성과 모더니즘

해방 직후 미국과 소련이 남북에 각각 주둔하면서 구획된 38선을
경계로 남과 북에 각기 다른 정치 이념이 뿌리를 내리게 됨에 따라
우리는 또 다른 민족사의 단절을 체험하게 되었다. 더욱이 한국 전쟁
으로 인해 민족의 이념적 분열이 더욱 심화되고 대립과 갈등이 고조
되어 민족 분단 현실은 기정사실화될 수밖에 없게 되었다. 식민 체험
과 해방 체험 이후의 전쟁 체험은 또 다른 열등의식과 식민지적 피지
배 의식을 형성하는 계기가 되었다. 참담한 전쟁의 터널을 지나오면서
시인들은 참전과 종군이라는 대응 방식, 풍자와 역설을 통한 비판 의
식, 감상과 폐쇄된 자아 속으로의 굴절 등 다양한 정신의 개인적 편
차를 보여 주었다.

50년대의 시는 먼저 전쟁체험시를 들 수 있다. 이들 시에서는 전쟁
의 현장 체험이 직설적으로 표출되기도 하고, 결연한 자기 의지가 뚜
렷이 나타나기도 한다. 전쟁체험시로 대표적인 것은 이영순의 "연희고
지", 유치환의 "보병과 더불어", 김순기의 "일분간 휴식", 장호강의
"총검부", 구상의 "초토의 시", 조지훈의 "다부원에서", 모윤숙의 "국
군은 죽어서 말한다" 등을 들 수 있다.

오호 여기 줄지어 누웠는 넋들은
눈도 감지 못하였구나

어제까지 너희의 목숨을 겨눠
방아쇠를 당기던 우리의 그 손으로
썩어 문드러진 살덩이와 뼈를 추려
그래도 양지바른 드메를 골라
고히 파묻어 떼마저 입혔거니
죽음은 이렇듯 미움보다도 사랑보다도
더 너그러운 것이로다

손에 닿을듯한 봄하늘에
구름은 무심히도
북으로 흘러가고
어디서 울려오는 포성 몇발
나는 그만 은원(恩怨)의 무덤 앞에
목놓아버린다.

—구상의 「焦土의 詩·8, 敵軍 墓地에서」 전문

　구상의 연작시 "초토의 시"는 戰場의 참혹함과 함께 폐허화된 전후의 비극적 상황을 형상화한 작품이다. 전쟁이 휩쓸고 간 뒤의 인간의 참혹한 죽음 앞에서 인간 존재의 무상함을 노래하고 있는 이 작품은 전쟁에 대한 현실 인식의 비극성을 모티브로 하고 있다. 이 작품을 비롯한 전쟁체험시들은 일반적으로 전쟁의 참상과 폐허 의식을 노래함으로써 전쟁의 비극성을 드러내고, 이데올로기에 비해 생명과 자유의 소중함과 인간의 불변성을 확인하려는 노력을 보여주었다.

　해방공간 좌·우 대립의 와중에서 또 다시 모더니즘의 물결을 선언한 일군의 시인들이 있었다. 「새로운 도시와 시민들의 합창」(1949)이라는 합동 시집을 낸 김경린, 임호권, 박인환, 김수영, 양병식 등이 그들이다. 뒤이어 전쟁 중 피난한 김경린과 박인환이 임시 수도 부산에서 조향, 김규동, 김차영, 이봉래 등과 어울려 「후반기」 동인을 결성한다. 이들은 근대적 시민 사회의 자유주의 이념을 근거로 하여 현대적 도시 문명을 서정시의 과제로 끌어들였다. 「후반기」 동인들의 시적 지향은 청록파를 중심으로 하는 전통적인 서정시의 세계에 대한 비판적 태도에 서게 되고, 도시적 집단성, 사회적 불안의 체험, 정권에의 비판 의식, 이념 분열의 고통 등이 시적 주제로 등장한다.

> 아무 雜音도 없이 滅亡하는
> 都市의 그림자
> 無數한 印象과
> 轉換하는 年代의 그늘에서
> 아, 永遠히 흘러가는 것
> 新聞紙의 傾斜에 얽혀진
> 그러한 不安한 格鬪.
> 함부로 開催되는 酒場의 謝肉祭
> 黑人의 트람
> 歐羅巴 新婦의 悲鳴
> 精神의 皇帝
> 내 秘密을 누가 압니까?
>
>   —박인환의 「最後의 會話」 중에서

박인환은 이 시에서 도시 문명과 그 그늘에 대한 인상을 비유적으로 표현함으로써 50년대의 사회적 불안을 서정화하고 있다. 박인환을 비롯한 모더니스트 시인들의 시에서 특기할 것은 폐쇄되어 있던 서정의 세계를 현실적 차원으로 확장시켜 놓고 있다는 점이다. 이들의 언어는 즉물적이며, 소재는 도시 문명의 어두운 그늘이 대부분이다. 이들의 활동은 30년대 모더니스트들의 시정신과 방법을 계승했다는 측

면에서 시문학사 흐름의 한 단계를 형성하지만, 실험적 단계를 완전하
게 벗지 못했다는 평가를 받고 있다.

한편, 해방기의 혼란과 전쟁 체험을 거치면서도 시에 있어서의 서
정적 전통은 지속적으로 전개되었다. 서정주, 유치환, 신석정, 박두진,
박목월, 조지훈 박남수 등은 서정시의 전통과 시적 신념을 일관되게
지켜 왔다고 할 수 있다. 이들은 각자의 개성을 바탕으로 고전 정신
을 지향한다든지, 자연과 인생의 조화를 지향한다든지, 시적 언어의
음악성과 서정적 전통의 조화를 지향하고 있다는 점에서 일치된 경향
을 보여 준다. 또한 이들의 시적 경향을 이어가면서 나름대로의 감각
과 정서를 일구어 온 시인들로 구자운, 김관식, 김남조, 김종길, 박재
삼, 박성룡, 박용래, 이동주, 이원섭, 이형기, 정한모, 한하운 등을 꼽
을 수 있다. 특히 이동주, 박재삼, 박용래 등은 고전 정신과 토속적
서정을 추구하여 전통적 서정성과 청록파의 자연 친화를 하나의 맥으
로 계승하고 있다.

여울에 몰린 은어떼

삐비꽃 손들이 둘레를 짜면
달무리가 비잉 빙 돈다
가웅 가웅 수워얼 레에

목을 빼면 서름이 솟고

백장미 밭에
공작이 취했다.

뛰자 뛰자 뛰어나 보자

강강술레
—이동주의 「강강술레」 중에서

이동주는 향토적인 감각과 서정성을 바탕으로 개성적인 서정시를 이루었다. 그는 이 작품에서 보이는 바와 같이, 빼어난 언어 감각과 짙은 서정성을 조화시켜 전통적인 서정시의 가락을 민요적 율동으로 표현하고 있다. 그가 추구하고 있는 이러한 율동적 가락은 현대적 호흡을 수용하고 있으면서도 유장한 기풍을 그대로 유지하고 있는 점이 특징이다.

또한 전쟁과 휴전이라는 어두운 현실 상황을 격렬한 언어와 역동적 리듬으로 표출한 박봉우, 사회 현상을 비판적으로 수용하려는 태도를 가진 송욱과 김구용, 사물의 존재론적 탐구를 통해 시에 대한 새로운 인식을 꾀한 김춘수와 신동집, 현실 긍정과 인간성 옹호의 인생파적 로맨티시즘의 패턴을 개척한 조병화, 전봉건, 박양균, 홍윤숙 등의 활약이 두드러졌다. 이 밖에 이 시기에 왕성한 활동을 한 시인으로는 정한모, 김남조, 한하운을 비롯하여 고원, 고은, 황금찬, 민영, 박희진, 김요섭, 설창수, 손동인, 양명문, 김종삼, 천상병, 문덕수, 이상로, 노영란, 장호 등을 들 수 있다.

이 무렵 50년대 중반에 「현대문학」, 「문학예술」, 「자유문학」 등의 순수 문예지와 「사상계」, 「신태양」, 「신군상」 등의 종합지가 속속 창간되었고, 「동아일보」, 「조선일보」, 「한국일보」 등에서 신춘문예를 부활하거나 신설하였던 것은 전후 문단에 상당한 활력을 불러 일으켰다.

한편으로, 현대시조 분야에서는 이병기, 이은상, 조종현 등 해방 전 시인들의 의욕적인 창작에 힘입어 이영도, 이호우, 김상옥, 김여수, 정훈, 이태극 등이 활약하였고, 박재삼, 장순하, 최승범, 정완영, 박병순 등이 새롭게 등장하여 시조의 현대적 개척에 앞장섰다.

8. 참여시와 순수시

4·19 혁명 이후 두드러지게 나타난 시단의 경향은 시에서의 사회성이 강조된 점이 특징이다. 시인은 사회 현실에 대하여 "잠수함 속의 토끼"처럼 선도적으로 인지하고, 지성적으로 비판하는 사명을 가져야 한다는 신념과 주장이 설득력을 가졌다. 소위 참여시가 등장한 것이다. 이 무렵 시의 현실 참여를 실천적으로 보여 준 시인으로 김수영과 신동엽을 들 수 있다.

해방 직후인 1947년 등단하여 모더니즘의 시풍을 보여 주던 김수영은 60년대에 들어 문학의 현실 참여 문제에 대한 논의를 주도하면서 참여시 운동의 선구적 역할을 하였다.

푸른 하늘을 制壓하는
노고지리가 自由로왔다고
부러워 하던
어느 詩人의 말은 修正되어야 한다
自由를 위해서
飛翔하여 본 일이 있는
사람이면 알지
노고지리가
무엇을 보고
노래하는가를
어째서 自由에는
피의 냄새가 섞여 있는가를

　　革命은
　　왜 고독한 것인가를
　　왜 고독해야 하는 것인가를

—김수영의 「푸른 하늘을」 전문

　김수영이 참여의 의미에 집착하면서 가장 중요시한 시적 주제는 '자유'라고 할 수 있다. 인용한 시에서도 그는 쉽게 얻어진 일상적 자유의 무의미성과 자유를 얻기 위해서 겪어야 하는 투쟁과 시련, 즉 자유를 획득하기 위한 혁명 과정의 의미를 담담한 어조로 서술해 내고 있다. 김수영은 대개 시적 대상을 일상적 현실에서 찾고 있고, 구체적인 삶의 영역에로의 접근을 시도하고 있다. 즉, 그의 작품은 일상과 현실을 대상으로 지적 언어와 서정성을 조화시키고 있는 데에 성공하고 있는 것이다.

　신동엽은 보다 직접적인 표현으로 현실 참여시의 한 전형을 보여주었다. 그의 시에 특징으로 드러나는 것은 서정성과 역사의식의 결합이라고 할 수 있다. 그는 「금강」, "이야기하는 쟁기꾼의 大地" 등 서사시, 장시, 시극의 다양한 형태적 시도를 통해서 민족의 역사와 철학을 형상화하는 역량을 과시하였다. 그의 시에 나타난 역사관은 비관적한의 역사가 아니라 희망과 비전의 역사라고 할 수 있다.

　　미치고 싶었다.
　　四月이 오면
　　山川은 껍질을 찢고
　　속잎은 돋아나는데,
　　四月이 오면
　　내 가슴에도 속잎은 돋아나고 있는데,
　　우리네 祖國에도

어느 머언 心底, 분명
새로운 속잎은 돋아오고 있는데,

미치고 싶었다.
四月이 오면
곰나루서 피 터진 東學의 함성,
光化門서 목 터진 四月의 勝利여.

江山을 덮어, 화창한
진달래는 피어나는데,
출렁이는 네 가슴만 남겨놓고, 갈아엎었으면
이 균스러운 부패와 享樂의 不夜城 갈아엎었으면
갈아엎운 漢江沿岸에다
보리를 뿌리면
비단처럼 물결칠, 아 푸른 보리밭.

강산을 덮어 화창한 진달래는 피어나는데
그날이 오기까지는, 四月은 갈아엎는 달.
그날이 오기까지는, 四月은 일어서는 달.
—신동엽의 「4月은 갈아엎는 달」 중에서

이 작품은 신동엽의 현실 참여적 경향을 잘 드러낸 것으로서, 4월과 동학을 결부시켜 민중 운동의 의미를 강조하고, 끊임없는 변혁을 통해 민족주의와 인본주의가 실현되는 '그날'에 대한 희원을 담고 있다.

시의 현실 참여와 순수시의 문제가 쟁점으로 부각되던 60년대에 시의 사회적 기능에 주된 관심을 쏟은 시인으로는 김광섭, 신경림, 문병란, 이성부, 조태일, 김광협, 최하림, 황명걸, 강인섭 등이 있다.

이와는 달리, 순수한 서정과 낭만성을 강조한 시들도 크게 대두되었다. 서정파 시인들은 시의 사회적 참여보다는 인간주의적 서정과 언어 미학적 측면을 강조하였다. 사실 낭만성, 서정성을 강조한 리리시즘의 추구는 우리 시문학사의 면면히 흐르는 전통이지만, 50년대 이후에는 인간주의, 고전주의, 전원주의적 서정으로 자연스럽게 형성되었던 흐름이다.

1962년 「현대문학」을 통해 데뷔한 박홍원은 이러한 서정 세계의 표현에 충실한 시인의 좋은 보기이다.

> 태어나면서
> 빈 가슴을 채우고 있었다.
>
> 사랑과
> 미움이
> 너를 앞세우고 머리칼을 날렸다.
>
> 어느 아트리에에서 만났을 때
> 너는
> 비너스의 주변을 서성이며
> 그 섬세하고 보드라운 線만큼의 공간에
> 비너스를 앉혀 놓고 볼을 부비고 있었고.
>   -중 략-
> 나뭇잎에 눈짓을 주어
> 보이지 않는 제 생명을 살피고,
> 식은 가슴에서 불씨를 찾아내고
>
> 쉬임 없이 거리를 헤매는 너는
> 태어나면서
> 사랑과 미움을 잉태하고 있었다.
>
>   —박홍원의 「바람」 중에서

그는 이 시에서 존재하나 보이지 않고, 보이지 않으나 감지할 수 있는 '바람'의 눈을 통해 존재와 생명을 확인한다. 이 작품은 불교적 관점에서 출발한 존재에 대한 인식을 통해 선악미추, 애증과 고독을 서정적으로 형상화하고 있다. 이러한 60년대 순수 서정시의 영역에서 활약한 시인으로는 정진규, 김원호, 김종해, 이가림, 오탁번, 이근배, 박이도, 강우식, 박제천, 홍희표 등을 들 수 있다.

한편 황동규, 김영태, 마종기, 이유경, 이승훈, 정현종, 오세영, 이건청, 오규원 등은 언어와 기법에 대한 새로운 모색을 통해 60년대 이후 우리 시단에서 강한 개성을 키워 왔다. 이들은 30년대 모더니스트들에 의해 모색되고 50년대의 「후반기」 동인들에 의해 계승된 실험 정신을 바탕으로 한 주지적 태도, 혹은 50년대에 사물의 존재론적 탐구로 독특한 시적 위상을 확립하고 있던 김춘수의 시작 태도와 맥이 닿아 있다고 할 수 있다.

이 밖에 60년대에 등장한 주목할 만한 시인으로는 강희근, 김종철, 양승만, 범대순, 신세훈, 이중, 정재완, 손광은, 허소라, 강인한, 홍신선, 정의홍, 김석규 등을 들 수 있다. 또한 이 시기에는 개성있는 여류 시인들이 등장하여 시단에 활기를 불어넣었다. 김후란, 김초혜, 허영자, 김선영, 김규화, 유안진, 이향아, 김지향, 강계순, 왕수영 등이 그들이다.

9. 산업화 시대의 민중시, 그리고 포스트모더니즘

산업화 시대 시단에서의 가장 뚜렷한 시적 경향은 참여파 시인들의 민중 지향적 시적 작업이다. 70년대의 민중시는 60년대의 참여시를 발전시킨 것으로 우리 시문학사에 리얼리즘시에 대한 새로운 관심을 불러일으켰다. 70년대 초반부터 신경림, 문병란, 이성부, 조태일, 최하림 등의 활동에 의해 폭넓은 민중적 정서에 기반을 둔 민중시가 그 시적 가능성을 인정받게 되었다. 고은과 문병란의 시적 변모와 김지하의 풍자와 투지가 이들의 활동을 더욱 촉발하였다.

70년대에 이르러 시의 사회 비판적 기능을 가장 확실하고 강력하게 제시한 사람은 김지하이다. 그는 당대 사회의 구조적 모순을 "오적"으로 풍자하고 야유하면서 시를 통한 사회 참여의 기치를 내세웠다. 그의 시 "오적"은 권력으로부터 소외되고 물신의 폭력 앞에 형편없이 초라해진 민중들의 비참한 실존을 풍자와 해학으로 토로한다. 그는 판소리의 운율과 풍자와 해학의 기법을 현대시에 수용하는 한편, 그 음악적 가능성을 실험하기도 하였다.

60년대 초에 「현대문학」을 통해 등장한 문병란은 73년 시집 「정당성」 발간 이후 민중시로의 변모를 꾀하여 준열한 비판 정신을 바탕으로 활발한 활동을 전개하였다. 그는 민중의 고통과 분노 등 민중의 살아 있는 역사를 형상화하는 데 성공한 시인으로 평가받았다.

> 이별이 너무 길다
> 슬픔이 너무 길다
> 선 채로 기다리기엔 은하수가 너무 길다
> 단 하나 오작교마저 끊어져 버린
> 지금은 가슴과 가슴으로 노둣돌을 놓아
> 면돗날 위라도 딛고 건너가 만나야 할 우리,
> 선채로 기다리기엔 세월이 너무 길다
> 그대 몇 번이고 감고 푼 실을
> 밤마다 그리움 수놓아 짠 베 다시 풀어야 했는가
> 내가 먹인 암소는 몇 번이고 새끼를 쳤는데,
> 그대 짠 베는 몇 필이나 쌓였는가?

이별이 너무 길다
슬픔이 너무 길다
사방이 막혀 버린 죽음의 땅에 서서
그대 손짓하는 연인아
유방도 빼앗기고 처녀막도 빼앗기고
마지막 머리털까지 빼앗길지라도
우리는 다시 만나야 한다

—문병란의 「직녀에게」 중에서

이 작품은 '견우와 직녀' 설화의 시적 변용을 통해 민족 통일을 주제로 읊은 그의 대표작 중 하나다. 이러한 일련의 작품을 통해 저항적 태도로 일관된 그의 민중시의 궁극적인 이상은 민족 통일, 조국 통일의 실현임을 알 수 있다. 이러한 시적 전통은 양성우, 김준태, 이시영, 고정희, 정희성, 김남주, 김창완, 김명수, 김정환, 하종호, 곽재구, 김용택, 박노해 등에 의해 80년대까지 이어진다.

한편, 민중시와는 다른 각도에서 현실의 문제에 접근하는 시인들도 있다. 이들이 즐겨 다루는 소재는 도시적 삶에 밀착된 현실이다. 이들의 작품은 정치 문화의 폐쇄성과 급격한 산업화의 물결에 의해 훼손되어 가는 인간의 삶을 회복시키고자 하는 새로운 시도인 것이다. 이러한 소위 도시시 계열의 시인은 감태준, 김명인, 이태수, 김광규, 조정권, 이하석, 이성복, 황지우, 이윤택, 박남철, 최승호, 장정일 등을 꼽을 수 있다.

학생들의 교복이
자율화된 시대
운전기사 강씨네는
차고에 딸린 두 칸짜리

연탄방에서 산다
마누라는 안집의 빨래를 해주지만
밥은 따로 해먹는다
미스터 강은 레코드로얄을 끈다

―김광규의 「二代」 중에서

산업 사회에서 극심하게 나타난 계층간의 갈등을 아이러니컬하게 표현한 작품이다. 김광규의 예의 작품처럼 이들의 시는 생생한 도시적 삶의 현장에 밀착하여 풍자와 비유를 동원하여 급격한 고도성장과 산업화 과정에서 발생하는 빈부의 현격한 차이와 기계 문명의 횡포로 밀려난 인간 소외에 관심을 기울인다.

이들은 다른 한편으로는 80년대 이후 등장한 포스트모더니즘시와 연맥되어 있기도 하다. 포스트모더니즘시는 기존의 시형식과 의미의 해체를 보여주는 시적 경향들을 중심으로 전개되었다. 해체시, 도시시, 일상시 등으로 규정되는 포스트모더니즘시의 특징은 콜라쥬, 몽타쥬, 패러디 등의 기법이 빈번하게 사용되고 있는 점과 비판성 대신에 우연성과 유희성, 텔레비전, 시사만화 등의 대중 문화를 그대로 시 속에 끌어들이는 문화 대중주의 등을 들 수 있다. 이승훈, 황지우, 박남철, 이성복, 하재봉, 박상배, 최승자, 오규원, 최승호, 장정일 이하석, 이윤택, 유하, 김영승 등의 실험적인 작품들은 이러한 경향을 잘 보여 준다.

#1. 마침내, 그 40대 남자도 정수가아아 - 목놓아 울어 버렸다.
#2. 부산 스튜디오의 그 40대 여자는 카메라 앞에서 까무러쳐 버렸다.
#3. 서울스튜디오의 그 40대 남자는 마치 미아가 된 열살짜리 어린이
　　가 길바닥에서 울 듯, 이젠 얼굴을 들고 입을 벌린 채 영영 운다.
　　정숙이를 부르며

―황지우의 「마침내 그 40대 남자도」 중에서

KBS가 벌인 이산가족찾기 운동 때, 어떤 이산가족이 재회한 모습의 TV 화면을 그대로 옮겨 놓은 것이다. 전통적인 방법으로는 시의 소재에 지나지 않는 것이 그대로 한 편의 시가 되는 것이다. 이러한 해체시에서의 시인의 역할은 현장만을 그대로 보여 줄 따름이다. 소재가 바로 작품이 되는 예술의 영점화 현상인 것이다. 이와 같은 포스트모더니즘시는 다양한 기법의 실험으로 90년대까지 이어져 오고 있다.

70년대 이후의 시인들 가운데는 전통적인 서정성에 바탕을 두고 자기 시세계의 개성을 확대해 나간 시인들도 많다. 이들 중 주목할 만한 시인으로는 박정만, 나태주, 임영조, 송수권, 조창환, 정호승, 이동순, 도종환, 최두석 등을 들 수 있다.

10. 흐름과 전망

지금까지 살펴본 현대시의 조류를 갈래지어 보자면 순수서정주의, 모더니즘, 그리고 리얼리즘 계열의 셋으로 나누어 볼 수 있다. 우리 시문학사를 조망해 볼 때 어느 시대를 막론하고 항상 순수 서정주의 시가 바탕으로 깔려 있는 상태에서 모더니즘 계열과 리얼리즘 계열의 시가 교차적으로 우세성을 보이면서 진행되어 온 것이다.

우리나라의 리얼리즘시는 20년대 카프의 결성으로 비롯되었다. 이 리얼리즘 계열의 경향시는 해방이 되자 우리 문단에서 크게 활기를 띤 조류로 재등장하게 된다. 그 후 한국전쟁으로 인한 남북 분단을 거치면서 분단 문학의 시대가 되었다. 대개 리얼리즘 계열의 시인들은 북으로 갔거나, 남에 남아 있다고 하더라도 사회주의 이데올로기를 기저로 하는 비판적 시각은 용납되지 않았기 때문에 경향시는 사라지게 되었다. 그러나 60년대 이후 「思想界」, 「創作과 批評」 등의 잡지를 중심으로 한 체제 저항적인 시들이 서서히 고개를 들기 시작하였다. 70년대에는 소위 '유신체제'라는 정치·사회 상황 속에서 농민과 농촌 실정을 대변하는 시들이 발표되기 시작하더니 급기야 80년대에 와서 노동해방문학으로 그 수확을 보게 된다.

한편, 모더니즘시는 근대 초기부터 그 싹이 보이기 시작하다가, 30년대 주정주의에 반기를 든 주지주의 시운동으로 본격 대두되었다. 이 시운동의 특징은 기존의 자연적 정서에서 일탈하여 도시적 소재와 정서를 주로 표현하였고, 그 기법에서는 주로 서양의 이미지즘을 원용하였다. 모더니즘이 다시 고개를 든 것은 해방 이후가 된다. 40년대말 김수영, 박인환, 김경린 등이 앤솔러지 「새로운 도시와 시민들의 합창」을 낸 것과 전쟁 중에 부산에서 조직된 「후반기」 동인들의 업적은 우리 문학사에서 두 번째의 모더니즘을 선언한 것이었다. 그 이후 6·70년대에도 모더니즘의 방법과 태도는 여러 시인들에 의해 꾸준히 계승되어 왔다.

지난 80년대의 우리 시단은 리얼리즘의 시와 모더니즘의 시가 함께 각각의 특징을 드러낸 시기였다고 할 수 있다. 리얼리즘의 시는 노동해방문학계의 김정환, 박노해, 김용택, 백무산 등의 활약이 두드러졌고, 모더니즘의 시는 황지우, 박남철, 기형도 등의 작품이 돋보였다고 할 수 있을 것이다. 그러나 80년대 후반부터 90년대에 이르러 리얼리즘의 시가 퇴조하기 시작함과 아울러 모더니즘은 포스트모더니즘과의 묵시적인 연계 속에서 그 기세가 상승되어 온 것으로 보인다.

이러한 시사적 흐름 속에서 21세기 우리 시단은 '과거 지향'과 '현실 지향'으로 대별되는 큰 흐름으로 진행될 것으로 전망된다. '과거 지향'이란 전통적인 서정을 바탕으로 한 고전주의, 인문주의적 경향을 말하고, '현실 지향'이란 21세기 사회의 직접적 반영이라는 점에서 환경 문제, 인권 문제 등의 주제적 측면과 더불어 새로운 커뮤니케이션 미디어와 결합한 형식적 측면, 즉 모더니즘적 경향을 말한다. 또한 21세기의 우리 시단은 신문학 100년 동안 서구의 문예 사조에 교조적으로 경도되어 온 그간의 태도에 대한 진지한 반성으로 한국적 사상의 독창성이 시문학에 크게 대두될 것이다. 특히 이 시기에는 민족 통일이 이루어질 것이고, 이에 따라 분단 이후 남북의 시문학적 성과와 집적이 변증법적으로 합일된 새로운 모습의 통일 시대 문학이 문학사의 골간을 이룰 것으로 전망된다.

Ⅱ. 소통과 상황의 시학 - 오장환론

1. 서 론

가. 문제 제기

오장환은 1933년 11월 『朝鮮文學』에 시 「목욕간」을 발표함으로써 문단 활동을 시작했다. 그 후 그는 『浪漫』, 『詩人部落』, 『風林』, 『子午線』 등 여러 문예지와 신문을 통하여 활발한 작품 활동을 했고, 1937년 8월에 첫 시집 『城壁』[1](풍림사)을 내놓은 이래 『獻辭』(남만서방, 1939), 『病든 서울』(정음사, 1946), 『나 사는 곳』(헌문사, 1947) 등의 시집을 차례로 상재하였다. 또한 그는 러시아의 시인 에쎄닌의 작품을 번역하여 『에쎄닌 詩集』(동향사, 1946)을 간행했고, 평론과 수필 등도 활발하게 발표했다. 그는 시 창작 외에도 번역, 평론, 수필

---

[1] 시집 「城壁」은 1947년에 아문각에서 중간되었다. 오장환은 중간본의 「凡例」에서 "이 시집의 초판은 一九三七年 八月, 風林社 洪九兄의 이름으로 간행되었으나 기실은 百部限定의 自費出版이었다. 이번 판에 추가한 「城壁」「溫泉地」「鯨」「魚肉」「漁浦」「易」 이상의 여섯 편은 동시대의 작품이기에 넣기로 한다"고 밝히고 있다. 따라서 초간은 16편이었는데 중간본에 6편을 추가하였음을 알 수 있다.

등 여러 방면에서 다양하게 문단 활동을 함으로써 당대에 주목받던 문인이었다.

오장환 시에 대한 기존의 연구 성과는 크게 두 가지로 나눌 수 있는데, 하나는 당대 평단의 평가와 문학사적 기술이고, 다른 하나는 80년대 해금 이후부터 시작된 본격적인 연구 작업들이다. 전자의 경우는 김기림, 이봉구, 박용철, 민태규, 김광균, 임화, 김동석 등의 비평을 들 수 있다.[2] 김기림은 시집 『성벽』의 서평에서 오장환을 '길거리에 버려진 조개껍질을 귀에 대고도 바다의 파도 소리를 듣는 아름다운 환상과 직관의 시인'이라고 평가한 후, 그의 시를 현대 지식인의 특이한 감정 표현과 현실에 대한 부정적 태도를 드러낸 '새 타입의 서정시'로 규정하고 있다. 그는 오장환을 정지용, 이상, 백석과의 관계 속에서 그들의 特長을 전승한 시인으로 평가하고 있다. 이봉구는 초기에 발표한 「캐메라 룸」에 대해 '현대시에 있어 새로운 감각의 신경지'라고 평하고, 시집 『城壁』을 '현대인의 어두운 숙명을 노래한 새로운 서정시의 등불'로 기술했다. 박용철은 '몸부림치는 감정과 잡연한 인상'을 오장환 시의 특징으로 제시하기도 했다.

민태규는 시집 『헌사』의 서평에서 오장환을 센티멘탈리스트라고 규정하고, '리알리티하려고 고투'하나 '공상적 로맨틔시즘에 떨어지고' 말았으며, 그의 비애는 '우리 세대의 청년이 누구나 지닌 공통된 운명'이라고 지적했다. 김광균은 『城壁』과 『헌사』의 두 시집을 비교하

---

2) 金起林, 『吳章煥氏의 詩集 -「城壁」을 읽고』, 朝鮮日報, 1937. 9. 18.
　　李鳳九, 「城壁시절의 장환」, 『城壁』, 重刊本, 1947.
　　朴龍喆, 「丁丑年 詩壇 回顧」, 『朴龍喆全集』2권, 詩文學社, 1939. 5.
　　閔泰奎, 「詩集 「獻辭」를 읽고」, 『詩學』, 1939. 9.
　　金光均, 「獻辭-吳章煥 詩集」, 『文章』, 1939. 9.
　　林　和, 「現代와 抒情詩의 運命」, 朝鮮日報, 1939. 8. 19.
　　金東錫, 「濁流의 音樂-吳章煥論」, 『藝術과 生活』, 박문출판사, 1947.

면서 전자를 '사랑스러운 데카당과 좋은 풍속 묘사와 풍자에서 느끼는 신선한 스타일'이라고 하고, 후자를 '혼탁과 회의의 길'이라고 하면서 '20대의 진한 感傷', '젊은 세대의 슬픔'으로 평가했다.

임화는 오장환의 시를 '신경향파의 소박성에 대한 새 세대의 자각'으로 파악했다. 김동석은 오장환을 '스스로 맑고 탁류 속에 있으면서 탁류를 노래한 시인'으로서 우리 시문학사에서 정지용과 쌍벽을 이루는 시인으로 평가하여 그의 시사적 자리매김을 시도했다.

우리 문학사는 대체적으로 당대의 비평을 바탕으로 오장환에 대하여 기술하고 있는 것으로 여겨진다. 문학사에 기술된 오장환에 대한 시각은 앞에서 살펴 본 당시의 평단과 마찬가지로 순수한 서정주의 문학으로서의 '생명파'나 '모더니스트'로 보는 견해, 해방기의 진보적 시운동과 관련하여 평가하는 경향으로 구분된다. 오장환의 시적 경향을 서정주, 조연현, 정한모, 정한숙, 조동일 등은[3] 생명파로, 백철, 서준섭 등은[4] 모더니스트로, 또한 김용직, 신범순, 권영민 등은[5] 진보적 시운동 혹은 계급의식의 관점에서 이해하고 있다. 이러한 평가들은 비록 오장환의 시집에 대한 서평 수준의 글이거나 그의 시에 대한 단평에 불과하지만, 오장환이 차지한 문단의 위치와 그의 문학적 성향을

---

3) 徐廷柱, 「現代朝鮮詩略史」, 『朝鮮名詩選』, 溫文社, 1950, 266쪽.
　　「韓國現代詩의 史的 槪觀」, 『韓國의 現代詩』, 一志社, 1969, 22쪽.
　趙演鉉, 『韓國現代文學史』, 成文閣, 1971, 507쪽.
　鄭漢模, 「韓國現代詩略史」, 『韓國現代詩의 現場』, 博英社, 1984, 225쪽.
　鄭漢淑, 『現代韓國文學史』, 高麗大, 1982, 240~241쪽.
　조동일, 『한국문학통사 5』, 지식산업사, 1989, 404~406쪽.
4) 白　鐵, 『新文學思潮史』, 新丘文化社, 1968, 549~550쪽.
　서준섭, 『한국 모더니즘 문학 연구』, 일지사, 1988, 162쪽.
5) 金容稷, 『해방기 한국 시문학사』, 民音社, 1989, 205쪽.
　신범순, 「해방공간의 진보적 시운동에 대하여」, 『해방공간의 문학운동과 현실인식』, 한울, 1989, 270쪽.
　권영민, 『한국현대문학사』, 민음사, 1993, 55~56쪽.

짐작할 수 있게 한다.

  80년대 중반 이후 오장환에 대한 본격적인 연구는 장영수6)에서 시작되었으나, 그의 논의는 주로 오장환의 시집 『城壁』과 이용악의 시집 『낡은 집』을 대상으로 시어를 분석 비교한 것이어서 일정한 한계에 머물고 있다. 장영수 이후 오세영, 최두석, 이숭원, 박윤우, 김종윤, 김학동 등에 의하여 본격적인 오장환 연구7)가 이루어진 이래, 몇 편의 석사 논문8)이 나와 있다. 이러한 연구들은 소위 '해금'9) 이후에 이루어진 본격적인 오장환 연구 업적에 속한다.

  오세영은 오장환의 시 세계가 모더니즘 지향의 세계에서 순수한 서정시의 세계로, 그리고 프롤레타리아 지향적인 세계로 변모되었다고 지적하면서 '깨져버린 고향의 성으로부터 가출한 화자가 탕아가 되어 항구의 거리에서 방황하다가 다시 고향으로 되돌아가는 이야기'로 압축된다고 결론짓고 있다. 그러나 오장환에 대한 그의 평가는 '표현의 산만, 작품의 완결성 부족', '역사 인식의 천박성 노정', '서정시의 실패'로 요약되는 부정적 시각이다. 김종윤은 주로 해방 전에 발간된 시집 『성벽』과 『헌사』를 대상으로 고찰하고 있으나 '미래에 대한 전망

---

6) 張英洙, 『吳章煥과 李庸岳의 比較硏究』, 고려대 대학원 박사논문, 1987.
7) 吳世永, 「탕자의 고향발견(吳章煥 論)」, 권영민 편저, 『越北文人硏究』, 文學思想社, 1989.
   崔斗錫, 「오장환의 시적 편력과 진보주의」, 『吳章煥 全集2』, 창작과 비평사, 1989.
   李崇源, 「吳章煥 詩의 展開와 現實認識」, 『雲堂丘仁煥先生華甲紀念論文集』, 한샘, 1989.
   박윤우, 「저항의 몸짓과 비판적 리얼리즘 - 오장환론」, 윤여탁 외 편, 『한국현대리얼리즘시인론』, 태학사, 1990.
   김종윤, 「어둠의 인식과 상징적 서정(오장환론)」, 이선영 편, 『1930년대 민족문학의 인식』, 한길사, 1990 .
   金澤東, 『吳章煥硏究』, 시문학사, 1990.
8) 박윤우(서울대, 1989), 金明媛(한남대, 1989), 鄭雲燁(중앙대, 1991), 金慶淑(이화여대, 1992) 朴晶愛(전남대, 1993) 등이다.
9) 오장환에 대한 논의를 허용하는 조치는 1988년 7월 19일 4차 해금에서 이루어졌다.

의 부재', '퇴폐와 관능의 시정신', '역사의식이나 민족의식의 천박성'을 지적하고 있어 오세영과 같은 부정적 시각에서 오장환의 시를 고찰하고 있다.

최두석은 오장환 시의 근원적인 힘을 진보주의적 세계관으로 보고, 그 변이 과정을 고찰하고 있다. 이숭원은 오장환의 현실 인식의 저변에 계급론적 인식이 깔려 있으며, 이는 그의 초기시에서부터 일관된 흐름을 가지고 있는 것으로 파악하고 있다. 박윤우는 시대적 변화에 따른 비판적 인식의 변모 양상을 추적하여 오장환의 시가 모더니즘적 경향에서 현실주의적 경향으로 전환되어가는 과정을 고찰하고 있다.

「吳章煥 硏究」로 집약된 김학동의 연구는 오장환 시의 변화 과정을 추적하였을 뿐만 아니라, 전기적 국면의 연구와 서지적 국면의 연구를 덧붙였는데, 오장환의 연구로서는 괄목할 만한 성과라고 평가할 수 있다. 그러나 이 책은 주로 전기적 측면에 비중을 두고 있기 때문에 오장환의 시가 가지고 있는 구조적 특성을 해명하는 데는 미흡하다고 할 수 있다.

이상의 연구사에서 살펴 본 바와 같이 소위 '해금' 이전의 오장환에 대한 연구는 당대의 평문과 문학사에서 간단히 언급된 정도였다. 이와 같이 오장환에 대한 연구가 기피되고 침체되었던 것은 월북 시인[10]이라는 이유로 그 동안 그에 대한 일체의 논의가 정부에 의해 금지되어 왔기 때문이다. 문학사를 기술하는데 있어서 시인이나 작가의 이데올로기를 이유로 그를 편향되게 평가하거나, 혹은 시인이나 작가

---

10) 오장환의 월북 시기에 대하여는 대체로 1948년 2월 이전으로 추정하고 있다. 이러한 추정은 지금까지 남한에 알려져 있는 그의 작품 가운데 최후에 발표된 것이라고 할 수 있는 「2월의 노래」(문학예술, 1948. 4.)에서 화자가 대동강변에 위치하고 있는 것을 근거로 하고 있다. 월북한 후 그는 1951년 6월경 병사한 것으로 추정된다. 이러한 추정은 북한의 문학평론가 장형준의 인터뷰(「한겨레신문」 1991. 12. 19.)에 근거한 것이다.

의 문학 외적 사회 활동 여부로 부당한 대접을 하는 태도는 시정되어야 한다. 시인이나 작가가 참여하고 있는 '문학사'라는 역사는 그들 자연인의 행동 양식에 의해서 결정되는 것이 아니라, 그들이 이룩하여 놓은 예술적 업적에 의해서 평가되어야 하기 때문이다. 따라서 오장환이 자의적으로 월북한 것은 사실이지만, 그가 일제 말기부터 해방기에 이르기까지 이 땅에서 주목받았던 시인이라는 점에서 그의 문학 작품을 평가하고 연구하는 작업은 우리 문학사를 보완 정리하는 작업과 동궤에 있다. 지금까지 시대 상황 때문에 허술하게 다루어질 수밖에 없었던 월북 문인들의 작품에 대한 다양하고 충분한 연구 작업에 의해서만이 온전한 문학사의 복원이 가능하다. 이 연구도 이러한 관점에서 오장환의 시 작품을 새롭게 조명하여, 그의 시 세계를 종합적으로 평가하고 이해하는 데 보탬이 되고자 하는 데 그 목적이 있다.

나. 연구 방향과 범위

문학 작품이란 발신자(작가)에게서 수신자(수용자) 쪽으로 흐르는 일종의 예술적 메시지라고 할 수 있다. 그런데 여기에서 작가의 메시지, 즉 문학 텍스트를 무엇으로 보느냐에 따라 여러 가지 관점이 생긴다. 가령 실증주의자들은 '하나의 문헌'이나 '사건의 기록'으로 간주하고, 문학기호론자들은 '기호의 집합'으로 여긴다. 그런데 문학 작품의 메시지는 단순하고 일방적인 정보의 전달이 아니라, 작가가 독자에게 전달하는 재현적 의미의 메시지이자 언어예술적 구조물이다. 예술가, 우주, 작품, 청중의 네 가지 문학의 요소를 제시한 에이브럼즈가 문학 작품을 인간(예술가)과 인간(청중) 그리고 우주의 상호 관계에서 소통

되는 일종의 언어적 구조물[11]로 규정하고 있는 것도 같은 맥락에서 이해할 수 있다. 그의 이론에서 주목되는 것은 인간과 인간의 관계에서 예술적 메시지를 파악하려는 노력이다. 문학 텍스트가 우주의 모방이라고 하지만, 결국 인간에 의해 재현되고 인간에 의해 이해되는 인간의 세계이기 때문이다. 그러므로 시를 포함한 모든 문학 텍스트는 대개 작가와 독자의 관계 구조 안에서 또 하나의 인간관계 구조를 갖는다고 볼 수 있다. 다시 말하면 텍스트 내부에서의 화자와 청자, 혹은 화제로 삼고 있는 인물들의 관계뿐만 아니라, 이러한 인물들을 둘러싸고 있는 상황, 즉 인물 존재 자체를 규정짓는 시간과 공간이 텍스트 분석에서 중요한 의미를 지닌다. 따라서 문학 작품은 작가가 독자에게 전달하는 고도의 예술적 장치를 수반하는 언어의 구조체이자, 텍스트 내부에 허구적 인간들의 상호 소통을 설정하고 있는 예술적 메시지이다.

이러한 관점으로부터 시 작품을 바라보는 두 가지 접근 방법을 상정해 볼 수 있다. 그 하나는 시 텍스트를 시인이 독자에게 제시하는 하나의 무대 공간으로 가상하는 방법이다. 이 방법은 시를 인간과 인간이 상호 교섭하는 무대로 가상하고 시 내부에 등장하는 인물[12]들의 성격이나 행동, 그리고 인물들을 둘러싸고 있는 상황을 관찰함으로써 시를 이해하려는 시도이다. 이러한 관점에서 시 텍스트를 분석할 경우 시 작품은 텔레비전의 화면이나 연극의 무대를 통하여 전달되는 직접적이고 시각적인 공간을 통한 메시지가 아니라, 언어라고 하는 매우 다양하고 추상적인 용기(vehicle)를 매개로 하는 메시지라는 사실이 간

---

11) M.H. Abrams, *The Mirror and the lamp*, Oxford UP., 1953, 6~7쪽.
12) 이 글에서 '인물'이란 용어는 persona뿐만 아니라 시 작품에 나타나는 모든 극적 인물, 즉 화자, 청자, 화제의 인물 등 모든 등장인물을 지칭하는 광의의 의미를 갖는다.

과되어서는 안된다. 다른 하나는 문학 담론의 방법이다. 전통적인 구조주의자들이 문학 텍스트를 예술적 언어(language)의 조합이나 그 총합으로 인식하는 것과는 달리, 문학 담론에서는 그것을 발화(utterance)나 담론 행위로 정의한다. 이들은 작품을 작가와 독자의 상호간의 소통 행위로 볼 뿐만 아니라, 나아가 작품 내부의 허구적 화자와 허구적 청자의 담론 행위로 보는 이중 구조의 담론 행위로 인식하기도 한다. 그러나 문학 담론은 일상적인 언술 행위와는 다른 종류의 것이고, 특히 서정시는 인간의 대화의 한 예가 아니라 극의 경우처럼 인간 대화에 대한 하나의 양식화된 추상인 것이다.[13] 이와 같은 관점에서 중요한 문제로 대두되는 시적 요소는 인물, 시간, 공간이다. 필자는 이 세 가지 측면의 상황을 각각 살피는 작업이 한 시인의 시 세계를 이해하는 데에 있어서 중요하다고 판단했다. 따라서 이 연구는 오장환의 시를 이러한 세 가지의 시적 상황에 초점을 맞추어 각각의 특성을 구명함으로써 그의 시 세계의 총체적 조명이 가능하다는 입장에 서 있다.

대개의 시인들이 그러하듯이 오장환도 이미 신문 잡지 등에 발표한 것들 중에서 골라 낸 작품과 새로운 작품을 합하여 시집으로 출판하였다. 또한 『現代朝鮮詩人選集』(林和 편, 학예사, 1939), 『新撰詩人集』(金起林 편, 시학사, 1939), 『朝鮮詩集』(조선문학작가동맹 편, 아문각, 1947), 『解放記念詩集』(중앙문화협회 편, 1945), 『朝鮮文學全集』(林學洙 편, 한성도서, 1949) 등의 시선집에 재수록한 작품들이 있다. 그리고 최근에 발행된 그의 시집으로 『吳章煥 全集1』(최두석 편, 창작과비평사, 1989) 이 있다.

오장환의 작품들은 시집에 재수록될 때 부분적으로 개작된 경우도 있고, 표기가 달라진 경우도 허다하다. 오장환 시 연구에서 동일한 작

13) Geoge T. Wright, 김준오(역), 「시인의 얼굴들」, 『가면의 해석학』, 이우출판사, 1985, 286쪽.

품의 이본들 중 어떤 것을 텍스트로 삼느냐가 문제가 된다. 이 논문에서는 네 권의 시집에 실린 작품들을 분석 대상으로 삼았고, 시집에 수록하지 않은 작품들은 처음 활자화된 작품들을 텍스트로 정했다. 잡지나 신문에 발표한 작품을 시집에 실을 때 개작한 경우는 시인의 의도가 충분히 반영되었을 것으로 보이지만, 후에 시선집이나 『오장환 전집1』[14]에 재수록 된 것은 시인의 의도와는 상관없이 편집자의 주관이 개입되었을 가능성이 있기 때문이다. 따라서 이 연구는 네 권의 시집에 실려 있는 작품을 포함하여 지금까지 밝혀진 118편[15]의 시작품을 연구의 대상으로 삼았다.

2. 인물 특성

문학 작품은 작가가 독자에게 발신하는 일종의 메시지이지만 단순한 일상적 담론과는 달리 메시지 내부에 고도의 예술적 장치를 가지고 있는데, 이러한 장치는 결국 인간들의 관계 구조로 얽혀 있다. 커뮤니케이션 행위가 언어로 표현된 허구의 세계일 때 또 다른 시점에 의하여 담론 층위가 구축되며, 이것은 작가의 미학적 장치에 의해 창조된 화자와 청자가 허구적 목소리와 허구적 시점을 만들어내기 때문

---

14) 이 책의 '일러두기'에서 밝히고 있듯이 "시의 기본적인 분위기를 저해하지 않는 선에서 부분적으로 한자를 한글로, 맞춤법, 띄어쓰기 등을 현대표기로 고쳤"기 때문에 텍스트로 삼기에는 적당치 않다는 판단이 섰다.

15) 필자는 지금까지 여러 논자들에 의하여 작성된 작품 연보를 확인하여 '발표 연월일' '발표지' 등의 오류를 바로잡았을 뿐만 아니라, 「落花頌」「손주의 밤」의 두 작품을 발굴하였다. 「이월의 노래」(문학예술 창간호, 1948. 2.) 이후에 북한에서 씌어진 작품과 시집 『붉은 기』(평양: 1950)는 접할 수 없었으므로 논의에서 제외했다.

이다.[16] 따라서 시에서의 인물 탐구는 작가(화자)와 독자(청자)의 관계 구조 안에서의 문학 텍스트 내부의 인간관계 구조를 이해하는 한 방법이다.[17]

이 방법을 통하여 시 작품을 분석하기 위해서는 몇 가지 고려해야 할 사항이 있다. 첫째, 화자(persona)에 대한 관심이다. 이것은 시의 실체를 효과적으로 극화시키는, 시인과 그 시인의 서정적 퍼소나와의 거리에 대한 관심으로 집약된다. 즉 독자는 시를 읽는 동안 시에서 말하고 있는 존재가 시인이 아니라 퍼소나라는 사실을 알게 되고, 거기에서 최소한의 극적 인물을 발견하게 된다. 둘째, 서정적 화자의 화제가 되는 시의 주인공과 그에 부수되는 엑스트라에 대한 관심이다. 시에서의 인물은 시인 자신이 직접, 간접으로 체험한 인간에 대한 예술적 변용으로 나타난다. "문학 속의 인물들은 그들이 나타나 있는 작품의 범위를 벗어나 공간과 시간 속으로 확장될 수 없다. 그러나 다른 한편 이 인물들은 우리가 접촉하는 실제 인물들이 가지지 않은 일종의 확장력, 즉 상징적 차원을 가지고 있다."[18] 그렇기 때문에 시 작품 내부에 등장하는 인물과 그 성격은 작품의 의미를 결정하는 중요한 단서가 된다. 셋째, 서정적 화자이든 화자의 화제가 되는 인물이건 간에 그 인물들의 성격과 상징적 의미를 가늠하여 주는 시적 배경, 즉 공간적 시간적 상황들에 대한 관심이다.[19]

이와 같은 관점에서 오장환 시의 인물 특성을 논의하되, 편의상 네

---

16) Susan Sniader Lanser, *The Narrative Act*, Princeton UP., 1981, 3쪽.
17) 백수인, 「未堂 徐廷柱 시의 인물 고찰」, 『人文科學硏究』제9집, 조선대, 1987, 119~120쪽.
18) George T. Wright, op.cit., 271쪽.
19) 이 글에서는 오장환 시의 시간 특성과 공간 특성을 각기 장을 달리하여 논의 하지만, 인물, 시간 , 공간의 문제는 상호 융섭의 관계에 있기 때문에 본장에서 인물과 직접 관련이 있는 다른 요소들이 불가피하게 언급될 수밖에 없다.

권의 시집을 대상으로 각 시집별로 고찰하고자 한다. 왜냐하면 각 시집을 구획으로 인물들의 특성과 그 변화가 잘 드러나기 때문이다.

가. 퇴폐적 인물과 병적 자아

시집 『城壁』[20]의 두드러진 형식적 특징은 「月香九天曲」, 「旅愁」, 「病室」, 「湖水」, 「海獸」 등 5편을 제외한 17편이 산문시라는 점이다. 이른바 데뷔작이라고 하는 「목욕간」이 산문시일 뿐만 아니라, 첫 시집에 수록된 대부분의 작품이 산문시라는 특징을 갖고 있는 것은 오장환이 산문시라는 자유로운 시 형식으로 시적 출발을 시도했다는 점이다. 詩史的 측면에서 보면, 산문시는 주요한의 「불노리」와 정지용의 「白鹿潭」 「長壽山」, 홍사용의 「나는 王이로소이다」 「白潮는 흐르는데 별하나 나하나」, 그리고 李箱의 여러 시편들에서 발견되는 서구적 시 형태의 수용 과정에서 나타난다. 원래 산문시란 길이가 비교적 짧고 요약적이라는 점에서 시적 산문과 다르고, 행 구분이 없다는 점에서 자유시와 구분되며, 내재율과 이미지를 지닌다는 점에서 산문과 다른 것이다.[21] 그렇지만 산문시는 그 진술 양식 면에서 산문의 기본적인 특성을 반영할 수밖에 없다. 따라서 산문시의 분석은 화자의 시점, 다시 말하면 화자의 진술 태도와 입각점에 관심을 갖는 것으로부터 출발하는 것이 온당하다.

오장환의 산문시에 있어서의 화자 특징은 대개 화자가 작품 내부에 직접 드러나지 않고, 객관적 태도로 이야기하고 있는 사실이다. 이러

---

20) 시집 『성벽』은 초간본(1937)과 중간본(1947)이 있는데, 여기에서는 초간본의 16편에 6편을 추가하여 22편이 수록된 중간본을 텍스트로 삼는다.

21) *Prinston Encyclopedia of Poetry & Poetics*, Prinston UP., 1974, 664~665쪽.

한 서술 태도를 가진 화자, 즉 '화제 지향적 화자'를 설정하고 있는 산문시는 「賣淫婦」, 「海港圖」, 「漁浦」, 「城壁」, 「傳說」, 「溫泉地」, 「古典」, 「漁肉」, 「毒草」, 「鯨」, 「花園」, 「暮村」, 「易」 등이 있다. '화제 지향적 화자'의 설정은 화자가 화제 속에 나타나는 인물들의 감정에 깊숙이 개입하지 않고 비교적 객관적으로 대상이나 사건을 보여줌으로써 그 상징성을 심화 확대시키는 기법에 주안점이 놓여 있다.

다음으로 시집 『城壁』에서 주목되는 것은 여성 인물의 성격 문제이다. 시집 『城壁』의 여성 인물은 특이한 공통성을 지니고 있다.

> 푸른 입술. 어리운 한숨. 陰濕한 房안엔 술ㅅ잔만 훤-하였다. 질척척한 풀섶과같은 房안이다. 顯花植物과같은 게집은 알수없는 우슴으로 제 마음도 소겨온다. 港口, 港口, 들리며 술과 게집을 찾어 다니는 시ㅅ거른 얼굴. 淪落된 보헤미안의 絶望的인 心火. -頹廢한 饗宴속. 모두다 오줌싸개모양 비척어리며 얄게 떨었다. 괴로운 憤怒를 숨기어가며 … 젓가슴이 이미 싸느란 賣淫女는 爬蟲類처럼 葡匐한다.
>
> —「賣淫婦」 전문

「매음부」에서 화자의 역할은 주인공인 '매음녀(게집)'와 '시ㅅ거른 얼굴(윤락된 보헤미안)'의 행위와 그 배경(상황)을 보여주는 역할을 한다. '매음녀'의 행위는 '알수없는 우슴'을 웃는 일과 '파충류처럼 포복'하는 일이다. 이 두 행위의 중간에 '매음녀'가 '시ㅅ거른 얼굴'과 함께 한 행위는 '오줌싸개모양 비척어리며 얄게 떠'는 일이다. 이러한 인물들의 행위는 '항구'의 '방안'이라는 음습한 분위기의 공간 상황에서 행해지고 있다. 따라서 이 작품은 퇴폐적 분위기와 등장인물들의 관능적 퇴폐 행위가 결합된 시라고 볼 수 있다. 오장환 시에서의 퇴폐성은 여성 인물의 설정에 초점이 맞추어진다. 시집 『성벽』 전편을 통하여 여성에 관한 시어의 등장은 '게집(계집)'이 14회, '여자'가 1회, '기녀'가 4회, '(그, 이)년'이 2회, '요부' '홍등녀' '매음부' 등이 각 1회, '어머니(어메)'가 11회 나타난다.[22]

(가) 컴컴한 골목뒤에선 눈ㅅ자위가 시푸른 淸人이 괴춤을 홈칫거리며 길밖으로 달리어 간다. 紅燈女의 嬌笑, 간드러지기야. 生命水! 生命水! 果然 너는 阿片을 갖었다.

—「海港圖」 중에서

(나) 늙은이나 어린애나 점잖은 紳士는, 꽃같은 게집을 飮食처럼 실고 물탕을 온다. 젊은 게집이 물탕에서 개고리처럼 떠 보이는 것은 가장 좋다고 늙은 商人들은 저녁상머리에서 떠들어댄다.

—「溫泉地」 중에서

(다) 충충한 길목으로는 검은 망또를 두른 쥐정꾼이 비틀거리고, 人力車 위에선 車와함께 이믜 下半身이 썩어가는 妓女들이 비단내음새를 풍기어가며 가느른 어깨를 흔들거렸다.

—「古典」 중에서

(라) 고꾸라 양복을 입은 소년장님은 밤늦게 처량한 퉁소소리를 호로동 호로동 골목 뒷전으로 울려 주어서 단수 집허보기를 단골로 하는 뚱뚱한 과부가 뒷문간으로 조용히 불러들였다.

—「易」 중에서

이러한 작품들에서도 「매음부」와 마찬가지로 관능적인 쾌락의 대상이거나 환락의 행위를 직업으로 하는 여성들이 등장하고 있다. (가)의 '홍등녀'는 '교소'로 남성을 유혹하고 있고, (나)의 '게집'은 '늙은이나

---

22) 장영수, 앞의 논문, 27쪽.

어린애나 점잖은 신사', 혹은 '늙은 상인'에게 환락의 대상이 되고 있다. (대)는 '하반신이 썩어가는 기녀'가 인력거를 타고 가는 장면을 묘사한 것이다. (래)에서는 '뚱뚱한 과부'가 밤늦게 '소년장님'을 '뒷문간으로 조용히 불러들였'던 사실을 진술하고 있다. 이러한 여성 인물의 등장과 시 내부에서의 행위는 『성벽』의 가장 두드러진 특징으로 드러나 있다. 이 밖에도 이와 비슷한 윤락 여성은 「월향구천곡」에서 '妓女' '그짓말을 잘하는 게집' '춤추는 女子'로 표현되는 인물과 「해수」에서 '게집' '수박씨를 까부수는 病든 게집' '바나나를 잘러내는 遊廓 게집' '이년의 게집' '부-연 배때기를 헐덕어리'는 '뚱뚱한 게집' 등으로 표현되는 인물들을 들 수 있다. 이러한 여성 인물들만을 주로 묘사하고 있는 것은 윤락 여성을 통하여 극한적인 퇴폐와 절망적 상황을 상징적으로 보여 주기 위한 시인의 의도로 파악된다. 다시 말하면 외래(서구) 문화의 유입에 따른 사회의 변화 양상과 거기에서 나타나는 윤리적 가치관의 혼돈된 모습을 제시하고 있다.

앞에서 살핀 여성 인물에 대한 상대적 인물로 등장하는 남성 인물의 특징도 같은 맥락에서 살펴볼 필요가 있다. 남성 인물의 특징은 화자가 작품 내부에 드러나지 않는 경우와 화자가 작품 내부에 '나'로 직접 등장하고 있는 두 경우가 있다. 『성벽』에서 가장 두드러진 남성 인물의 특징은 '신사'라고 할 수 있다. '신사'는 앞에서 언급한 여성 인물과의 관계를 특징지울 수 있는 상대적 인간 관계 구조로서의 남성 인물이다. 그렇기 때문에 여성 인물과 대응되는 남성 인물의 파악은 시 세계 내부에서 인간 관계의 의미를 이해하는 중요한 단서가 된다. 그의 시에서 남성 인물의 전형인 '신사'가 등장하는 대표적인 작품은 「경」 「어육」 등이다.

㈎ 점잖은 고래는 섬모양 海上에 떠서 한나절 噴水를 품는다. 虛飾한
紳士, 風流로운 詩人이어! 고래는 噴水를 中斷할때마다 魚族들을
입안에 料理하였다.
　　　　　　　　　　　　　　　　　　　　　　　　　　　　－「鯨」 전문

㈏ 紳士들은 食卓에 죽은魚肉을 올려놓고 입천장을 핥으며 낚시질에
對한 이야기를 시작하였다. 天氣豫報엔 日氣도 검어진다는 (乘合
馬車가 몹시 흔들리는) 氣節을, 紳士들은 바다로 간다고 떠들어댔
다. 不順한 天候일수록 잘은 걸려드는 法이라고 행낭아범더러 魚
類들의珍奇한 미끼, 파리나 지렝이를 잡어오라고 호령한다. 점잖은
紳士들은 어떠한 遊戲에서나 禮節가운대에 行하여졌다.
　　　　　　　　　　　　　　　　　　　　　　　　　　　　－「魚肉」 전문

　㈎에서의 점잖은 고래는 '허식한 신사', '풍류로운 시인'의 은유이
다. 「경」에서 '고래'의 행위는 '한나절 분수를 품는' 일과 '분수를 중
단할 때마다 어족들을 입안에 요리하'는 일이다. 그러므로 이 시에서
'어족'은 '신사'가 '입안에 요리'할 수 있는 인간 부류, 즉 '신사'와
수직적으로 대응되는 인간 부류를 상징하고 있다. '고래'로 은유된
'신사'의 행위에 대하여 이숭원은 '도시 신사의 이중적 측면'23)이라고
지적하고 위선과 허위로 가득찬 도시의 유한 계층이 흔히 신사로 표
현되고 있으며, 이 '신사'라는 계층은 봉건 제도하 양반의 현대적 변
형이라고 말하고 있다. 또한 이 작품에서 보여주고 있는 '신사'는 "겉
으로는 우아한 예절을 지키는 것 같으면서도 실상에 있어서는 누구보
다도 비열하고, 겉으로는 인간적인 척하지만 자신의 이익을 위해서는
약자를 유린하고 착취하는 데 앞장을 선다"24)는 것이다. 그는 이 시

---

23) 이숭원, 앞의 논문, 553쪽.
24) 위의 논문.

를 신사의 위선에 대한 부정적 시각을 노정하는 작품으로 파악하고 있다. 즉 이숭원은 '신사'와 같은 인물을 등장시킨 시인의 의도는 "가진 자와 못 가진 자의 관계를 지배와 착취의 구조 속에 인식하려는 계급의식25)" 때문이라고 결론짓고 있다. 따라서 ㈎의 인물 구조는 고래와 어족의 관계가 표면 구조로 나타나 있지만 심층에서는 가진 자와 못 가진 자의 관계로 그 의미가 파악된다.

㈏도 같은 측면에서 보면 '신사'와 '행낭아범'과의 관계와 주인물인 '신사'의 행위를 통해서 이 작품의 주된 의미를 파악할 수 있다. 즉 '신사'들은 식탁에 앉아서 어육을 즐기며 '행낭아범'에게 호령하여 '어류들의 진기한 미끼'를 잡아 오도록 명령한다. 이러한 인간관계 구조도 ㈎의 인물 구조와 동일한 경우이다. 「온천지」와 같은 작품은 이와는 조금 다른 인물 구조를 가진 것처럼 보인다. 즉 남성과 여성의 상대 구조로 생각하여 볼 수 있다. 그러나 상하위의 개념으로 파악하면 남성과 여성의 인물 구조도 크게 다를 바 없다. 「온천지」에서의 '신사(혹은 늙은 상인)는 '은빛 자동차'를 타고, '꽃같은 게집이 물탕에서 개고리처럼 떠보이는 것은 가장 좋다'고 떠들어대고, '가족탕'을 선약한다. 이 시의 현실 인식은 '신사'의 여성에 대한 인식인데, 여성은 신사에게 있어서 한낱 쾌락의 도구로밖에 여겨지지 않는다는 사실이다. 화자는 이러한 '신사'의 위선적이고 추악한 내면을 함축하고 있는 행위의 겉모습을 객관적 관찰자 시점으로 그려내고 있다.

남성과 여성의 상하 관계 구조를 보여주고 있는 다른 작품의 경우는 「월향구천곡」에서의 '점잖은 사람' 혹은 '방탕한 귀공자'와 '춤추고 노래하는 기녀'의 관계, 「매음부」에서의 '윤락된 보헤미안'과 '매음녀'의 관계, 「고전」에서의 '검은 망또를 두른 취정꾼'과 '비단 내음

---

25) 위의 논문.

새를 풍기어가며 가느른 어깨를 흔들거리는 기녀들'과의 관계 등에서
나타나고 있다. 오장환은 이러한 인물 구조를 통해서 변화하는 사회
현실의 부조리한 삶을 주관적 감정 개입 없이 제시하고 있다. 이것은
현실 비판의 몫을 독자에게 돌리는 극적 장치로 여겨진다.

　화자가 작품 내부의 무대 공간에 직접 등장하지 않는 지금까지의
경우와는 달리 화자를 '나'로 직접 등장시켜, 주로 화자 자신의 이야
기를 진술하게 하거나 자신의 행위를 보여 주게 하는 시편들을 살피
기로 한다. 『성벽』에 실려 있는 22편 중 「여수」, 「해항도」, 「황혼」,
「향수」, 「호수」, 「성씨보」, 「해수」등 7편이 이 경우에 해당된다. 이
시편들은 앞에서 살핀 화자가 작품의 무대 공간에 직접 등장하지 않
은 시편들과는 달리 '나'의 문제가 토픽으로 드러나 있다. 따라서 화
자는 곧 시인이라는 등식을 인정할 수는 없지만 시인의 성격을 가장
많이 함축하고 있는 극적 인물이 '나'이기 때문에, '나'가 작품 내부
에 얼굴을 내밀었을 때 그의 진술, 표정, 태도, 행위 등에 의미의 중
심이 놓이게 된다.

　　(가) 요지경을 메고단이는 늙은 장돌뱅이의 주막꿈처럼 누덕 누덕이 기
　　　　 워진 때문은 追億, 信賴할만한 現實은 어듸에 있느냐! 나는 市井
　　　　 輩와같이 現實을 모르며 아는것처럼 믿고있었다.
　　　　　　　　　　　　　　　　　　　　　　　　　 ―「旅愁」 중에서

　　(나) 營養이 生鮮가시처럼 달갑지않는 海港의 밤이다. 늙은이야! 너도 水
　　　　 夫이냐! 나도 船員이다. 자- 한잔, 한잔, 배에있으면 육지가 그립고,
　　　　 뭍에선 바다가 그립다. 몹시도 컴컴하고 질척어리는 海港의 밤이다.
　　　　 밤이다. 漸漸 깊은 숲속에 올뺌이의 눈처럼 光彩가 生하여온다.
　　　　　　　　　　　　　　　　　　　　　　　　　 ―「海港圖」 중에서

㈐ 어듸를 가도 사람보다 일잘하는 機械는 나날이 늘어나가고, 나는
  病든 사나이. 야윈 손을 들어 오래ㅅ동안 隋怠와, 無氣力을 극진
  히 어루맞었다. 어두어지는 黃昏속에서, 나는 힘없는 憤怒와 絶望
  을 묻어버린다.

—「黃昏」 중에서

㈑ 내 姓은 吳씨. 어째서 吳哥인지 나는 모른다. 可及的으로 알리워
  주는것은 海州로 移舍온 一淸人이 祖上이라는 家系譜의 검은 먹
  글씨. 옛날은 大國崇拜를 유-심히는 하고싶어서, 우리 할아버니는
  진실 李哥엿는지 常놈이었는지 알수도없다. 똑똑한 사람들은 恒常
  家系譜를 創作하였고 賣買하였다. 나는 歷史를, 내 姓을 믿지않어
  도좋다.

—「姓氏譜」 중에서

㈎에서 화자인 '나'는 '추억'과 '현실' 사이에 존재하고 있다. '나'
는 항상 고향을 떠나 있으면서 고향에 대한 추억을 간직하고 있다.
화자 '나'는 '시정배와 같이 현실을 모르며 아는 것처럼 믿고' 있는
나그네로 등장하여 '누덕 누덕이 기워진 때묻은 추억'을 떠올리고 있
다. 이러한 화자 '나'의 성격이 ㈏에서도 마찬가지로 나타난다. 선원
의 신분으로 등장한 '나'는 '해항의 밤'에 그리움에 사무쳐 수부와 함
께 술잔을 들고 있다. 이러한 '나'의 그리움은 「향수」에서는 '함부로
술과 싸움과 도박을 하다가 어메가 그리워 어둑어둑한 부두로 나오기
도하였다. 어메여! 아는가 어두운 밤에 부두를 헤메이는 사람을.'이라
는 절규로 나타나기도 한다. 이러한 잃어버린 시간과 공간에 대한 화
자의 그리움은 현실에 안주하지 못하고 방황하는 데에서 기인한다. 방
황은 결국 현실 부정으로 표출되고, 현실 부정은 '나'를 병들게 하고
있다. 즉 '나'는 ㈐에서 처럼 '황혼의 저자'에서 '정든 고샅, 썩은 울

타리, 늙은 아베의 하얀 상투'를 그리워하면서, '분노와 절망'을 묻어
버리고 '싸느랗게 언 체온기를 겨드랑이에 지닌' '병든 사나이'로 등
장하기도 한다.

'병든 사나이'로 등장하는 '나'는 현실 부정에서 한 걸음 더 나아가
'자조와 절망의 구덩이'에 '구토'를 하는(「해수」) 자기 부정[26]에 이르
게 된다. 자기 부정의 양상은 "오래인 관습-그것은 전통을 말함이다"
라는 부제가 붙어 있는 (라)에서 더욱 적나라하게 제시되고 있는데, 이
것은 자기 부정에 바탕을 둔 전통 부정의 정신으로 파악된다.

나. 비애의 심화와 죽음의 미적 체험

오장환의 두 번째 시집 『헌사』에는 「할렐루야」 등 17편의 시가 수
록되어 있다. 첫 시집 『성벽』과 비교하여 볼 때 맨 먼저 눈에 띄는
것은 시형식의 변화이다. 산문시로 쓰였던 그의 시가 『헌사』에 이르
러서는 행과 연을 나누는 자유시로 변모되어 있다. 시형식의 변화는
화자의 진술 태도에도 변모를 가져오고 있다. 즉 『성벽』에서는 주로
화자가 시의 표면에 직접 드러나지 않고 단지 객관적 서술 태도로 제
삼의 인물들을 묘사하여 시적 메시지를 제시하고 있음을 확인했다. 그
런데 객관적 서술 태도를 가진 '화제 지향적 화자'를 내세웠던 『성벽』
과는 달리, 『헌사』에서는 직접 '나'라는 일인칭 화자를 등장시키는
'화자 지향적' 태도를 견지하는 시가 주로 등장한다. 화자의 시적 진

---

26) 이숭원(위의 논문, 555~556쪽.)은 "오장환은 훼손된 세계, 닫힌 전망 속에서 삶의
　　몸부림을 보여준 것이며 그 몸부림은 부정의 정신에 의해 지탱되었다"고 지적하
　　고, 「여수」를 "세계의 부정으로부터 자기 부정에 이르는 자아의 내적 경로를 잘
　　보여준" 작품으로 평하고 있다.

술 태도에서 전자는 감정의 개입이 비교적 적은 객관적 태도임에 비
해, 후자는 화자의 감정 개입이 두드러지게 나타난 주관적 태도임을
알 수 있다.

> 나요. 吳章煥이요. 나의곁을 스치는것은, 그대가 안이요.
> 검은 먹구렁이요. 당신이요.
> 외양조차 날 닮엇드면 얼마나 깃브고 또한 信用하리요.
> 이야기를 들리요. 이야길 들리요.
> 悲鳴조차 숨기는이는 그대요. 그대의 同族뿐이요.
> 그대의 피는 검어타지요. 붉지를 않고 검어타지요.
> 음부 마리아모양, 집시의 게집애모양,
>
> 당신이요. 충충한 아구리에 까만 열매를물고 이브의뒤를 따른것은
> 그대사탄이요.
> 차듸찬몸으로 친친이 날 감어주시요. 나요. 카인의末裔요. 病든
> 詩人이요. 罰이요. 아버지도 어머니도 능금을 따먹고 날 낳았오.
>
> —「不吉한 노래」 중에서

「불길한 노래」는 화자인 '나'가 청자인 '그대'에게 말을 건네는 전
형적인 담론 형식의 시 작품이다. '나'는 주인물로서 진술하는 자이고,
'그대'는 사탄으로서 청자로 등장한다. 화자인 '나'는 시인 자신의 가
면(persona)을 쓰고 등장하여 현실 재현 효과를 배가시키고 있다. 이
시에서 화자인 '나'의 주된 진술은 '검은 먹구렁'의 형상으로 등장하
는 청자인 '사탄'에게 '차듸찬몸으로 날 친친이 감어주시요'라는 발화
이다. 이 점에 대해 최두석은 '서구 편향적'이라고 전제하고 '시적 자
아가 사탄에게 몸을 맡긴다는 것은 전래적인 전통에 대한 반작용으로
서구적인 신화에 몸을 내맡기는 것'으로 해석하고 있다. 그는 이 점을

'보들레르적 모티프'로 규정하고 있다. 이 시에서 화자의 의식은 한 마디로 원죄 의식이라고 할 수 있다. '이브' '사탄' '능금' '벌' '카인' 등의 시어가 모두 원죄 의식과 관계되는 말들이다.[27] 이러한 원죄 의식은 그의 첫 시집 『성벽』에서도 자주 드러난 것처럼 강한 자기 부정 또는 전통 부정과 깊게 연관되어 있다. 이러한 부정적 정신은 '20대의 진한 感傷'[28]에서부터 출발한 것인지는 모르지만, 시집 『헌사』에서는 부정적 세계의 자의식이 더욱 심화되어 질병과 죽음의 미적 체험에 이르게 되는 특징을 보여 주고 있다.

㈎ 哭聲이 들려온다. 人家에 人家가 모히는 곳에.

  날마다 떠오르는 달이 오늘도 다시 떠오고

  누-런 구름 처다보며
  만또입은 사람이 언덕에 올라 중얼거린다.
  날개와 같이
  不吉한 四足獸의 날개와 같이
  망또는 어둠을 뿌리고

                                  ―「할렐루야」 중에서

㈏ 눈싸힌 수플에
   이상한 山새의
   屍體가 묻히고
      -중 략-
   눈우에 피인 숯불은
   빨-가케

---

27) 최두석, 앞의 논문, 189~190쪽.
28) 김광균, 앞의 글, 188쪽.

죽엄은 아, 죽엄은 아름다웁게 불타오른다.

—「深冬」 중에서

㈐ 나의 노래가 끝나는날은
　　내무덤에 아름다운 꽃이 피리라.

—「나의 노래」 중에서

㈑ 川邊가차히 가마구떼는 왜저리우나
　　오늘밤 아-오늘밤에는 어듸쯤 먼-곳에서
　　물에뜬 송장이 떠나려오나

—「無人島」 중에서

㈀에서의 주인물은 '만또입은 사람'이다. 이 사람은 어둠을 뿌리는 행위를 보여 주는 암흑의 사자이다. 이 시는 인가가 모여 있는 곳에 곡성이 들리고 '모-든 길이 일제히 저승으로 향하는' 죽음의 상황을 보여주고 있다. ㈐와 ㈑는 화자가 작품 표면에 직접 드러나지 않고, 화자의 눈에 비친 풍경만을 서술한 작품이다. 그런데도 화자는 늘 사물을 '죽음'과 연관 지어 대상을 관찰하고 있다. ㈐에서의 진술은 죽는 날까지 시를 쓰겠다는 시인의 의지를 담고 있다고 생각되지만, 이 경우에도 화자는 '무덤'이라는 이미지를 통하여 죽음 의식을 보여 주고 있다. 시집 『헌사』의 특징 중의 하나는 작품에 등장하는 인물, 즉 화자 혹은 그 밖의 인물들을 항상 죽음이라는 무드 속에 설정하여 놓고 있다는 점이다. 예시한 작품 외에도 죽음의 상황을 설정하고 있는 시는 「夕陽」, 「獻詞」, 「싸느란 花壇」, 「喪列」, 「永遠한 歸鄕」 등이 있다.

오장환 시에서의 '죽음'의 상황은 다른 말로 바꾸어 표현하면 '결별'이라고 할 수 있다. 인간에게 있어서 결별의 가장 극단적인 상황은 결국 '죽음'이기 때문이다. 그의 시에 나타난 인물이 최종적으로 결별하는 행위를 보여주는 경우는 허다하다. 시집 『성벽』의 시편들에서는 주인물이 능동적으로 떠나거나 방황하는 행위를 보여주는 경우가 많았는데, 시집 『헌사』에서는 화자가 주인물을 떠나보내거나 떠나보내려는 의지를 보여주는 세계로 변모되어 있음을 발견할 수 있다. 그 예로 「獻詞 Artemis」의 첫 연에서 "魔鬼야 따에 끌리는 네 검은 옷자락으로 나를 다려가거라 / 늙어지는 밤이 더욱 닥어들어 / 鐵柵안 김승이 운다"라고 노래한 것을 들 수 있다. 여기에서 능동적으로 떠나지 아니하고 마귀에게 자신을 데려가도록 권유하고 있는 화자의 피동적인 행위를 엿볼 수 있다. 「無人島」의 "아즉도 나의 목숨은 나의 곁을 떠나지 않고 / 언제인가 그언제인가 / 虛空을 스치는 별납과 같이 / 나의 榮光은 사라젓노라"는 절규도 이에 해당된다. 이 구절에서 과거의 모든 영광은 다 사라지고, 이제 마지막 목숨과의 결별을 기다리고 있는 화자의 진술을 들을 수 있다. 이러한 결별은 '우는 행위'와 '슬픔' '비애' '애상' '애수' 등으로 표현되어 있다. 가령 「永遠한 歸鄕」에서의 "埠頭에 남겨둔 哀傷", 「咏懷」에서의 "哀愁가 噴水같이 흐트러진다." "다만 울라 / 그대도 따라 울으라", 「寂夜」의 "나는 얼결에 함부로 운다" 등이 그것이다.

한편 이것들은 '죽음'이라는 극단적인 결별이기 이전에 전통이나 추억과의 결별, 즉 시 내부에서의 화자 또는 주인물이 경험한 과거 사실에 대한 결별로도 나타나고 있다. 이것은 과거에 이미 이룩된 인식의 틀에 대한 부정 정신의 발로라는 점에서 모더니즘과 관련되고, 결별의 대상이 가지고 있는 의미가 '비애' '슬픔' 등으로 나타나고 있는 점에서 감상주의와도 연관된다. 그 대표적인 예로 다음의 작품을 들 수 있다.

저무는 驛頭에서 너를 보냇다.
悲哀야!

開札口에는
못쓰는 車表와 함께찍힌 靑春의조각이 흐터져잇고
病든歷史가 貨物車에 실리여간다.

待合室에 남은 사람은
아즉도
누궐 기둘려

나는 이곳에서 카인을 맛나면
목노하 울리라.

거북이여! 느릿느릿 追憶을 실고 가거라
슬픔으로 通하는 모든 路線이
너의등에는 地圖처름 펼처잇다.

—「The Last Train」 전문

    이 시의 인물 구조는 화자 '나'와 청자 '비애'(혹은 '거북')로 설정되어 있다. 이밖에 등장하는 인물은 '대합실에 남은 사람'과 화자가 해후를 예견하고 있는 '카인'이다. 화자 '나'가 추상명사로 표현된 청자 '비애'를 역두에서 보내는 것이 이 시의 골간을 이루고 있다. 다시 말하면 이 시는 '비애'로 표현된 어떤 것과의 결별을 주된 내용으로 하고 있다. 그러면 떠나보내는 대상인 '비애'는 무엇인가? 그것은 '화물차에 실리어 가는 병든 역사'이며, '슬픔으로 통하는 모든 노선이 지도처럼 펼쳐 있는 거북'이며, 그 등에 실린 '추억'이다.

    장영수는 이 작품에 대하여 "지나간 靑春의 病든 歷史(＝歷程)로 인해 남겨진 悲哀를 이제 지나간 時間 속에 함께 보내는 그러한 靑春을 보낸 作中 主人公의 참괴한 심경과 아쉬움이 남겨 진다.”고 파악하고, “이 詩는 「歷史」 같은 낱말이 쓰이고 있지만 사실은 매우 私的인 自己 省察을 담고 있다”고 지적하고 있다.[29] 그러나 최두석은 이 시에서 전별의 대상을 ‘비애의 추억이 엉킨 병든 역사’라고 전제하고, “비애의 추억이 엉킨 병든 역사라는 것은 자신이 태어나기 전에 주어진 국가 상실의 역사와 다르”기 때문에 “전통 부정의 시에서보다 상당히 성숙된 역사의식을 보여주고 있다”고 평가하고 있다.[30] 또 오세영은 이 작품에 대하여 “과거 역사에 대한 결별을 선언하고 있다”고 파악하고 “화자는 저무는 역두에서 마지막 열차에 역사를 실려 보냈다고 말하면서 그 역사 자체를 슬픔이라고도 표현한다. 즉 시인에게 있어서 과거의 역사란 슬픔이며 따라서 사라져 없어져야 할 어떤 존재”로 보고 있다.[31]

박윤우는 이 시를 두고 “그로부터 오장환 자신의 시적 편력은 역사화 된다.”고 주장하고 “과거화된 편력의 내용을 ‘추억’으로 부정하는 한편, 현실적 삶을 ‘슬픔’으로 인식하지 않을 수 없는 자신에 대한 과격한 혐오 내지 비판을 가함으로써 또 다른 자기비판 내지 자기부정을 제기하게 된다.”고 말한다.[32] 이와 같은 견해들이 시각에 따라 조금씩의 차이가 있다는 것은 인정된다. 그렇지만 이러한 차이들을 극복하고 나면 결국 이 시는 슬픈 과거(역사, 추억)와의 결별, 즉 주인물의 행위를 통하여 과거 사실에 대한 부정의 태도를 보여주고 있다.

---

29) 장영수, 앞의 논문, 73쪽.
30) 최두석, 앞의 논문, 191쪽.
31) 오세영, 앞의 논문, 299~300쪽.
32) 박윤우, 앞의 논문, 150~151쪽.

『성벽』에서 보여준 방황하는 인물의 설정은 현실 부정으로 이어지고, 현실 부정은 자기 부정으로 심화되고, 자기 부정은 전통 부정의 정신에 기인함을 살펴 본 바 있다. 이와 같은 자기 부정은 『헌사』에서 "시의 내적 구조에 있어서 운명적 상황 의식과 죽음 이미지의 수용으로 표현"된다. 이러한 맥락에서 『헌사』에 수록된 일련의 작품들에서는 "초기시에 나타나는 도시적 감수성의 외면적 표출이 현저히 내면화되는 양상"을 보이게 된다.[33] 이러한 내면화된 양상에 알맞은 인물 설정의 방법으로는 주관적인 인물 설정 또는 화자 지향적 화자의 설정이 더욱 효과적이라는 것을 알 수 있다.

다. 부자유 속의 인물과 동물 가면

『나 사는 곳』(헌문사)은 1947년 6월 5일에 간행한 오장환의 세 번째 시집이다.[34] 이 시집에는 저자 자신이 후기 "나 사는 곳 시절"에서 최신작이라고 밝힌 「승리의 날」(1947년 5월 1일 남산 모임에서 낭독한 작품임)이라는 서시 외에 1939년 7월부터 해방 전까지의 기간에 창작된 23편을 수록하고 있다. 이 시집에서 가장 먼저 눈에 띄는 특징은 작품의 제목이 '-노래'의 형식이 많다는 점이다. 이와 같은 형식의 제목을 가진 작품은 「초봄의 노래」, 「밤의 노래」, 「구름과 눈물

---

33) 위의 논문.

34) 시집 『나 사는 곳』은 그가 월북하기 전에 남에서 펴낸 가장 마지막 시집이다.(이 논문의 '제1장 서론' 참고) 그렇지만 창작 연대가 『병든 서울』보다 앞선 해방 전이고, 시인 자신의 진술과 시집에 대한 광고(시집 『나 사는 곳』의 말미에 "同著 著 詩集 城壁 獻辭 나사는곳 病든서울"로 광고하고 있다.) 등으로 보아 세 번째 시집이 된다.

의 노래」, 「絶頂의 노래」, 「길손의 노래」, 「노래」, 「山峽의 노래」, 「봄 노래」 등 8편이나 된다. 여기에서 주목하고자 하는 것은 오장환의 시에 대한 인식의 변화이다. 즉 초기의 시집 『성벽』에서 보여주는 일련의 작품들이 산문시인데 반하여, 『헌사』를 거쳐 『나 사는 곳』에 이르러 점차로 음악성을 인식한 시 형식으로 변화하고 있다. 이것은 시의 형식에 대한 변화된 인식의 반영으로 보인다. 이러한 변화의 주된 맥락은 회화적 이미지에서 음악적 이미지로, 시각적 초점에서 청각적 초점으로, 서사적 구성에서 서정적 형식의 추구로 이행되고 있음을 보여주고 있다. 이것은 그의 시에서 화자의 역할이 내적 성찰 행위에서 함께 노래하는 행위로의 전환을 꾀하는 것으로, 그의 시가 민중성과 반난해성을 지향하는 단초로 보인다. 박윤우는 '노래'의 표제를 많이 사용한 것은 "집단적인 한 종족의 커다란 울음소리나 자랑을 노래"하려는 시적 인식 태도와 관련된다고 전제하고, 이러한 태도는 시의 내면 구조에 있어서 공간의 확대와 시간의 확대를 동시에 이루어 내게 된다고 지적하고 있다.[35] 이와 같은 인식 변화를 염두에 두고 작품 내부에서의 주된 인물인 화자와 관련된 몇 가지 특징을 살펴보겠다.

> (가) 깊은 밤중에 들려오는 소리는
> 시내ㅅ물 소리만인가 했드니,
> 어두운 골작이
> 노루 우는 소리.
> 또 가차운 산ㅅ발에 꿩이 우는 소리.
> 그런가 하면
> 두견이의, 솟작새의, 쭉쭉새의,
> 신음 하듯 들려오는 우름소리

35) 박윤우, 「吳章煥 詩 研究」, 서울대 대학원 석사논문, 1989, 47쪽.

아, 저 약하듸 약한 미물들이,
또 온 하로를 쪼껴단이다
깊은 밤 잠ㅅ자리를 얻어
저리도 우는 것인가.
아니, 저것이 오늘하로를 더 살었다는
안타까운 우름 소린가.
피곤한 마음은 나조차
불을 죽이고 어둠속에 누었다.

—「밤의 노래」 중에서

(나) 山마루 축대를 쌓고
띄엄 띄엄 닦어 놓은
새 거리에는
병든 말이 서서 잠잔다.

눈감고 귀 기우리면 무엇이 들려올까
들컹거리고 도라가는 쇠박휘 소리
하염없이 도라가는 癈馬의 발굽소리뿐.

—「구름과 눈물의 노래」 중에서

(다) 산밑까지 나려온 어두운 숲에
모리꾼의 날카로운 소리는 들려오고,
쪼끼는 사슴이
눈우에 흘린 따듯한 피방울.

—「聖誕祭」 중에서

　『나 사는 곳』에 수록된 작품의 화자 특징은 대체로 화자의 모든
신경이 청각에 집중되어 있다. 이것은 앞에서 언급한 시인 자신의 시
에 대한 인식의 변화와 관련된 것으로 여겨진다. 예를 든 작품들은
화자의 모든 신경이 청각에 쏠려 있음을 잘 보여주고 있다. (가)에서

화자는 어두운 밤이라는 시간 상황과 골짜기라는 공간 상황 안에 존재하면서 시냇물 소리 뿐만 아니라, '노루' '꿩' '두견이' '솟작새' '쭉쭉새'의 울음소리에 귀 기울이고 있다. 이와 같이 화자를 둘러싸고 있는 상황을 빛이 사라지고 없는(시각이 거세된) 어둠으로 설정함으로써 이 시는 화자의 감각이 청각에 집중되는 효과를 배가시키고 있다. (내)는 작품 전체적으로 볼 때 화자가 처한 시간을 '추억'이라는 공간으로 확대하고 있지만, 인용한 부분에서는 (개)에서와 마찬가지로 화자가 '쇠박휘 소리'와 '폐마의 발굽소리'에 청각을 집중하고 있음을 보여주고 있다. (대)의 상황도 (개)와 마찬가지로 '어두운 숲'으로 설정되어 있다. 그리고 (개)에서 '노루' '꿩' '두견이' '솟작새' '쭉쭉새' 등의 '쫓겨다니'는 '약하디 약한 미물'들의 처지를 보여주고 있는데, 여기에서도 '모리꾼의 날카로운 소리'와 '쪼끼는 사슴'을 등장시켜 대척적인 관계 구조를 보여주고 있다.

> (개) 양아 어린 양아
>   조이를 주마
>   어째서 너마저
>   울안에 사는지
>
>   양아 어린 양아
>   보드라운 네 털
>   구름과 같구나.
>   잔듸도 없는
>   쓸쓸한 木柵 안에서
>   양아 어린 양아
>   너는 무엇을 생각하느냐.
>
> —「羊」 중에서

(나) 도라온 蕩兒라 할까
여기에 比하긴
늙으신 홀어머니 너무나 가난하시어

도라온 子息의 상머리에는
지나치게 큰 냄비에
닭이 한마리

—「다시 美堂里」 중에서

(가)는 화자와 청자가 모두 표면에 드러나 있는 작품이다. 화자 '나'가 청자 '양'에게 발화하는 담론 구조를 가지고 있다.[36] 그렇지만 '양'에게 화자의 감정이 이입되어 있으므로 '나'의 존재는 청자인 '양'이 '잔듸도 없는 쓸쓸한 목책 안에' 존재하는 상황과 동궤에 놓여 있다는 것을 알 수 있다. (나)의 작품에서의 화자는 '고향'이라는 공간에 위치하여 있다. 물론 이 작품은 '돌아온 탕아'로 표현되는 화자와 '어머니'와의 관계에서 의미가 파악되는 작품이다. 이러한 '고향'이라는 시적 공간 설정에 대하여 오세영은 "오장환의 주된 관심은 고향의 발견과 동시에 그 황폐성의 인식"이라고 주장하면서, "전통 세계의 복귀"이기는 하지만 그 세계는 "이미 황폐화된 것으로서의 고향"이었기 때문에 이러한 시인의 인식은 "일제 식민지하의 삶을 상징"하는 것이며, "현실 참여에 눈뜨게" 되는 "새로운 자각"으로 파악하고 있다.[37] 이상의 논의에서 드러난 시집 『나 사는 곳』에서 인물과 관련된 몇 가지의 특징을 정리하면 다음과 같다.

(1) 화자가 주로 청각적인 면에 감각을 집중시키고 있다는 점이다.

---

36) 「비둘기 내 어깨에 앉으라」도 동일한 구조를 가진 작품이다.
37) 오세영, 앞의 논문, 307~310쪽.

이 점에서는 화자가 '노래'를 듣는 입장이 있고, 다른 하나는 화자가 직접 '노래'하는(외치는) 입장이 있다. 전자의 경향에 속하는 작품은 위에 예문으로 제시한 작품들과 「노래」「고향 앞에서」「강물을 따러」 등이 있다. 후자의 경우는 화자가 노래하고 외치고 싶은 강한 욕망의 표출, 혹은 그런 자유를 누릴 수 있는 공간의 확보에 대한 기대감의 표출로 볼 수 있는 작품들인데, 「초봄의 노래」「종소리」「장마철」「은시계」 등을 들 수 있다.

(2) 화자와 관련된 시간 상황, 즉 작품 내부의 시간적 배경을 '어둠'이나 '밤'으로 설정하고 있는 점이다. 이러한 시간 상황이 드러나는 작품은 위에 예문으로 든 작품 외에 「길손의 노래」「노래」「나 사는 곳」「산협의 노래」「강물을 따러」 등을 들 수 있다.

(3) 감정이입, 또는 상징적 의미로 짐승을 등장시키고 있는 점이다. 문학 작품, 특히 시 작품에서의 짐승의 등장은 그 행위나 상징적 의미에서 일종의 가면(persona)으로 여겨진다. 위에 예문으로 든 시에서도 잘 드러나 보이지만, 이 밖에도 '참새떼'(「장마철」),'새'(「다시금 여가를」), '박쥐'(「구름과 눈물의 노래」), '비둘기'(「비둘기 내 어깨에 앉으라」) '양'(「양」), '갈매기떼'(「푸른 열매」), '사슴'(「은시계」), '이리떼' '토끼' '사스미'(「산협의 노래」), '산김승' '잿내비'(「고향 앞에서」), '비둘기' '학'(「FINALE」) 등을 들 수 있다.

(4) 화자가 존재하는 공간 상황이 변화했다는 점이다. 『나 사는 곳』에서 시인이 주로 제시하고 있는 공간은 두 가지의 특징을 발견할 수 있다. 그 하나는 '고향'이라는 공간이다. 박윤우에 의하면 "고향을 그린 작품들은 모두 발견된, 혹은 찾아진 것으로서의 고향을 노래하지 못하고 고향 앞에서, 즉 고향으로 가는 길목에서 바라다 보이는 존재로서의 고향만을 노래하고 있다는 점"을 특징으로 지적하고 있다.[38)

'고향' 혹은 '고향 앞(고향 가까운 곳)'을 공간 배경으로 설정한 작품으로는 「다시 미당리」「붉은 산」「나 사는 곳」「성묘하러 가는 길」「고향 앞에서」「봄노래」「FINALE」 등이다. 다른 하나는 '골짜기' 혹은 '깊은 산골'과 같은 공간이다. 여기에 속하는 작품으로는 「밤의 노래」「구름과 눈물의 노래」「노래」「성탄제」「산협의 노래」 등을 들 수 있다. 『나 사는 곳』에 이르러서는 『성벽』, 『헌사』에서 보여준 모더니즘적 공간에서 현실적 서정적 공간에로의 변화된 모습을 읽을 수 있다.

오장환이 『나 사는 곳』에서 창조해 낸 인물로서의 화자와 시적 상황을 종합해 볼 때, 시인이 처한 식민지적 상황을 시를 통해 제시하고 있다고 하겠다. 왜냐하면 작품 구성 요소로서의 화자와 청자, 그리고 이러한 인물들이 처한 시간과 공간 상황의 제시는 결국 시인이 독자에게 제시하는 문학 커뮤니케이션 요소로서의 메시지이기 때문이다. 따라서 앞에서 살핀 화자의 특성 중 '밤' '어둠' '겨울' 등의 암울하고 추운 고통의 시간을 설정하고 있는 것이나, 쫓고 쫓기는 대척적인 관계 구조를 보여 주고 있는 점이나, '목책 안에' 갇혀 있는 부자유한 상황을 제시하고 있는 것, 그리고 황폐성을 인식한 고향이라는 공간 제시 등은 곧 작품 밖에 존재하는 인물인 시인과 관련한 역사주의적 관점에서 그 의미를 이해해야 할 것이다.

라. 타락한 인물 군상과 민중 화자

오장환의 네 번째 시집 『병든 서울』에는 8.15 이후 해방기에 쓴

---

38) 박윤우, 「저항의 몸짓과 비판적 리얼리즘」, 앞의 책, 157쪽.

「八月十五日의 노래」 등 19편이 수록되어 있다. 흔히 지적하듯이 오장환의 시 세계는 '해방'이라는 역사적 사건을 계기로 '자아의 세계'에서 '민중의 세계'로 전환되었다. 이러한 시 세계의 변화는 시인 자신이 "이제는 나사는 곳이 아니라 우리들이 사는 곳이다. 「내」가 「우리」로 밝귀는 사다리를 讀者들이 이詩集에서 찾는다면 望外의 幸運이겠다."[39]라고 밝힌 것과 깊게 연관되어 있다. 이러한 변화는 시 작품의 인물 구조에서도 변화를 가져오게 된다. 『병든 서울』의 가장 큰 특징 중의 하나는 화자를 '나' 대신에 '우리'로 선택하고 있는 작품이 많다는 점이다. 화자 '우리'의 선택은 오장환에 있어서 역사적 소명 의식에 의한 획기적인 인간상의 선택으로 풀이할 수 있다. 김준오는 산업 사회의 인간상 제시에 대하여 다음과 같이 논술하고 있는데, 오장환에 있어서의 '해방'이라는 역사적 상황이 사회의 급격한 변화라는 측면에서 적어도 김준오가 말한 산업 사회의 그것과 그 조건에 있어서 동일하다고 판단된다.

> 인간상은 새로운 문화와 역사의 시대마다 항상 변화하기 마련이다. 산업 사회에서 인간상 제시의 시는 우선 시적 자아를 밀폐된 방으로부터 밖으로 끌어내어 '우리' 속에 합류시킨다. '나'의 삶이 아니라 '우리'의 삶이 산업 사회의 변동기에 대한 진정한 태도와 반응으로서 선택된다. 그리하여 고독한 인간 대신 민중이 시의 퍼소나로 등장한다.[40]

이러한 시각은 우리 문단에서 70년대 이후 한 조류를 이루었다고 여겨지는 소위 '민중시'의 화자를 설명하는 자리에서 제시한 견해이다. 그렇지만 오장환의 『병든 서울』에서의 '우리'라는 화자 선택도 당

---

39) 오장환, 「나사는 곳의 시절」, 『나 사는 곳』, 헌문사, 1947, 94쪽.
40) 김준오, 「민중시의 전형적 화자」, 『가면의 해석학』, 이우출판사, 1985, 229쪽.

시 사회 상황의 급격한 변화에 따른 태도와 반응의 육화인 것이다.
그러면 구체적으로 그의 시에 '우리'가 어떤 모습으로 등장하고 있는
가를 살펴보겠다.

旗폭을 쥐었다.
높이 쳐들은 萬人의 손우에
旗빨은 일제히나부낀다.

"萬歲!"를 부른다. 목청이 터지도록
지쳐 나서는
군중은 만세를 부른다.

우리는 노래가 없었다.
그래서
이처름 부르짖는 아우성은
일즉이 끓어오든 우리들 정열이 부르는 소리다.
　　　　　　　　　　　　　　　　　　－「八月十五日의 노래」 중에서

다시금 부르는구나
지난 날
술마시면서 술들이 모여서 부르든 노래
무심한 가운데－

아, 우리의 젊은 가슴이 기다리고 벼르든 꿈들은 어듸로 갔느냐
굳건히 나가려든 새고향은 어디에 있느냐
　　　　　　　　　　　　　　　　　　　－「어둔밤의 노래」 중에서

　예시된 작품의 화자는 복수의 개념을 가진 '우리'이다. '우리'는 화
자가 어떤 무리에 속해 있으면서, 그 집단의 일원으로서의 소속감을

가진 인물의 목소리로서 드러난다. 즉 「팔월 십오일의 노래」에서 '우리'는 '만인' '군중' 등 복수의 인물형으로 등장하고, 「어둔 밤의 노래」에서 '우리'는 함께 '모여서' '노래'를 부르던 집단의 인물들로 등장한다. 그렇지만 이들 작품에서 보는 바와 같이 결국 시의 형식으로 발화되는 최종적인 목소리의 서정적 자아는 그 무리의 일원인 개인일 수밖에 없다. 「팔월 십오일의 노래」의 화자는 '무수한' '행렬'로서 만세를 '목청이 터지도록' 부르며 '환희와 기쁠의 꽃바다'를 연출하는 '해방'이라는 역사적 사건을 맞이한 '겨레'의 표상으로 등장하고 있다.

「어둔 밤의 노래」에서 화자는 '지난 날' '모여서 부르든 노래'를 '다시금 부르'고 있다. 그 이유는 '우리의 젊은 가슴이 기다리고 벼르던 꿈들'이 이루어지지 않았고, '굳건히 나가려든 새고향'도 찾지 못했기 때문이다. 이러한 화자의 인식은 '한때, 우리는 해방이 되었다 하였고 또 온줄로 알었다. / 그러나 / 사나운 날세에 / 조급한 사나이는 / 다시금 / 뵈지않는 쇠사슬 절그럭어리며 / 막다른 노래를 부르는구나'(「Г И М Н」)라는 진술과 맥을 같이 한다. '지난날'이란 '해방' 이전의 날을 가리키는 것이다. 따라서 이 작품에서의 화자는 해방 이후의 사회적 상황을 '지난날' 부르던 '노래'를 다시 불러야 할 상황으로 인식하고 있다. 위에 인용한 작품 외에 '우리'가 화자로 등장하는 작품은 「聯合軍入城歡迎의 노래」, 「指導者」, 「Г И М Н」, 「가거라 벗이여」, 「延安서오는동무 沈에게」, 「내나라 오 사랑하는 내나라」 등이다. 이러한 작품에서는 공통적으로 화자가 동류의식 혹은 공동체 의식을 가지고 발화하고 있음을 볼 수 있다.

『병든 서울』에서는 오장환의 사회에 대한 관심과 저항적 태도가 매우 극명하게 드러나 있다. 이러한 저항적 태도는 그가 초기시에서부터 키워 온 부정 정신과 관련되어 있다. 그렇지만 『병든 서울』에서는

'일제'라는 그 이전의 사회 상황과는 매우 다른, 속박의 주체가 갑자기 사라져버린 '해방'의 상황이었기 때문에 그 태도에 있어서 부패한 사회 현실을 직접 고발하는 보다 적극적인 의미를 띠고 있다. 그런데 『병든 서울』에서의 저항적 태도의 표출 또는 사회 현실에 대한 고발은 항상 자기비판 혹은 자아 반성을 전제로 하고 있다. 오장환의 자기비판은 그가 설정하고 있는 화자로서의 '나'에 대한 화자 지향적 발화나 행위에 드러나 있다. 가령 화자 '나'는 '병든 사내'(「강도에게 주는 시」), '병든 자식'(「어머니 서울에 오시다」), '병든 탕아'(「병든 서울」)등으로 표상되고, "그렇다. 병든 서울아, / 지난날에 네가, 이잡놈 저잡놈 / 모도다 술취한놈들과 밤늦도록 어깨동무를 하다 싶이 / 아 다정한 서울아 / 나도 미천을 털고보면 그런놈중의 하나이다."(「병든 서울」)라는 진술을 통해서 자학적인 화자의 태도를 서슴없이 드러내 보이고 있다. 이와 같이 자기 비판적 화자를 내세우면서, 한편으로는 '병든 서울'이라는 무대 위에 부패한 현실적 인물들을 다양하게 등장시킴으로로써 오장환은 해방기의 타락한 사회의 단면을 제시하고 있는 것이다.

　　　三十八度라는 술집이 있다.
　　　樂園이라는 카페가 있다.
　　　춤추는 연놈이나 술마시는 것들은
　　　모두다 피흐르는 비수를 손아귀에 쥐고 뛰는 것이다.
　　　젊은사내가 있다.
　　　새로나선 장사치가 있다.
　　　예전부터 싸홈으로 먹고사는 무지한 놈들이 있다.
　　　내나라의 심장 속
　　　내나라의 수채물 구녕

이 서울 한복판에
밤을 도아 기승히 날뛰는 무리가 있다.
    -중   략-
값싼 허영심에 뻗어 갔거나
여러식구를 먹이겠다는 生活苦에서 뛰처 났거나
진하게 개어붙인 분가루와 루-쥬에
모든 표정을 숨기고
다만 相對方의 表情을 쫓는 뱀의 눈같이 싸늘한 女給의 눈초리
담뇨때기로 외투를 해입은자가 있다.
담뇨때기로 만또를 해두른놈이 있다.
또 어떤놈은
권총을 히뜩 히뜩 비최는 著도 있다.
이런 곳에서 목을 매는 中學生이 있다.

—「이 歲月도 헛되이」 중에서

    이 작품에서의 공간인 '삼십팔도라는 술집' '낙원이라는 카페'는 '내 나라'와 '서울 한복판'의 상징이다. 이 시에 등장하는 인물은 '피 흐르는 비수를 손아귀에 쥐고 뛰는' '춤추는 연놈'과 '술마시는 것들', '새로 나선 장사치', '싸홈으로 먹고사는 무지한 놈들', 밤이면 날뛰는 '무리', 허영심 혹은 생활고로 뛰쳐나온 '여급', '권총을 히뜩 히뜩 비최는 자', '목을 매는 중학생' 등이다. 이러한 인물들은 작품 내부에서 사회 현실의 타락한 모습을 보여주기 위하여 동원된 군상들이다. 이 작품에 흐르고 있는 시간 즉 '세월'은 '해방의 날'을 의미한다.

    이러한 인물들은 '해방의 날'이라는 시간적 상황 속에서는 "이세상에 나 처음으로 쥐어보는 내나라의 기빨에 / 어쩔줄 모르고 울면서 춤추든 / 그리고 밝고 군세인 새날을 맹세하든 사람들"인 것이다. 따라서 이 작품은 '해방의 날'에서 '현실'로 이어지는 시간 속에서 변화

된 인물들의 모습을 제시하고 있다. 이와 같이 현실 비판을 위하여
전형화한 인물의 설정은 이 시집의 다른 작품에서도 흔히 드러난다.
예를 들면 "高度한 資本主義國家의 尖端을 가는 職業"으로서 "그
들의 번창해질 장사를 위하야 / '韓國'이니 '建設'이니 '靑年'이니 /
'民主'니 하는 간판을 더욱 크게 내건다"고 풍자된 '깽'(「깽」)을 등장
시키기도 하고, "속속드리 오장까지 썩어가는 주정뱅이"(「어둔 밤의
노래」)를 등장시키는가 하면, "數萬을 대표한 청년들은 낮부터 / 밤
새로한시까지 기다리"어도 "끝끝내 라디오를 들을수있는곳에만 방송
을"하는 "위대한 지도자"(「지도자」)를 등장시키기도 한다.

어머니 서울에 오시다.
蕩兒 도라가는게
아니라
늙으신어머니 病든 子息을 찾어오시다.

—아 네 病은 언제나 낫는 것이냐.
날마다 이처럼 쏘다니기만 하니 ……
어머니 눈에 눈물이 어릴때
나는 거기서 헤어나지 못한다.

—내 부치 내가 위해받드는 어른
내가 사랑하는 자식
한평생을 나는 이들이 죽어갈때마다
옆에서 미음을 끄리고 약을 다린게 나의 일이었다.
자, 너마저 시중을 받어라.

오로지 이 아들 위하야
서울에 왔건만

메칠만에 한번씩 상을 대하면
밥수깔이 오르기전에 눈물은 앞서흐른다.

어머니어 어머니시어! 이어인 일인가요
뼈를 깎는 당신의 자애보다도
날마다 애타는 가슴을
바로생각에 내닷지못하야 부산히 서두르는 몸짓뿐.

─이것아, 어서 돌아가자
병든것은 너뿐이 아니다. 온 서울이 병이 들었다.
생각만 하여도 무섭지않느냐
대궐안의 윤비는 어듸로 가시라고
글세 그게 가로채었다는구나.

시굴에서 땅이나 파는 어머니
이제는 자식까지 의심스런 눈초리로 바라보신다.
아니올시다. 아니올시다.
나는 그런 사람과는 아무런 관계도 없습니다.
내가 생각하는 것은
이가슴에 넘치는 사랑이 이가슴에서 저가슴으로
이가슴에 넘치는 바른뜻이 이가슴에서 저가슴으로
모-든이의 가슴에 부을길이 서툴어 사실은
그때문에 病이 들었습니다.

어머니 서울에 오시다.
蕩兒 돌아가는게
아니라
늙으신 어머니 病든 子息을 찾어오시다.
─「어머니 서울에 오시다」 전문

이 시는 『병든 서울』의 맨 마지막에 수록된 작품이다. 이 작품의 모티프는 『나 사는 곳』에 실려 있는 「다시 미당리」와 흡사하다. 단지 「다시 미당리」에서는 '돌아온 탕아'로 표현된 '자식'이 고향이라는 공간에 돌아와 있지만, 이 작품에서는 '탕아 도라가는게 아니라' '늙으신 어머니'가 '병든 자식을 찾어' 서울로 오신 것이다. 따라서 「다시 미당리」에서 '탕아(아들)'가 고향이라는 공간을 찾아 간 행위를 이 시에서는 '어머니'가 서울이라는 공간으로 찾아 온 것으로 대치시키고 있다. 그러나 이 작품은 「다시 미당리」와는 달리 복합적인 담론 층위를 보여 주는 작품으로서 오장환의 작품 중 특이한 구조를 가진 작품이다.

이 시는 나레이터가 등장하여 주인물인 '어머니'와 '자식'이 서로 주고받는 담론에 개입하여 설명하고 있고, '어머니'와 '자식'이 매 연마다 화자와 청자의 역할을 서로 바꾸어 가면서 진술하고 있는 전형적인 담론 양식의 시이다. 즉 1연과 끝 연은 나레이터가 상황을 설명하고 있으며, 2연은 '어머니'의 발화와 나레이터의 개입으로 구성되어 있다. 그리고 3연은 '어머니'가 화자인 '나'로, '아들'이 청자인 '너'로 등장하고 있다. 또한 4연은 나레이터가 '어머니'의 감정에 개입한 발화이며, 5연은 '아들'의 발화와 나레이터의 개입으로 구성되어 있다. 그리고 5연은 순전히 '어머니'의 발화이며, 6연은 나레이터와 '아들'의 발화로 구성되어 있다. 이 시는 병든 서울에 수록된 다른 시와는 상당히 다른 "가족주의적 감상성"을 내보이고 "인도주의적 신념을 고백"41)하고 있지만 해방 전의 시편들과 비교해 보면 역시 현실 비판의 시각에 바탕을 두고 있는 것이 사실이다. 다시 말하면 앞에서 모티프가 유사하다고 소개한 「다시 미당리」에 흐르는 정조와 이 작품의 인물들이 인식하고 있는 '서울'이라는 현실 공간에 대한 시각과는 판이

---

41) 이숭원, 앞의 논문. 565쪽.

하다는 것은 부인할 수 없을 것이다.

시에서의 인물 탐구는 자칫 텍스트의 통사적인 구조에 얽매어 작품이 가지는 예술적 장치와 시적 의미를 간과하는 형식주의적 관점에 빠지기 쉽다. 그러나 문학을 포함한 예술이 결국 인간과 인간 사이의 커뮤니케이션의 일종이고, 그것이 인간에 의해 재현된 인간의 세계라는 점을 인정할 필요가 있다. 그렇다면 문학의 한 장르인 시 작품도 서사적 구조를 가진 소설이나 희곡과 마찬가지로 예술가(시인)가 작품 속에 창조해 낸 인물들이 중요한 의미를 갖게 되는 것은 당연한 일이다. 따라서 인물들의 발화와 인물들의 관계 구조, 또는 인물들을 둘러싸고 있는 상황을 살펴서 궁극적으로 작품이 갖고 있는 의미에 접근하는 방법도 시 세계를 이해하는 중요한 방법이라고 여겨지며, 특히 오장환의 시 작품들을 해명하는데 이러한 방법이 유용할 수 있다. 이상의 논의들의 요점을 간단히 정리하면 다음과 같다.

(1) 제1시집 『성벽』은 산문시가 주류를 이루고 있어서, 객관적 태도를 가진 화제 지향적 화자를 통하여 극적 인물들을 내세우고 있다. 여성 인물은 '매음녀' '기녀' 등과 같이 퇴폐적이고 관능적인 인물형으로, '신사'로 대표되는 남성 인물은 이러한 여성 인물들을 향락의 대상으로 삼는 위선적인 인물형으로 나타난다. 그는 이러한 인물들의 성격과 그 인물들의 관계 구조를 통하여 윤락과 퇴폐의 사회상과 인간관계의 모순된 계층 구조를 제시하고 있다. 또한 일인칭 시점에서 진술된 작품에서의 '나'는 주로 부정의 정신에 바탕을 둔 '병든 사나이'로 등장한다. 이러한 성격의 일인칭 인물은 이후의 작품들에서도 일관되게 나타난다.

(2) 제2시집 『헌사』에서는 시 형식이 산문시에서 행과 연을 가르는 자유시로 변화되면서 화자 지향적 태도를 가진 화자를 설정하고 있는

데, 화자 '나'는 항상 죽음에 처해 있는 극한 상황 설정이 특징적으로 나타나 있다. 죽음의 상황과 관련된 화자 행위의 또 다른 특징은 부정 정신을 바탕으로 한 과거(전통)와의 '결별'하는 모습을 제시하고 있다.

(3) 제3시집 『나 사는 곳』에서는 화자와 관련된 시간 상황을 '어둠' '밤'으로 설정하고 있다. 공간 상황의 특징은 이전의 모더니즘적 공간에서 현실적 서정적 공간으로 변화하고 있음을 발견할 수 있다. 그리고 짐승을 퍼소나로 등장시켜 인도주의적 의식을 표출하는 동시에 쫓고 쫓기는 대척적인 인물 구조를 설정하여 부자유한 상황을 제시하고 있다.

(4) 제4시집 『병든 서울』에서는 화자가 '나' 대신에 '우리'로 등장하고 있다. 이것은 해방이라는 사회 상황의 급격한 변화에 따라 민중 화자를 내세워 역사적 소명 의식을 반영하려는 시인의 의도로 판단된다. '서울'이라는 타락한 공간을 설정하여 놓고 거기에 걸맞는 타락한 인물 군상을 조상함으로써 사회 현실의 단면을 비판적으로 제시하고 있다. 물론 이러한 태도는 초기에서부터 일관되게 견지해 온 자기 부정, 자아비판의 정신을 바탕으로 하고 있는 것이다.

3. 시간 특성

시간의 개념을 한 마디로 설명한다는 것은 매우 어려운 일이다. 왜냐하면 시간이란 자기 존재에 대한 의식으로부터 출발하는 영혼과 관련된 문제이기 때문이다. 그러나 "시간은 보편적 경험의 세계로 나타난다. 보편적 경험의 세계는 누구에게나 언제나 진리로 수용되는 경험의 세계를 뜻하며, 따라서 누구나 시간이 무엇인가를 이미 잘 알고 있다는 사실이 전제된다."[42] 시간을 가장 큰 범주에서 갈래짓는다면 객관적 시간과 주관적 시간으로 나누어 이해할 수 있다.[43] 객관적 시간이란 인간의 인식과는 무관하게 흐르는 자연적 시간을 말하는데, 이것은 곧 물리적으로 흐르는 시간을 말하며 공적 동시성이 확보되는 시간의 의미를 포함한다. 그러나 주관적 시간이란 인간에 의해 경험되고 인식되고 해석되는 인간의 의식 작용을 거친 시간이라고 할 수 있다. 이러한 시간은 개인의 경험 세계와 상황에 따라 자연적 시간으로는 오래인 시간을 극히 짧게 느낄 수도 있고, 그와 반대로 물리적 시간으로는 짧은 시간을 긴 시간으로 느낄 수 도 있는 것이다. 그러므로 이러한 시간을 심리적 시간이라고 부르는 경우도 있다.

　주관적 시간은 여러 가지로 구분할 수 있겠지만, 일반적으로 문학에서 이러한 시간에 대한 의식 표출은 언어라는 형식으로 표상되어 있다. 그렇기 때문에 이것은 결국 담론의 형식으로 표출되는 것이 보통이다. 문학적 담론에서의 시간은 인간의 의식 작용을 거친 주관적 시간의 반영일 수밖에 없다.

　문학에서의 시간에 대한 통찰은 작가의 시간 의식이 작품 안에 내재되어 있다는 것을 전제로 한다. 그러나 문학에서의 시간은 단순한 일상적 담론에서의 그것과는 그 양상이 다르다. 왜냐하면 문학이란 일종의 허구적 담론이기 때문이다. 다시 말하면 작가나 시인이 자신의 환경에서 경험하여 인지한 시간을 작품 속에 허구적 인물의 발화를

---

42) 李昇薰, 『文學과 時間』, 二友出版社, 1986, 7~8쪽.

43) 시간에 대한 큰 갈래로는 경험적 시간과 자연적 시간으로 나누는 경우도 있고, 심리적 시간과 물리적 시간으로 나누는 경우도 있다. 그러나 이 글에서 주관적 시간과 객관적 시간으로 갈래짓는 이유는 인문학에서의 시간에 대한 개념은 시간을 인지하는 주체의 개입여부를 기준으로 삼아야 한다고 보기 때문이다.

통하여 서술하기 때문이다. 따라서 문학 담론에서의 시간 탐구는 일차적으로 화자의 발화와, 이차적으로 허구적 인물들의 발화에 관심을 가질 수밖에 없다.

시 작품의 시간 양상은 소설이나 희곡과 같은 서사 문학 장르에서의 그것과는 또 다른 면이 있다. 시는 표면적인 통사적 구조를 분석하여 그 의미를 이해할 수 있는 단순한 양식이 아니다. 시 작품 내부에서의 시간 기재는 화자의 발화에 의해서 설정된다. 그렇지만 화자의 발화에 의해서 설정된 시간이란 결국 시인이 경험한 세계의 반영이기 때문에 시 속의 시간 양상은 시인 개인의 체험과 사회 역사에 대한 개인적 인식과의 맥락 속에서 이해될 수 있다. 시에서의 시간 탐구의 방법은 여러 가지가 있으나, 이 글의 서론에서 제시한 바와 같은 관점에서 보면, 첫째 담론적 방식으로 분석하는 방법과, 둘째 시 작품 내부에 허구적으로 설정된 시간이 어떠한가를 살피는 방법을 상정하여 볼 수 있다.

첫째의 방법은 시를 일종의 담론으로 인식하고 시에 드러나는 시간의 범주를 분석함으로써 시간적 계기 위에서 시 작품을 이해하고 해석하기 위한 방법이다. 이러한 문학 담론적 방법은 시를 작품 내부에서 화자가 청자에게 건네는 담론으로 규정하는 것을 전제로 하기 때문에 화자의 발화와 화자가 화제로 삼는 시간 양상에 초점을 맞추게 된다.

둘째의 방법은 시 작품을 하나의 무대로 가상하기 때문에 그 무대라는 공간에 종적으로 교차되는 허구적 시간의 설정이 어느 때인가에 관심의 초점을 모으는 것이 되는데, 이것은 단지 시의 통사 구조상 표면에 흐르는 시간의 상징적 의미와 그 시간 양상들의 변화를 추적하는데 중점을 두는 방식이다. 특히 이것은 시 작품에 나타나는 시간어에 의해서 작품 내부에 설정된 시간 상황의 흐름을 따져보고, 그 시간 상황이 어떠한 의미를 갖는가를 살펴보는 방법이라고 할 수 있다. 따라서 이 방법은 극적 장치로서의 허구적 시간에 대한 시인의 시적 의도를 살피는 작업이 될 것이다. 이 장에서는 오장환의 시에서의 시간적 특성을 이러한 두 가지 관점에서 관찰해 보고자 한다.

가. 서사적 시간과 서정적 시간

앞 장에서 설명한 바와 같이 오장환의 초기시가 가지고 있는 형식적 특징은 산문시라고 할 수 있다. 그의 산문시는 서술시의 특징을 보인다. 산문적 서술시의 대체적인 화자 특성은 객관적 태도로 진술하고 있는 함축적 화자로 나타난다. 이러한 특성은 시간의 측면에서 보면 서정시가 갖고 있는 시간적 특성에서 일탈하여 오히려 서사시의 시간 특성에 접근하고 있음을 확인 할 수 있다. 다시 말하면 서정시는 시인이 자기 자신의 순간적인 감정을 표현하는 것이며, 또한 순수한 현재는 하나의 행위의 인상을 창조하는 효과를 발휘하기 때문에 서정시의 본질적 시제는 현재 시제에 있다.[44] 그러나 오장환의 초기 산문시에서 드러나는 시간의 특성은 이와 다르게 나타난다.

> 장판방엔 곰팽이가 木花송이 피듯 피어났고 이방 主人은 막버리꾼. 지개목바리도 훈김이 서리어올랐다. 방바닥도 눅진 눅진하고 배창사도 눅진눅진하여 空腹은 헌겁오래기처럼 쉬어져 나오고 와그르르 와그르르 숭얼거리어 뒤ㅅ간문턱을 드나들다 고이를 적셨다.
>
> ─「雨期」 전문

---

44) 金埈五, 『詩論』, 三知院, 1991, 232~234쪽.

점잖은 장님은 검은 연경을 쓰고 대나무지팽이를 때때거렸다.
　　고꾸라 양복을 입은 소년장님은 밤늦게 처량한 퉁소소리를 호로롱 호
로롱 골목 뒷전으로 울려 주어서 단수 집허보기를 단골로 하는 뚱뚱한
과부가 뒷문간으로 조용히 불러들였다.

―「易」 전문

　초기시 두 작품을 예시하여 보았다. 이러한 작품들에서의 화자는 표면에 드러나지 않는 함축적 화자로서 단지 사건을 담담하게 서술하고 있을 뿐이다. 현상적 화자가 아닌 함축적 화자의 시 내부에서의 역할은 거의 없다. 이때 화자는 단지 이야기를 진술하는 역할만을 담당한다. 따라서 이러한 산문적 서술시에서는 함축적 화자 보다는 시 내부에서의 허구적 인물로 등장하는 주인물의 인식과 그 인물의 행위와 사건의 전개에 관심의 초점을 두어야 하기 때문에 시간의 문제도 주인물을 둘러싸고 있는 시간적 상황에 더 관심을 가져야만 한다. 왜냐하면 함축적 화자는 청자에게 그의 목소리로 이야기의 진행을 서술하는 것이 주된 임무이고, 시 내부의 시간 상황은 화자의 발화를 통해서만 설정되기 때문이다.

　「우기」를 살펴보면 이 작품의 시간적 요소는 통사적으로 볼 때 모두 과거 시제에 해당한다. 이 시에 기술된 주인물 '막버리꾼'의 행위는 '뒤ㅅ간문턱을 드나들다 고이를 적셨다.'로 언술되는데, 이 행위의 시간, 즉 사건시가 발화 시점을 기준시로 과거 시제라는 것이다. 자세히 살펴보면, 이 작품에서 시간 양상이 드러 있는 것은 '피어났고' '서리어올랐다' '눅진 눅진하고' '눅진눅진하여' '쉬어져 나오고' '숭얼거리어' '드나들다' '적셨다' 이다. 이 중에서 맨 나중의 '적셨다'는 분명히 발화시를 기준으로 과거의 사실이지만, 나머지는 사건시를 기

준으로 현재 상태를 나타내고 있다.

이 작품에 서술된 사실들을 정리하여 보면, ①장판방에 곰팽이가 피어났고(과거 상태), ②훈김이 서리어 올랐다.(과거 상태), ③방바닥도 눅진눅진하고(현재 상태), ④배창사도 눅진눅진하여(현재 상태), ⑤空腹은 쉬어져 나오고(현재 상태), ⑥空腹은 숭얼거리어(현재 상태), ⑦뒤ㅅ간문턱을 드나들다(현재의 습관적 동작), ⑧고이를 적셨다(과거 완료)이다. 그러므로 ⑧이전의 현재 상태의 시제는 과거 시간 속에서 현재 상태의 동시적 상황의 서술로 드러나 있다. 즉 모문 '고이를 적셨다'라는 사건시를 기준시로 잡으면 ①과 ②는 과거이고, ③-⑦은 현재이다. 따라서 시상의 측면에서 보면 ⑧이 화제의 시간이고 ①-⑦은 과정으로서의 시간이므로 이 시 전체의 시간 양상은 과정으로서의 시간이 화제의 시간에 내포되어 있는 완료 시상으로 간주된다.

이러한 시의 시간적 특징은 이 시의 시적 담론이 과거 완료 시상으로 서술됨으로써 화자와 시 속의 사건과 적정한 시적 거리를 유지하게 된다는 점이다. 또한 과거사건 속에서 현재형으로 진술함으로써 과거의 사건에 대한 실감 있는 상황을 묘사하고 있다. 이것은 화자가 이 사건에 직접적으로 관계치 않고, 단지 그 사실이 있었다는 사실만을 객관적으로 진술함으로써 그 사실에 대한 의미나 평가를 독자의 몫으로 돌리는 미학적 장치로 판단된다. 다시 말하면 「우기」에서 보는 바와 같이 화자의 감정 개입을 최소화시켜, '막버리꾼'이 '우기'에 일터를 잃고 굶고 있는(공복) 상황에서 배탈이 나서(숭얼거리어) 뒷간을 드나들다 속옷을 적셨다는 사실만을 담담하게 전달하고 있는 것이다.

「역」에서도 마찬가지의 시간 양상이 드러난다. 이 작품에서 시간 양상이 드러나 있는 구절은 '때때거렸다' '밤늦게' '울려주어서' '불러들였다'이다. 이 작품은 두 개의 문장으로 구성되어 미시적으로 보면 두 개의 발화처럼 보인다. 그러나 '점잖은 장님'과 '고꾸라 양복을 입은 소년장님'을 텍스트 문법에서 말하는 일종의 '명명적 연쇄(nominative Kette)'[45]로 본다면 하나의 발화로서 동일한 존재의 다른 표현으로 이해할 수 있다. 따라서 이 시에서도 '밤늦게 과부가 장님을 불러들인' 사실(화제로서의 시간)에 과정의 시간이 포함되어 있으므로 이 시의 시간 양상은 완료 시상으로 간주된다. 그러므로 화자의 서술 태도는 「우기」와 마찬가지다.

서술시 양식에서는 발화시가 중요한 의미를 갖지 못한다. 왜냐하면 서술시의 양식이 서사시의 그것과 흡사하기 때문이다. 서술시에서의 발화시는 항상 현재로 고정되어 있으며, 화자의 발화는 과거의 경험적 사실을 설화적 방식으로 서술하여 독자에게 보여준다. 그래서 이러한 서술시에서는 발화시가 아니라, 화제 또는 과정으로서의 사건시에 관심의 초점을 맞추어야 한다. 이야기 시에서 기술된 행동은 엄밀한 의미에서 발화 행위로서의 현재로부터 분리된 행동이며, 이 행동이 현재에서 분리된 것은 시간적 거리 때문이 아니라 화자, 곧 작가의 약호적 의도(coded intention) 때문이다. 따라서 이러한 서술시에 나타나는 시간은 비상황소적 시제, 역사적 시제, 서사적 시제라고 할 수 있다.[46] 이러한 시간 특성은 서사시, 서술시 등 이야기 시가 갖는 전형적인 것이라고 할 수 있다. 오장환의 초기시가 갖는 형식적 특징을 산문시라고 규정하였는데, 이러한 산문시나 장시가 갖는 이야기적 속성은 대개 서술시로 드러나는 것이 일반적이다.[47] 이러한 서사적 시

---

45) 고영근, 「텍스트의 경계를 어떻게 세울 것인가?」, 조숙환·이현호 엮음, 『언어학과 인지』, 한국문화사, 1992, 5쪽.

46) 이승훈, 앞의 책, 154~160쪽 참조.

47) 김준오 (『시론』, 앞의 책, 271-276쪽.)는 서술시가 한국시가의 한 전통이 되고 있다고 전제하고, 「공무도하가」 「처용가」 「헌화가」 「서동요」 「쌍화점」 「만전춘」 「정

간 의식을 갖고 씌어진 작품은 앞에 예시한 작품 외에 「해항도」, 「어
포」, 「전설」, 「온천지」, 「매음부」, 「고전」, 「어육」, 「향수」, 「마리아」
등 첫 시집 『성벽』을 중심으로 십 수 편을 들 수 있다. 따라서 오장
환의 이와 같은 전형적인 서술시의 양식은 그가 초기에 갖는 시적 시
간에 대한 인식이 이러한 설화적 역사적 시간에 관심을 갖고 출발하
였다는 것을 의미한다.

그런데 두 번째 시집 『헌사』이후부터 시의 형태적 변화를 가져오면
서 그의 시 내부에서의 시간 양상도 변화하기 시작한다.

哭聲이 들려온다. 人家에 人家가 모히는 곳에.

날마다 떠오르는 달이 오늘도 다시 떠오고

누-런 구름 처다보며
망또입은 사람이 언덕에 올라 중얼거린다.
   -중　략-
망또우의 모가지는 숯이며
그저 노래 부른다.
저기 한줄기 외로운 江물이 흘러
깜깜한 속에서 차디찬 배암이 흘러 …… 싸탄이 흘러 ……
눈이 따겁도록 빨-간 薔薇가 흘러 ……

―「할렐루야」 중에서

읍사」 등의 고전시가로부터 조선시대의 많은 사설시조, 우리의 대표적 민요인 「아
리랑」까지 모두 이야기적 요소를 지니고 있으며, 소월의 「진달래꽃」, 김동환의 「국
경의 밤」도 이야기를 지닌 서술시로 규정하고 있다. 그는 이러한 서술시가 70년
대에 크게 주목받는 시형태였다고 보고, 이성부, 신경림, 김명인 등의 작품을 예
로 제시하고 있다. 그런데 이러한 70년대 서술시의 가락은 이미 일제 말 백석의
시에서 발견된다고 기술하고 있다. 시문학사적 관점에서 본다면 오장환의 일련
의 서술시도 같은 맥락에서 논의할 수 있을 것이다.

눈 쌓인 수플에
이상한 山새의
屍體가 묻히고

유리窓이 모다 깨여진
洋舘에서는
솜판을 터트리는 소리가 들려온다.

언덕아래
저긔 아 저긔 눈싸힌 시내ㅅ가에는
어린아히가 고기를 잡고

눈우에 피인 숫불은
빨-가케
죽엄은 아, 죽엄은 아름다웁게 불타오른다.

—「深冬」 전문

　위에 예시한 작품들은 서정시가 갖는 전형적 시제를 채택하고 있다. 일반적으로 서정시에서 시적 담론이 나타내는 전형적인 시제는 현재 시제라고 할 수 있다. 현재 시제는 크게 ①순수 현재 ②현재 진행형으로 나누어진다. 시적 담론은 대체로 순수 현재와 현재 진행형이 함께 사용된다. 다시 말하면 시적 담론에서의 시간적 특성은 순수 현재로 포괄되는데, 그것은 완료된 수행이 아니라 순수한 수행이며 동시에 지속적인 수행의 세계이기 때문이다.[48] 예시한 시에서 이러한 현재 시제가 어떻게 드러나는지 살펴 보기로 하겠다.
　「할렐루야」를 보면, 위에 인용한 부분을 하나의 담론으로 간주할

---

48) 이승훈, 『한국시의 구조분석』, 종로서적, 1987, 107~113쪽 참조.

때 다섯 개의 발화 단위로 이루어져 있음을 볼 수 있다. ①인가에 인가가 모이는 곳에 곡성이 들려 온다. ②날마다 떠오르는 달이 오늘도 다시 떠온다. ③누런 구름 쳐다보며 망또 입은 사람이 언덕에 올라 중얼거린다. ④망또 위의 모가지는 솟치며 그저 노래 부른다. ⑤저기 한 줄기 외로운 강물이 흐른다.(깜깜한 속에서 차디찬 배암이 흐른다. 사탄이 흐른다. 눈이 따갑도록 빨간 장미가 흐른다.)가 그것이다. 이 작품에서 주된 사건은 ③과 ④에 집중되어 있다. 즉 '망또 입은 사람'의 행위인 '중얼거린다' '노래부른다'가 발화 시점에서 현재 시제로 되어 있다는 점에 주목할 필요가 있다. ① ② ⑤는 이러한 주인물의 행위에 의미를 암시해 주는 상황에 대한 발화이다. 즉 ③과 ④의 발화 시제와 ① ② ⑤의 시제는 동시적으로 일어나는 현재 시제이다. 그러므로 이 다섯 개의 발화가 모두 현재 시제로 되어 있다. 그리고 이 작품에서 구체적 시간 상황을 알게 해주는 발화는 ②의 '떠오르는 달'과 ⑤에서의 '깜깜한'이다. ②는 과거로부터 습관적으로 진행되어 온 지속적 수행의 현재 상태를 나타내는 발화이기 때문에 '달이 떠오른다'는 상황과 함께 밤이라는 시간적 상황을 암시한다고 하겠다.

'오늘도'라는 시간 부사는 이 시의 발화가 현재 시제라는 사실을 더욱 명확하게 한다. 이와 관련하여 ⑤의 '깜깜한 속'이라는 언술은 ②의 '달이 떠오고'에 나타나는 시간 상황이 밤이라는 사실을 뒷받침하여 준다. 그리고 ⑤를 문장 단위로 보면 세 개의 문장인데, 이것을 뭉뚱그려 하나의 발화로 보는 것은 '배암' '싸탄' '장미'가 모두 강물의 은유이기 때문이다. 다시 말하면 이러한 수사적 장치는 몇 단계를 거치고 있는데, 강물 → 배암 → 싸탄 → 장미의 단계가 그것이다. 화자는 맨처음 '강물'이라는 사물을 지각하고, 그 강물의 여러 속성 중 특히 '배암'처럼 굽이져 흐르는 속성을 인지하게 된다. 이것은 인지

의미론에서 말하는 아날로그 정보에서 디지틀 정보로 전환되는 과정으로 설명할 수 있다.[49] 이렇게 전환된 정보는 연상에 의한 또 다른 전환을 하게 된다. 즉 '배암'에서 이브를 꼬여낸 '싸탄'을, '싸탄'에서 연상되는 원초적 빛깔인 피를, 피의 붉은 빛에서 '빨간 장미'를 연쇄적 연상에 의한 은유로 이행된다. 이러한 은유의 원관념인 '강물'은 '깜깜한 속', 즉 밤이라는 시간 상황 속에서 흐르고 있는 것이다. 요컨대 이 시는 밤을 배경으로 한 현재 시제의 시간을 표상한 작품이라고 할 수 있다.

「심동」의 시간적 양상도 마찬가지이다. 이 시는 4연으로 구성된 작품인데, 각 연을 하나의 단위로 보면 네 개의 발화로 이루어져 있다. 이 시에는 시간을 지시하는 시간 명사나 시간 부사는 전혀 사용되지 않고 있다. 단지 '눈 쌓인 수플' '눈싸힌 시내ㅅ가' '눈우에 피인 숫불'이라는 구절의 '눈'이 「심동」의 시간적 배경이 겨울이라는 사실을 암시할 따름이다. 이 시에서 네 개의 발화는 모두 순수 현재로 되어 있다. 그리고 화자는 작품 내부에 드러나지 않고 함축되어 있다. 따라서 이 작품에서의 화자는 이 작품의 사건 밖에서 객관적인 관찰자의 입장으로 사건들을 기술하고 있다. 다시 말하면 이러한 시들도 앞에서 논의한 산문적 서술시에서와 같이 화자는 객관적 관찰자 혹은 전지적 해설자로서의 역할을 하고 있다. 그러나 이 작품들에서의 화자와 사건(혹은 등장인물) 사이의 거리는 앞에서 논의한 산문적 서술시에서의 과거 시제의 화자의 그것과 비교할 때 매우 좁혀져 있다. 왜냐하면 화자는 과거의 경험적 사실을 진술하고 있는 것이 아니라 현재 화자의 눈앞에 펼쳐지는 사실을 발화하기 때문이다. 이러한 화자의 태도는

---

49) 이정민, 「언어의 표상과 인지 : 특히 음운 표상에 유의하여」, 조숙환·이현호 엮음, 『언어학과 인지』, 한국문화사, 1992, 274~275쪽.

마치 눈앞에 사건들이 벌어지고 있는 것과 같은 현실감을 독자에게
제공해 준다. 여기에서 화자가 이러한 사건(혹은 등장인물)과 객관적
거리를 유지하도록 하는 문학적 장치는 20년대 시들에 주로 나타나는
감상주의를 극복하고자 하는 시인의 의도로 받아들여진다. 화자와 사
건과의 시간적 상관관계를 간단한 도표로 설명하면 다음과 같다.

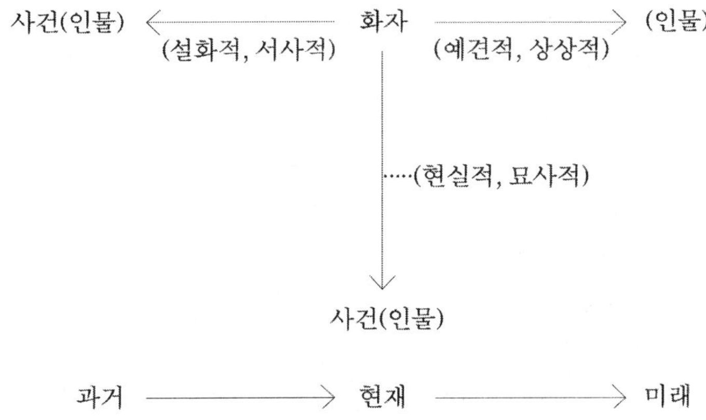

이 도표는 발화시와 사건시의 관계가 시간적 계기 위에서 어떠한
시적 성격으로 드러나는지를 보여 준다. 발화시가 현재라는 것을 전제
로 사건시가 과거일 때는 설화적 서사적이며, 현재일 때는 현실적, 묘
사적이며, 미래일 때는 예견적, 상상적이다.

> 보리밭 고랑에 두러누어
> 솟치는종다리며 떠가는 구름ㅅ장이며
> 울면서 치여다 보앗노라.
>
> 양지짝의 墓지는

사랑보다 다슷하고나

쓸쓸한 대낮에
달이나 뜨려므나
죄그만 都會의 생철집웅에

—「夕陽」 전문

산이 산을 부르는
아득한 곳에서
폭포의 우람한 목청은
다시 무엇을 부르는 노래인가

나는 듯는다.

깊은 산ㅅ골작
人跡이 닿지안는 곳에,
억수로 퍼붓는 소나기 소리.

—「노래」 중에서

위에 인용한 「석양」과 「노래」에서의 화자는 현상적 화자로 드러나 있다. 그러나 「석양」은 과거 시제로, 「노래」는 현재 시제로 나타난다. 「석양」을 살펴보면, 시간을 나타낸 것은 '보앗노라' '다슷하고나' '뜨려므나' 등의 화자의 서술 태도와 '대낮'이라는 시간 명사이다. 그런데 '보앗노라'는 선어말어미 '앗'으로 보아 분명히 과거 시제를 사용하고 있으나, 그 이하는 현재형을 사용하고 있음에 유의할 필요가 있다. 이 시에서의 화자의 위치는 '보리밭 고랑에 두러누어' 있으며, 화자의 행위는 '종다리며' '구름ㅅ장이며'를 '울면서 치여다 보'는 것이다. 그런데 이러한 화자의 행위들은 '보앗노라'라는 서술로 보아 과거의 경험적 사실을 진술하고 있다. 화자는 과거의 경험적 사실을 진술하는 태도에서 갑자기 현재형의 진술로 그 서술 태도를 바꾸고 있다. 이것은 첫 연에서 과거 시제를 전제로 해 놓고, 다음부터 화자의 발화 태도는 사건시로 이입되어 현재형으로 진술해 가고 있는 것이다. 이러한 발화 태도는 과거의 사실을 마치 현재처럼 전달하여 시적 감흥을 극대화하는 극적 장치라고 할 수 있다. 이러한 시간 의식은 그가 서술시에서 보인 서사적 시간 의식에서 서정적 시간 의식으로 변화되는 과정에서 자주 보이는 서술 양식이다.

다음으로 「노래」를 살펴보면, 이 작품에서의 화자는 '산속'에 위치하고 있다. 화자는 '아득한 곳'에서 들려오는 폭포 소리를 듣고 있다. 이 작품에서 시제가 드러나는 곳은 현재 시제로서의 '-인가'와 '듯는다'이다. 화자는 폭포 소리를 '노래'로 인식했다가 다시 '억수로 퍼붓는 소나기 소리'로 인식하고 있다. 오장환은 이러한 시들에서 처음부터 일관되게 순수 현재 시제를 채택함으로서 전형적인 서정적 시간 의식을 반영하고 있다.

오장환 시에서의 시상은 과거, 과거 속의 현재, 순수 현재 등 다양하게 나타난다. 이러한 시간 의식의 다양성 속에서도 변화의 맥락이 있다면, 그것은 그가 초기의 산문적 서술시에서 보여 주었던 과거 지향의 시간 의식이 시집 『헌사』이후 현재 지향의 서정적 시간 의식으로 이행되었다는 점이다. 이것은 그가 『헌사』이후 시형식을 의식적으로 변화시킨 면과 관련되는 것으로 보인다. 그렇지만 초기의 시간 의식, 즉 서사적 서술적 시간 의식은 항상 그의 시 밑바닥에 깔려 있어 후기에도 지속적으로 나타난다. 또한 화자의 위치와 태도에 따라서, 혹은 화자와 사건(혹은 등장인물)과의 거리가 객관적인가, 직접성을 가지고 있는가에 따라서 시간 양상의 발화 효과와 그 기능이 달라진다.

나. '밤'의 시간 상황과 의미

오장환의 작품 118편에 드러나는 시간 표시어를 조사하여 본 결과 아침, 오전, 낮, 오후, 황혼, 저녁, 밤, 새벽, 천명 등 하루 중 어느 때를 지칭하는 시간 표시어가 나타나 있는 작품의 수는 56편이었다. 이 56편중에는 '아침'이 7편(12.5%), '오전'이 0편(0%), 낮이 4편(7.1%), '오후'가 2편(3.6%), '황혼'이 2편(3.6%), 저녁이 11편(19.6%), '밤'이 46편(82.1%), '새벽'이 2편(3.6%), 천명이 1편(1.8%)이다. 이러한 시간 표시어가 작품에 나타나는 횟수를 살펴 보면 총 124회이다. 이 중 '아침'이 9회(7.3%), '낮'이 4회(3.2%), '오후'가 2회(1.6%), '황혼'이 6회(4.8%), '저녁'이 12회(9.7%), 새벽이 2회(1.6%), 천명이 1회(0.8%) 그리고 '밤'이 88회(70.9%)로 나타났다.[50]

'황혼' '저녁' '새벽' '천명'까지를 밤의 시간 영역으로 보면 모두 109회(87.9%)가 된다. 이와 같이 그의 시 작품 전반을 통하여 '밤'이라는 시간 표시어가 지배적으로 많이 드러남에 따라 그의 시에서 시

---

[50] 참고로 이외에 그의 모든 시 작품의 표면에 드러나 있는 시간 표시어들을 소개하자면, '8월 15일'과 같이 특정한 날을 지시하는 어휘가 15회, 2월 등 특정한 달을 지시하는 어휘가 5회(이하는 괄호 안에)로 나타나는 것을 비롯하여 봄(9), 여름(3), 가을(2), 겨울 겨을(10), 간간이(1), 경칩(1), 계절(1), 古代(1), 그간(2), 그동안(1), 금시에(1), 기미년(1), 기위(1), 기절(1), 나날이(6), 나달(1), -날(40), 날로날로(1), 날마다(13), 내일(1), 늦게(1), 달포(1), 뒤(3), -때(52), 매양(1), 매월(1), 메칠 며츨 식(4), 몇나절(1), 반년 동안(1), 백일(1), 벌서부터(1), 사철(1), 삼동(2), 삼칠일(1), -새(2), 새로 한 시(1), 세 밤 전(1), 세시쯤(1), 세월(11), 소년기(1), 순간 순시(2), 시간(3), 시절(2), 아즉 아즉도 아직도(11), 어느듯(1), 어제(4), 언제(6), 언제나(5), 영원(1), 예전 옛 옛날(12), 오늘(23), 오래니 오래인 오랫동안(6) 오륙년(1), 온종일 진종일(4), 올해(1), 우수(1), 이따금(1), 이미(2), 이제 인제(21), 이천년(1), 이튿날(1), 일년(2), 일분(1), 일즉 일즉이(3), 잠시(2), -적 -제(5), 전-(3), 점심시간(1), 즉시(1), 지금(10), 천년(1), 철 철기 한철(12), 추석(1), 태고(1), 하로 하로하로 하룻날 하룻밤 하루(14), 한나절(4), 한동안(5), 한참(1), 한철(3), 한평생(1), 항상 항시(3), -해(9), 해질녘(1), 현재(4)이다. 이와 같이 모든 시간 표시어 중에서도 '밤'이라는 시간어가 제일 많은 횟수 나타나는 것을 알 수 있다. 이 통계는 시 제목에 나타난 시간 표시어는 제외하였다.

간 특성과 시간 양상을 이해하기 위해서는 '밤'이라는 시간 상황이 어떠한 의미를 가지고 있는가를 살피는 일이 관건이라고 생각된다. 그의 시에서 '밤'의 시간 상황의 의미는 일반적으로 그리움과 외로움의 시간, 퇴폐와 향락의 시간, 죽음과 절망의 시간으로 나타난다. 그의 시에 나타나는 '밤'의 시간 양상을 살펴 보기로 하자.

초저녁 북세통에 갓을 빗뚜로쓴 시골령감
十年知己처름 그뒤를 따라나가는 늙은좀盜賊!
陰險한 눈짜위를 구을리며 쑹덜 쑹덜 수근거리는 거지
헌-구두를 훔키여잡고 다라나는 애편쟁이 눈섶이싯푸른淸人은 훔침
훔침 괴침을 춧석어리며 어둠밧그로 나온다.
　　　　　　-중　략-
生命水! 生命水! 果然 너는 阿片을가젓다.
술맛이쓰도록 生活이고달푼밤이라 뒷문이아즉도 입을다물지않은 中華
料理店에는 강단으로 精力을꾸미여나가는賣淫女가 방게처름 뻣낙질을
하엿다.
　　　　　　　　　　　　　　　　　　　　　-「夜街」 중에서

亡命한 貴族에 어울려 豊盛한 賭博. 컴컴한 골목뒤에선 눈ㅅ자위가
시푸른 淸人이 괴침을 훔칫거리면 길밖으로 달리어간다. 紅燈女의 嬌
笑, 간드러지기야. 生命水! 生命水! 果然 너는 阿片을 갖었다. 港市의
靑年들은 煙氣를 한숨처럼 품으며 억세인 손을 들어 墮落을 스스로히
술처럼 마신다.
營養이 生鮮가시처럼 달갑지않는 海港의 밤이다. (중략) 몹시도 컴컴
하고 질척어리는 海港의 밤이다. 밤이다. 漸漸 깊은 숲속에 올빰이의 눈
처럼 光彩가 生하여 온다.
　　　　　　　　　　　　　　　　　　　　　-「海港圖」 중에서

「야가」의 화자는 어느 도시의 밤 풍정을 객관적 관찰자의 입장에서 서술하고 있다. 이 시에서 도시의 밤 풍정의 의미는 주로 인물들의 행위에 의하여 규정되고 있다. 이 작품에 등장하는 인물은 '시골령감' '늙은 좀盜賊' '거지' '淸人' '賣淫女' 등인데, 여기에서 '시골령감'은 '늙은 좀 도적'의 성격을 드러내기 위한 인물이다. '시골령감'을 제외하면 모두가 비정상적이고 부도덕한 행위를 연출하는 인물들로 설정되어 있다. 다시 말하면 이 시는 밤거리의 풍정에 대한 잡다한 사실 중에서 관찰자에게 포착되는 인상만을 서술하고 있는데, 이것은 관찰자가 주체적으로 인지한 사실들의 발화이기 때문에 의미적 동일성을 확보할 수밖에 없다.

관찰자의 시각에 포착되는 밤거리의 인상은 ①초저녁 북세통에 갓까지 비뚤어지게 쓴 '시골령감'이 지나간다('시골령감'의 어수룩한 모습) ②'늙은 좀도적'은 그 '시골령감'의 뒤를 따라나간다(소매치기와 같은 범죄 행위를 예비한 행위) ③'음험한' 눈을 가진 '거지'가 수근거린다(정상적 삶의 모습에서 벗어난 추악함) ④'애편쟁이'가 '헌구두를 훔키여잡고' 달아난다(순간의 쾌락 후에 순사에게 쫓기는 모습) ⑤'청인'이 '괴침을 춧석어리며' 밖으로 나온다 (매매춘 행위 뒤의 모습) ⑥'강단으로 정력을 꾸미여 나가는' 중화 요리점의 매음녀는 뼛낙질을 한다 (매음의 예비 행위) 등으로 정리된다. 이러한 모습들은 얼핏 보면 여러 가지 인상을 열거하고 있는 것처럼 보이지만, 자세히 살펴보면 '부도덕' '타락' '퇴폐' 등의 의미적 동일성을 확보하고 있다. 이러한 동일성은 '밤'이라는 시간의 바탕 위에서 이루어지고 있는 것이다. 그러므로 '밤'의 시간 상황은 이러한 인물들의 설정과 그 행위가 가능하도록 하는 중요한 요소로 작용하고 있다.

인용한 「해항도」의 일부는 「야가」와 같은 모티프로 쓰여진 작품이

다. 이 작품에서의 '밤'도 「야가」와 같은 부정적 의미로 설정되어 있
다. 더욱이 「야가」의 '눈섶이싯푸른淸人은 훔침훔침 괴침을 춫석어리
며 어둠밧그로 나온다.'와 '生命水! 生命水! 너는 阿片을가젓다.'라는
구절은 「해항도」에서도 거의 비슷하게 진술되고 있다.51) 김학동은 이
작품을 "港市의 밤은 컴컴하고 질척거린다. 여기서 컴컴하고 질척거
린다 함은 윤락을 의미한다. 아무런 보람도 목적도 없는 삶을 순간순
간의 쾌락으로 영위하는 절망적인 현실"에 대한 표현이라고 전제하고
"마약과 도박, 대립과 갈등, 불법과 폭력 등 온갖 병인적인 죄악이 범
람하고 실의와 좌절의 삶이 영위되는 극한적 상황"을 이룬다고 평하
고 있다.52) 그런데 이러한 '극한적 상황'의 설정은 '밤'의 시간을 바
탕으로 하고 있는 것이다. 따라서 이 작품은 망명한 귀족들과의 도박,
눈자위가 시퍼런 淸人의 윤락, 홍등녀의 간드러진 교소, 청년들의 타
락이 어우러진 불법과 퇴폐와 관능적 윤락 등 부도덕 혹은 부정의 의
미를 갖는 '밤'의 시간을 설정하고 있다.

'밤'이 윤락과 퇴폐의 의미로 설정된 오장환의 시작품은 허다하다.
특히 해항을 배경으로 한 「매음부」 「고전」 「역」 「어둔 밤의 노래」
「선부의 노래」 「선부의 노래 2」 등의 작품들에서 이와 같은 '밤'의
시간적 의미가 두드러지게 드러나 있다.

---

51) 원래 「해항도」와 「야가」는 같은 지면인 『시인부락』제2집 (1936. 12.)에 「어포」
「매음부」와 함께 발표한 작품이다. 시집 『성벽』을 내면서 오장환은 「야가」는 싣
지 않고 「해항도」를 대폭 개작하여 실었다. 그런데 예의 「야가」에서의 구절을
「해항도」를 개작하면서 거의 그대로 넣은 것으로 보인다. 「해항도」는 전면적으
로 개작한 그의 작품들 중 하나이다. 개작에 관한 문제는 이 글의 논지와는 다
르므로 후일 다루기로 하고, 여기에서는 참고로 인용한 구절에 해당하는 부분의
개작전의 모습만을 보이기로 한다.
"豊盛한賭博은 호박꽃처름 버프러젓고 밤마다부르는 붉은술. 紅燈女의嬌笑 간드
러지기야. 煙氣를 한숨처름 품으며 억세인손을들어 墮落을 스스로히 마신다. (중
략) 港市의밤은 正午보다도 眞正 밝고나."

52) 김학동, 앞의 책, 39쪽.

어메야! 온-世上 그 많은 물건中에서 단지 하나밖에없는 나의 어 메! 믜슥의 내가 있는곳은 廣東人이 실고단이는 충충한 密航船. 검고 비린 바다우에 휘이-한 角燈이 비치울때면, 나는 함부루 술과 싸움과 賭博을 하다가 어메가 그리워 어둑어둑한 埠頭로 나오기도 하였다. 어메여! 아 는가 어두은 밤에 부두를 헤메이는 사람을. 암말도않고 故鄕, 故鄕, 을 그리우는 사람들. 마음속에는 모-다 깊은 傷處를 숨겨가지고 …… 띄엄, 띄엄 이, 헤어저있는 사람들.

암말도 않고 거믄그림자만 거니는사람아! 서있는 사람아! 늬가 옛땅을 그리워하는것도, 내가 어메를 못잊는것도, 다-마찬가지 제몸이 외로우니 까 그런것이아니겠느냐.

―「鄕愁」 중에서

「향수」는 화자 '내'가 청자 '어메'에게 발화하는 담론 양식으로 되 어 있다. 화자는 시 내부에 존재하는 현상적 화자이지만 청자는 시 내부에 존재하지 않은 함축적 청자로 설정되어 있다. 이 시에서 화자 는 '廣東人이 실고 단이는 충충한 密航船'에 있다. 이 시의 시간 상 황, 즉 발화 시점은 현재 시제로 되어 있는데, 현재의 시간이 '밤'이 라는 사실은 이 시의 어디에도 나타나 있지 않다. 다만 '충충한'이라 는 표현이 밤과 유사한 어두침침한 조도를 나타내는 말이기 때문에 화자는 '밤'의 시간을 화제로 떠올리는 것으로 추측할 수 있다. 이 작 품의 주된 화제는 발화시를 기준시로 과거의 밤이라는 시간이다. 이 시는 '밤'이라는 과거 시간을 회상하면서 현재 시간에서의 '어메'에 대 한 그리운 심정을 토로하고 있다. 여기에서 화자가 '어둑어둑한 埠頭 로 나오기도'한 이유와 '어두은 밤에 埠頭를 헤매이는 사람들'의 행위 에 대한 이유가 '밤'의 시간 상황에 대한 의미를 부여해 준다. 그것은 '어메가 그리워', '옛땅을 그리워 하는 것', '제몸이 외로우니까'에서 나타나듯이 그리움과 외로움의 표상으로서의 시간적 의미를 갖는다.

> 立冬철 깊은밤을 눈이 나린다. 이어날린다.
> 못견듸게 오로웁든 마음조차
> 차차로히 물러앉는 고흔 밤이어!
>
> 石油불 섬벅이는 客窓안에서
> 이해 접어 처음으로 나리는 눈에
> 람프의 유리를 다시 닥는다.
>
> 사랑하고싶은 사람 그리움일래
> 연하여 생각나는
> 날 사랑하던 지난날의 모든 사람들
> 그리운이야
> 이밤 또한 너를 생각는 조용한 즐거움에서
> 나는 면면한 기쁨과 寂寥에 잠기노라.
>   -중   략-
> 이밤 따러
> 가신이를 생각하옵네
> 가신이를 상고하옵네.
>
> —「길손의 노래」 중에서

「길손의 노래」 첫 연을 하나의 발화 단위로 보면, 이 발화에서 알 수 있는 정보는 ①겨울 ('입동철') ②밤('깊은 밤', '고흔 밤') ③'외롭던 마음이 차차 가심'으로 정리할 수 있다. 여기에서 ①과 ②는 시간 상황, ③은 화자의 심리 상태를 제시하고 있다. 깊은 밤의 외로움이 '물러앉는' 이유는 '눈이 나리'는 외부 상황에 의한 것임을 짐작할 수 있다. 따라서 첫 연에서는 '밤'이라는 시간 상황에서 눈이 내림으로써 변화하는 심리를 표현하고 있다. 둘째 연에서는 '客窓 안'에 있는 화자의 위치와 화자의 행위를 보여 주고 있다. 셋째 연부터는 화자의 심리적 변화를 진술하고 있다. 즉 외로움에서 그리움으로의 변화된 심리 상태를 보여주고 있는데, 이것은 곧 그리움의 대상에 대한 언급으로 파악된다. 그리움의 대상이 심리적 시간의 변화에 따라 '사랑하고 싶은 사람'에서 '날 사랑하던 지난날의 모든 사람들', '그리운 이(너)', '가신 이'로 차례로 변화하고 있다. 여기에서 마지막으로 생각이 머무는 곳은 '가신 이'에 대한 그리움이다. 그러므로 이 시에 나타나는 '밤'의 시간은 외로움과 그리움이라고 할 수 있다.

오장환 시에서 밤의 시간은 위에서 살펴본 대로 그리움, 외로움 등의 의미로 설정되어 있다. 이 밖에도 이러한 의미로 밤의 시간 상황이 설정되고 있는 작품은 「해항도」, 「황혼」 「영회」, 「나폴리의 부랑자」, 「나 사는 곳」, 「병상일기」 등이다.

> 진한 病菌의 毒氣를 빨어들이어 자주빛 빳빳하게 싸느래지는 小動物들의 燐光! 밤내어 밤내어 안개가 끼이고 찬이슬나려올때면, 毒한 풀에서는 妖氣의 광채가 피직 다 타버리랴는 기름ㅅ불처럼 튀어나오고. 어둠 속에 屍身만이 겅충 서있는 썩은나무는 異常한 내음새를 몹시는 풍기며, 따따구리는, 따따구리는, 不吉한 가마귀 처럼 밤눈을 밝혀가지고 病든 나무의 腦隨를 쪼웃고있다. 쪼우고 있다.
>
> ―「毒草」 중에서

> 燈臺가차히 埋立地에는
> 아직도 묻히지않은 바다물이 웅성거린다.
> 오―埋立地는 사문장
> 동무들의 뼈다귀로 묻히어 왔다.

어두은 밤, 소란스런 물결을 따라

그러게 검은 바다위로는

쑤구루루 …… 쑤구루루 ……

부어올은 屍身, 눈ㅅ자위가 헤멁언 人夫들이 떠올라온다.

   -중　략-

보라!

어두은 海面에 어른거리는 검은 거림자,

恒時 위협을주는 무거운 不安

그렇다! 오밤중에는 날으는 갈매기도 가마귀처럼 不吉하도다.

—「海獸」 중에서

　밤의 시간에 대한 시인의 인식을 엿볼 수 있는 「독초」의 화자는 함축되어 있으며, 시점은 관찰자 시점이다. 이 시는 밤의 풍경에서 화자에게 관찰되는 몇 가지의 정보를 전달하고 있다. ①진한 병균의 독기를 빨아들여 싸늘해지는 인광 ②독초가 내는 요기의 광채 ③이상한 냄새를 풍기며 서 있는 썩은 나무 ④썩은 나무를 쪼고 있는 딱따구리 등이 그것이다. 인용한 부분은 이 시의 후반부이지만, 전체로 보더라도 이 시의 초점은 ③과 ④에 집중되어 있다. 다시 말하면 ② 이상의 진술은 ③과 ④의 사실을 제시하기 위한 분위기, 혹은 상황으로서의 의미를 갖는다. ③ ④에 해당하는 구절을 구체적으로 살펴보면 '어둠 속에 이상한 냄새를 풍기는 썩은 나무의 시신이 겅충 서있다.', '딱다구리는 까마귀처럼 밤눈을 밝혀 병든 나무의 뇌수를 쪼고 있다.'로 정리된다.

　이 비유적인 두 문장은 두 층위의 의미적 구조를 가지고 있다. 표면 구조는 '불길한 까마귀가 병든 시신의 뇌수를 쪼고 있다.'이고, 내면 구조는 '딱다구리가 썩은 나무를 쪼고 있다.'이다. 따라서 이 시는 무섭고 음산한 밤의 분위기 속에서 딱다구리가 썩은 나무를 쪼고 있는 사실을 마치 까마귀가 시신의 뇌수를 쪼고 있는 것처럼 진술함으로써 '밤'의 음산하고 무서운 분위기를 더욱 고조시킨다.

「해수」는 바다를 '매립지'로 인식하는데서 출발한다. 인용 부분 중 첫 연의 발화는 이러한 사실을 보여 준다. 등대 가까이에 매립지가 있는데, 거기에는 아직 묻히지 않는 바닷물이 웅성거린다. 매립지는 동무들의 뼈다귀가 묻히어 있는 사문장, 곧 저승으로 통하는 문이다. '동무들의 뼈다귀'라는 구절로 인하여 이 시의 화자가 '선원'의 신분을 가진 인물이라는 것을 짐작할 수 있다. 화자는 바다를 시신을 묻는 매립지, 저승으로 통하는 사문장으로 인식하기 때문에 자연히 죽음의 문제가 화제로 떠오르게 된다. 따라서 인용 부분 중 두 번째 연의 '눈ㅅ자위가 헤멀언 인부들'의 '부어올은 시신'이 떠오른다는 표현이 가능한 것이다. 여기에서 주의 하고자 하는 것은 화자의 '밤'이라는 시간 속에서의 바다에 대한 인식이다. 그것은 한 마디로 '불안'과 '불길'로 표현되는 '밤'의 인식이라고 할 수 있다. 그래서 '갈매기'도 불길을 상징하는 '가마귀'로 인식되고 있다. 앞에 인용한 「독초」에서는 '딱다구리'를 '까마귀'로, 이 작품에서는 '갈매기'를 '가마귀'로 인식하여 불길한 '밤'의 이미지를 표현하고 있다.

오장환의 시에서 '밤'의 시간 상황이 공포 죽음 등 부정적이고 절망적인 의미로 설정되어 있는 경우는 대개 시집 『성벽』을 중심으로 한 초기 작품과 시집 『헌사』 무렵의 작품에서 흔히 볼 수 있다. 「할렐루야」의 "모-든 길이 一제히 저승으로 向하여갈제 / 暗黑의 수풀이 城문을 열어"의 구절이나, 「무인도」의 "川邊가차히 가마구떼는 왜저리우나 / 오늘밤 아- 오늘밤에는 어듸쯤 먼-곳에서 / 물에뜬 송장이 떠나오려나" 의 구절 등에서도 이와 같은 '밤'의 시간적 의미를 확인

할 수 있다.

　지금까지 오장환의 '밤'의 시간적 상황에 대한 의미를 그리움과 외로움의 시간, 퇴폐와 향락의 시간, 죽음과 절망의 의미로 구분하여 살펴보았다. 그런데 이러한 '밤'의 시간적 의미가 '해방'이라는 정치적 사건을 겪은 후에 현격하게 달라진다. '밤'이라는 시간 표시어의 사용이 현저하게 줄었고, 그 의미도 변화하게 됨을 발견하게 된다. 오장환의 작품 연보를 통해서 보면 해방을 기점으로 그 이후에 발표한 작품은 총 45편이다. 이 중 시집 『나 사는 곳』에 실린 14편을 제외[53]하면 31편을 발표한 셈이다. 이 31편중에서 시간표시어 '밤'이 사용된 횟수는 모두 8회뿐이다. 이것은 그의 시에서 '밤'이라는 시간 상황의 설정이 일제 식민 치하의 암울한 시대의 알레고리로 파악하게 하는 한 단서가 되기에 충분하다. 그러면 해방 이후의 시편들에서 '밤'의 시간적 의미가 어떻게 그 이전과 다르게 드러나는지를 살펴보기로 하겠다.

> 내 나라의 심장 속
> 내 나라의 수채물 구녕
> 이 서울 한복판에
> 밤을 도아 기승히 날뛰는 무리가 있다.
>
> 　　　　　　　　　　　　─「이 歲月도 헛되이」 중에서

> 어슥한 밤거리에서
> 나는 强盜를 만났다.
> 그리고 나는

---

53) 오장환이 시집 『나 사는 곳』의 후기 "「나사는곳」의 시절"에서 "「나사는곳」의 시절은 千九百三十九年七月서부터 同四十五年八月, 歷史的인 十五日이 올때까지다" "頭序에는 最新作 「勝利의날」을 附添하여 오늘의 나사는곳을 알린다."라고 밝혔기 때문에 시집 『나 사는 곳』에 실린 14편을 제외하였고, 「승리의 날」은 제외하지 않았다.

웃었다.
빈 주머니에서 돈二圓을 끄내들은
내가 어째서 울어야 하느냐.
어째서 떨어야 하느냐.
강도가 어이가 없어
나의 뺨을 갈겼다.
-이 지질이 못난자식아
이같이 돈흔한 세상에 어째서 이밖에 없느냐.

―「强盜에게 주는詩」 중에서

해방 이후 오장환의 시편들에서 사용된 시간 표시어 '밤'은 인용한 작품들 외에 '八月十五日밤에 나는 病院에서 울었다.'(「병든 서울」), '지난날에 네가, 이잡놈 저잡놈 / 모도다 술취한놈들과 밤늦도록 어깨 동무를 하다 싶이'(「병든 서울」), '어둔밤의 횃불과 같이 나의 싸우려는 / 싸워서 익이려는 마음만이 / 지금도 나의 삶을 지킨다.'(「入院室에서」), '우리들 數萬을 대표한 청년들은 낮부터 / 밤 새로한시까지 기다리었다.'(「지도자」) 등이다. 이러한 경우의 시간 표시어 '밤'의 의미는 상징적인 의미를 갖지 않고 단순히 시간을 지시하는 기능만을 보인다.

「이 세월도 헛되이」에서 화자는 '나라의 심장'인 '서울 한 복판'을 '수채물 구녕'으로 인식하고 있다. '서울 한 복판'이라는 공간과 '밤'이라는 시간에 '날뛰는 무리'를 화제로 삼고 있다. 이때의 '밤'의 의미는 '수채물 구녕'이라는 부패와 혼탁의 의미로 받아들여진다. 「강도에게 주는 시」에서도 그 의미는 비슷하다. 화자 '나'는 밤거리에서 '강도'를 만난 사건을 진술하고 있다. 이 시는 강도를 끌어들여 부정적 현실을 풍자하고 있다. 따라서 이 시에서의 '밤'이라는 시간적 의미는 '강도'로 상징되는 범법이 횡행하는 무질서와 혼돈의 시간을 나타낸다.

벽보는 한장한장 온 거리의 담을 차지한다.
이 벽보는
아츰이 있는 사람만이 보는 것이다.
먼동이 트기전부터 일하러가는 사람 우리의 동무들
이 벽보는
아츰을 밤으로 삼는무리들을 위한것은 아니다.
―「벽보」 중에서

들창 박게는
어둠과 치위가 둘러싸고 잇는데
늙은 하라버지는 손주의 집세기를 삼고
어제까지 소리를 내어
가에다기억하면각하고 가에다니은하면간하고 외우치던 손주아이가
오늘은
우리들 우리들 그리고 동무 동무 하고 외운다
우리들 우리들은 무엇이고
동무 동무는 무엇이냐
평생을두고 농사만 짓든 사람이
이제는 떼를지어
밤에도 산속에서 통나무를 집히고
아베와 형들은 언제나 도라올건가
　　　-중　　　략-
늙은 하라버지는 억울한 심사를 누르며
손주의 집신을 삼고
손주의 눈초리는 독수리의 눈으로
새로 새로 나타나는 글자와 거기에 나타나는 말뜻을 찾는다.
―「손주의 밤」 중에서

　「벽보」의 '밤'은 '아츰'과 대조적 의미를 갖는다. '아츰이 있는 사람'이란 '먼동이 트기 전부터 일하러 가는 사람' 곧 화자들과 동류인

‘우리의 동무들’이다. 그러므로 ‘아츰을 밤으로 삼는 무리’는 곧 ‘노동
자’와 반대되는 계급의 사람, 곧 ‘부르조아지 계급’을 이르는 것은 자
명하다. 따라서 여기에서 ‘밤’의 의미는 ‘무노동’ 혹은 ‘유한’의 의미
로 사용되었다고 볼 수 있다.

「손주의 밤」에서의 화자는 ‘밤’의 시간을 배경으로 하여 두 가지의
변화를 화제로 삼고 있다. 하나는 ‘손주’의 변화이고, 다른 하나는 ‘아
베나 형들’의 변화이다. ‘각에다기억하면각하고 가에다니은하면간하고’
외우던 어제의 손주가 오늘은 ‘우리들 우리들 그리고 동무 동무’ 하
고 외운다는 것이다. 이것은 어제 글자를 습득하던 손주 아이가 오늘
은 낱말의 의미를 알게 되는 변화를 이야기하고 있다. 또한 ‘평생을두
고 농사만 짓든’ ‘아베나 형들’이 ‘이제는 떼를 지어’ ‘밤에도 산속에
서 통나무를 집히고’ 돌아오지 않고 있다는 시절에 따른 이데올로기
의 변화를 이야기 하고 있다. 이 시는 ‘밤’의 시간을 바탕에 깔고 과
거와 현재의 시간의 변화를 주된 화제로 삼고 있는 작품이다. 이 시
에서 ‘밤’은 이러한 변화 혹은 변혁으로서의 의미를 내포하고 있다.

이와 같이 오장환의 시에서의 ‘밤’이라는 시간 표시어는 해방 후
작품들에서는 거의 그 자취를 찾기 힘들 정도로 그 사용 횟수가 적을
뿐만 아니라, 드물게 사용되는 경우에도 해방 전과는 다른 의미로
‘밤’의 시간 상황이 설정되었다.

다. 미래의 시간과 절망의 심화

시에 나타난 미래의 시간은 곧 시인의 소망과 희망의 표출이다. 그
렇기 때문에 미래 시간의 시적 구현은 시인 자신의 이상과 기원 혹은

역사적 예언 등으로 해석할 수 있다. 또한 이러한 미래의 시간은 독자의 측면에서 보면 비전을 제시하는 기능을 한다. 따라서 시에서 미래의 시간을 살펴 보는 일은 시인의 미래에 대한 예지와 역사적 안목을 살피는 일과 동궤에 있다.

오장환의 시에서 미래의 시간이 설정되었거나 미래의 시간 표시어가 드러나는 경우는 흔하지 않다. 오장환의 시 118편 중 미래의 시간 상황이 설정된 경우는 12편이며, 미래에 대한 시간 표시어가 나타나는 경우는 '내일'이 단 한 번 사용되었을 뿐이다. 이러한 사실이 오장환 시의 시간 특성 가운데 하나로 지적될 수 있을 것이다. 이러한 사실을 전제하면서, 그의 시에 나타난 미래의 시간 상황과 그 의미를 살펴보기로 하겠다.

> 나의 노래가 끝나는 날은
> 내 가슴에 아름다운 꽃이 피리라.
>
> 새로운 墓에는
> 옛흙이 향그러
>   -중   략-
> 나의 슬픔은
> 오즉 님을 向하야
>
> 나의 관역은
> 오직 님을 向하야
>
> 단 한번
> 기꺼운 적도 없엇드란다.
>
>   -「나의 노래」 중에서

「나의 노래」는 "오장환의 죽음과 묘지 의식을 형상화한 작품의 하나"[54]이다. 이 작품은 '노래가 끝나는 날'의 시간을 설정하고 있다. 이 날은 미래의 시간이다. '내 가슴에 아름다운 꽃이 피리라'에서 '-리라'는 미래 시간을 나타내는 선어말 어미 '-리'와 종결어미 '-라'가 결합된 것이다. 이 시에서 미래 시간의 의미는 곧 화자 '나'의 죽음을 뜻한다. 즉 내가 죽는 날 내 가슴에 아름다운 꽃이 필 것이라는 예언적인 발화이다. 이러한 예언의 근거는 이 시의 화자인 '나'가 오직 '님을 향하야' '단 한번 / 기꺼운 적도 없엇'기 때문이다. 이 시에서 미래의 시간은 '죽음'인데, 그 죽음은 아름다운 꽃으로의 변모를 의미하고, 화자의 죽음에 대한 태도는 긍정적이다.

> 表情없이 타오르는 燐光이여!
> 발길에 채는것은 무거운 墓碑와 淡淡한傷心
>
> 川邊가차히 가마구떼는 왜저리우나
> 오늘밤 아-오늘밤에는 어듸쯤 먼-곳에서
> 물에뜬 송장이 떠나려오려나
>
> —「無人島」 중에서

「무인도」에서 화자는 '인광'이 타오르고 '무거운 묘비'가 발길에 채이고 '천변 가차히 가마구떼'가 우는 현재 상황에 처해 있다. 화자는 '오늘밤 아-오늘밤에는 어듸쯤 먼-곳에서 / 물에뜬 송장이 떠나오려나'의 발화를 통해 '오늘밤'이라는 시간에 '송장'이 떠내려 올 것을 기대한다. '송장'이 떠내려 오는 시간은 발화 시간을 기점으로 미래의 시간이다. 여기에서의 미래는 '오늘밤'이라는 한정적 시간 안에 있는

---

54) 김학동, 앞의 책, 56쪽.

가까운 미래이다. 그러므로 화자가 미래에 기대하는 것은 '송장'의 떠
내려 옴이다. 이와 같이 화자가 처한 현실은 '인광' '묘비' '가마구떼'
등이 보여주는 '죽음'에 대한 암시적 상황이고, 이러한 현실에서 화자
가 바라보는 미래는 '송장'이 떠내려 오는 죽음의 상황이다. 이러한
'죽음'에 대한 화자의 발화 태도는 '담담한 상심' 정도이다.

이러한 죽음에 대한 미래 시간의 설정은 '슬픔' '외로움' '이별' 등
으로 요약되는 절망적 미래에 대한 심화로 보여진다. 가령 '쓸쓸한 대
낮에 / 달이나 뜨려무나'(「석양」), '나는 이곳에서 카인을 맛나면 / 목
노하 울리라'(「The Last Train」), '「내일을 또 떠나겟는가」 / 벗은 말
없이 손을 잡을때'(「나사는곳」)의 구절은 '쓸쓸함'이나 '이별' 등을 의
미하는 미래 시간이다. 이러한 미래의 시간이 위에 예시한 시에서는
'죽음'의 미래로 심화되고 있으나, 오장환의 시에서 희망적인 미래의
시간이 전혀 나타나지 않는 것은 아니다. 현실의 상황이 개선되는 것
을 소망하는 시편도 있다. 「다시금 여가를 …」「종소리」가 이러한 경
우에 해당된다.

장마전 시내 정다히 흐르고
새들은 즐거히 노래 불렀으련만
닥어오는 七月이어
그대는 나에게 어떠한 열매를 맺어주려나.

다시금 餘暇를 나에게 …
다시금 餘暇를 나에게 …
온통 눈물에젖었든 얼골이 스사로 붉어 보도록

봄날의 다사로히 퍼지는 해ㅅ살들이어!
또 한번 나의 볼을 어루 만지라

더한번 내 목에 감기라.

―「다시금 餘暇를 …」 중에서

　　　울렸으면 … 鍾소리
　　　그것이 기쁨을 傳하는
　　　아니, 항거하는 몸짓일지라도
　　　힘차게 울렸으면 … 鍾소리
　　　　　-중　　략-
　　　울리는가, 울리는가,
　　　太古서부터 나려오는 餘韻-
　　　울렸으면 … 鍾소리
　　　젊으듸 젊은 꿈들이
　　　이처럼 웨치는 마음이
　　　울면은 鍾소리 같으련만은 …

―「鍾소리」 중에서

　「다시금 여가를 ……」은 과거의 시간과 미래의 시간이 나타난 작품이다. '장마전 시내 정다히 흐르고 / 새들은 즐거히 노래 불렀으련만'의 발화로 미루어 화자는 장마 후의 시간에 위치하고 있으며, '-련만'으로 보아 '시내 정다히 흐르고 새들은 즐거히 노래'부른 사실은 과거 시간에 대한 추측이다. 이러한 전제를 바탕으로 화자의 미래 시간에 대한 화제는 '닥어오는 칠월'이 '나'에게 '어떠한 열매를 맺어' 주기를 희망하고 있다. 이 '어떠한 열매'는 '여가'를 통해 이루어지는 것이고, 그 여가의 시간 동안 '다사로히 퍼지는 해ㅅ살'을 통하여 어떠한 열매가 맺는다. '또한번' '더한번'이라는 부사는 이러한 '해ㅅ살'에게 바라는 행위(나의 볼을 어루만짐, 내 목에 감김)가 과거(장마전)에 경험한 사실이라는 것을 알 수 있게 한다. 그러므로 화자는 현재의 시간에 만족하지 못하고 있으며, 다가오는 칠월이라는 시간에 이러한 불만이 개선되기를 기대하고 있다.

「종소리」에서 화자는 미래에 이루어지기를 희망하는 사건에 대하여 발화하고 있다. 이 시의 화자는 종소리가 울리기를 바라는 간절한 마음을 표현하고 있다. '기쁨을 전하는' 종소리를 기대하지만 그것이 아니라면 '항거하는 몸짓'일지라도 '힘차게 울렸으면' 좋겠다는 것이다. 이 시에서 '종소리'가 가지는 의미는 '젊으디 젊은 꿈들이 … 웨치는 마음'의 표출이다. 따라서 이 시에서 화자가 바라는 미래의 시간은 '기쁨'이 아니면 '항거'인데, 그것은 '젊은 꿈들이 웨치는 마음'으로 그 의미가 집약된다. 김학동은 이 작품을 "나라를 되찾은 우리들의 기쁨을 힘차게 울려 주었으면 하는 소원을 담고 있다. 젊은이의 꿈과 외침이 종소리를 따라 널리 퍼지기를 바라는 소박한 소망을 노래하고 있는 것"이라고 해석하고 있다.[55] 그러나 이러한 해석은 이 작품이 광복 이후에 발표된 사실을 중시하고 시인 자신의 진술을 거짓으로 치부할 때에 가능하다. 왜냐하면 이 작품 「종소리」는 시집 『나 사는 곳』에 실려 있는데, 『나 사는 곳』에 실린 작품을 시인 자신은 해방 전의 작품들이라고 밝히고 있기 때문이다.[56]

다음에 예시한 작품들은 해방 후에 씌어진 것이 분명한 작품인데, 이러한 작품에서 미래의 시간은 어떠한 양상으로 드러나는가를 살펴보기로 하겠다.

---

55) 김학동, 앞의 책, 86~87쪽.

56) 오장환, 앞의 글, 92쪽. 「종소리」는 1945년 12월 『象牙塔』에 발표된 작품이다. 그러나 발표 시기가 창작 시기 보다 더 중요하다든가, 발표 시기의 심리적 결정이 보다 더 중요하다는 논의도 있을 수 있다. 그럼에도 불구하고 작품의 창작 시기가 시인 자신에 의해 밝혀질 경우 이 문제는 전기적 사실과 함께 치밀하게 검토되어야 할 연구 대상일 수밖에 없다.

수없이 흘리고간 인민의 피들은 헛되지 않어
온 세상의
근로하는 인민이 눈을 부비고
손에 손을 맞잡어
피빠는 놈들을 거더차면
피빠는 압제비를 거더차면
그때는 얼마나 아름다운 세상일꺼냐.
그때는 해마다 개운한 날세일꺼냐.

ー「승리의 날」 중에서

그곳에서는
새로운 원쑤가 얽어맨
쇠사슬
交通과 通信의 쇠사슬
묶겼던 우리의 인민이 끊어 버리고
그리고는 애타게 웨친다
남조선도
북조선같은 새날을 찾자고

-北조선이어!
그대들이 내세운 헌법은
우리는 절대로 지지한다고
남조선 민전은
남조선 인민을 대표하여
우리에게 웨친다
二月의
아직도 날카로운
마지막 겨울의 입김이어!
너 조차
갈러지는 얼음짱

떠나려가는 얼음짱을 막지는 못하나니
어느 누가
우리의 새生命과
우리의 새봄을 막으려 하느냐!

―「이월의 노래」 중에서

「승리의 날」에서 미래는 '아름다운 세상' '해마다 개운한 날세'로
표현되고 있는 시간이다. 그러나 이러한 미래의 시간에 이루어질 세계
가 성취되기 위해서는 '온 세상의 / 근로하는 인민이 눈을 부비고 /
손에 손을 맞잡어 / 피빠는 놈들을' '피빠는 압제비'를 '거더차'야 한
다는 전제 조건이 있다. '피빠는 놈들' '피빠는 압제비'는 곧 소위 착
취 계급인 부르조아지를 가리킨다. 그러므로 이 시는 '아름다운 세상'
'해마다 개운한 날세'로 표상되는 미래 시간을 위하여 유산 계급을
몰아내야 한다는 선동성을 담고 있다. 이러한 선동성은 희망적인 미래
시간의 제시와 그것을 성취하기 위한 전제 조건과의 관계 속에서 이
루어지고 있는 것이다.

「이월의 노래」에서 화자는 자기감정을 직접 진술하는가 하면, 어느
부분은 남의 이야기를 간접 화법으로 전달하는 형식의 발화 태도를
취하고 있다. 위에 인용한 부분에서 간접 화법을 통해 전달되는 것은
'남조선도 / 북조선 같은 새날을 찾자'와 '-북조선이어! / 그대들이 내
세운 헌법은 / 우리는 절대로 지지한다'는 구절이다. 전자의 발화 주
체는 '그곳'에 있는 '우리의 인민'이고, 후자의 발화 주체는 '남조선
인민'을 대표한 '남조선 민전'으로 나타나 있다. 전자의 청자는 함축
되어 드러나지 않으나 화자 집단 즉 '그곳'의 '인민들'이라는 것을 짐
작할 수 있고, 후자의 청자는 '북조선'으로 드러나 있다. 이와 같은
컨텍스트로 보면 이 시의 화자는 이러한 남조선 인민들의 행위를 '아

직도 날카로운 / 마지막 겨울의 입김’ 속에서 ‘갈러지는 얼음짱’, ‘떠나려가는 얼음짱’에 비유하고 있다. 따라서 미래의 시간인 ‘새날’ ‘새생명’ ‘새봄’은 순리대로 막을 수 없다는 것을 강변하고 있다.

최두석은 이 시가 이후의 역사에서 예언이 되지도 못하였으며, 피끓는 항쟁의 승리와 함께 봄이 오리라는 전망은 그의 기대의 차원에서 그쳤다고 전제하고, 역사의 진보가 계절의 순환과는 전혀 다른 속성을 지니고 있음은 물론이고 그것이 매양 진보를 열망하는 자의 시야 밖에서 답답할 정도로 지둔한 움직임을 보여 왔다는 것은 우리 민족의 비극이라고 평가하고 있다.[57] 아무튼 이 시에서 화자가 설정하고 있는 미래의 시간은 ‘새날’ ‘새봄’이다. ‘새날’ ‘새봄’은 ‘남조선도 / 북조선 같은’ ‘헌법’을 갖는 날이다. 그 날이 오는 것은 막을 수 없다는 것이 이 시의 화자를 통해 진술하는 시인의 예언적 진술이다.

요컨대 그의 시에 드러나는 미래의 시간 양상은 외로움이나 이별과 같은 부정적이고 절망적인 의미로 제시되고 있으며, 이러한 절망이 심화되어 죽음의 양상으로 나타나고 있다. 비교적 긍정적 미래를 보여 주는 작품도 있지만, 그러한 작품에서도 미래 시간에 대한 확신과 비전에 대한 구체성을 확보하지 못하고 있다. 다만 해방 후의 시편들 중에는 이러한 점을 어느 정도 극복하였다고 보지만, 그가 사회주의 이데올로기에 경도된 관점에서 보여 주는 미래 시간이기 때문에 선동성이 앞서고 있음을 확인하게 된다. 시간 특성의 측면에서 살펴 본 오장환 시에 대한 지금까지의 논의를 정리하면 다음과 같다.

(1) 시상적 관점에서 보면 초기의 서술적 산문시에서는 일반적으로 서정시가 갖고 있는 시간 특성에서 일탈하여 서사시의 시간 특성에 접근하고 있다. 이러한 특성은 서술시가 갖는 시간적 특성의 전형인

57) 최두석, 앞의 논문, 203쪽.

데, 이것은 사건을 객관화시키는 미학적 장치로 여겨진다. 이밖에 과
거 속의 현재, 순수 현재 등 그의 시간 양상은 다양하게 나타나고 있
으나, 이러한 다양성 속에서 하나의 맥락을 찾는다면 초기의 산문적
서술시에서 보여 주었던 과거 지향의 시간 양상이 시집 『헌사』이후
시형식의 변화를 거치면서 점차 현재 지향의 서정적 시간으로 이행되
고 있다는 사실이다.

　(2) 오장환 시를 지배하고 있는 시간적 배경은 '밤'이라고 할 수 있
다. 그의 시에서 '밤'의 시간적 의미는 주로 그리움과 외로움, 퇴폐와
향락, 죽음과 절망 등으로 나타났다. 해방을 기점으로 그의 시에서
'밤'을 배경으로 하는 시는 현격하게 줄어드는데, 이것은 그의 시에서
'밤'이라는 시간 상황의 설정이 일제 식민 치하의 암울한 시대의 알
레고리로 볼 수 있는 근거가 된다.

　(3) 오장환의 시에는 미래의 시간이 상황으로 설정된 경우가 매우
드물다는 것이 그의 시간 특성 중 하나이다. 그의 시 중 미래의 시간
상황이 드러난 12편을 중심으로 살펴본 결과, 그의 시에 드러난 미래
의 시간 양상은 부정적이고 절망적인 의미로 설정되어 있다. 이러한
절망이 더욱 심화되어 '죽음'의 양상으로 나타나고 있음을 확인할 수
있었다. 그런가 하면 해방 후의 작품들에는 그가 사회주의 이데올로기
에 경도된 관점에서 제시하는 미래에 대한 시간이기 때문에 선동성이
앞서고 있음을 보여 주었다.

4. 공간 특성

문학에서 공간의 문제를 문학 커뮤니케이션 과정에서 보면 작가의

관념과 심상 사이에서 생기는 '표현 공간', 그리고 작품과 독자의 감상 행위에서 생기는 '전달 공간'으로 나누어 볼 수 있다. 하르트만의 갈래로는 '실재 공간', '직관 공간', '기하학적 이념 공간'으로 분류하고 있다. 실재 공간은 실재적 자연이 전개되는 차원으로서 인지와 관계없이 존재하는 공간이다. 직관 공간은 자연을 직관하는 의식의 형식으로서의 공간이다.[58] 이러한 하르트만의 공간 개념을 문학 커뮤니케이션 과정에 다시 놓고 보면 실재 공간은 작가의 행위와는 무관한 자연 그대로의 공간이고, 직관 공간은 작가가 실재 공간을 직관하는 부분적 공간인 것이다. 이렇게 작가의 인지를 거친 공간은 작가에게 체험의 공간으로 남게 된다. 그런데 이것이 의미를 갖게 되어 작품 속에 재구되거나, 작품으로 재구된 공간이 다시 독자에게 돌아와서 간접적 공간 체험을 갖게 될 때 비로소 이념 공간으로 인식될 수 있는 것이다.

체험 공간이 이념 공간으로 전이될 수 있는 가장 중요한 동인은 곧 상상력이다. "상상력은 사고 내용을 변용하는 힘을 갖는다. 그것은 지각한 것들을 넘어서 사고 행위를 확장시킨다. 그것은 일반 원리들의 원천인 것이다. 그것은 불완전한 일체성을 완전하게 한다. 흄은 상상력을 기억과 이성과 그리고 감각과 대조시켰고, 경험과 판단과 그리고 오성과도 대조시켰다. 왜냐하면 상상력은 이러한 것들이 근거하는 바탕인 까닭이다."[59] 직관과 체험의 공간은 항상 실재 공간인 자연 공간의 질서에 바탕을 두고 있기 때문에 문학 작품에 나타나는 공간도 자연 공간의 질서를 바탕으로 한 변용된 세계임을 알 수 있다. 그러므로 문학 텍스트의 공간은 작가의 직관 공간을 바탕으로 한 체험 공

---

58) N. Hartmann, *Philosopie der Natru*, 75~76쪽. <河岐洛, 『하르트만研究』, 형설출판사, 1979, 101~102쪽, 재인용.>

59) R.A. Mall, *Natualism and Criticism*, Martinus Nijhoff, 1975, 13~14쪽.

간의 상상적 재구성이라고 할 수 있다.

한 시인의 작품을 공간의 측면에서 살펴 보려고 하는 것은 현대문학의 본질이 그 문학적 구현에 있어 공간화에의 지향에 있으며, 단순한 시각적 재생이나 문학적 언어에 내재하는 시간의 지속성에서가 아니라 한 순간에 사물의 총체성을 드러내려는 시도로 파악되어야 하기 때문이다.[60] 또한 형이상학이나 과학으로 한정되기보다는 시적 상상력 속에서 활동하고 구현되는, 시 작품 속에 나타나는 공간이 중시되어야 하기 때문이기도 하다.[61]

시인의 공간 인지는 곧 시인의 세계 인식과 연관된다. 시 속에 표현된 공간은 궁극적으로 시인이 가지는 세계관이나 우주관과 밀접한 연관이 있다. 따라서 시에서의 공간 탐구는 결국 시 작품의 공간 질서를 통해서 시인의 세계 인식과 우주관을 미루어 보는 것인데, 이것은 궁극적으로 시가 가지는 의미의 문제에 귀착될 수밖에 없다.

가. '안'의 폐쇄 공간과 전통 거부

오장환 시의 출발은 전통 지향보다는 서구 정신의 추구에 그 의미를 두고 있다. 그는 초기 시에서부터 「전쟁」과 같은 장시나 「목욕간」과 같은 산문시, 또는 「캐매라 룸」처럼 아주 짧은 단상 같은 시 등을 두루 실험하고 있음을 발견할 수 있다. 이러한 새로운 시형식의 다양한 취택은 그가 가지고 있는 실험 정신과 서구 정신의 긍정적 수용 태도를 잘 반영해 준다. 오장환의 시 창작의 출발이 어떠한 태도

---

60) 吳世榮, 「現代文學의 本質과 空間化 指向」, 『文學思想』, 1986. 4월호, 227쪽.
61) 김은자, 『現代詩의 空間과 構造』, 문학과 비평사, 1988, 16쪽.

에서 비롯된 것인가를 설명하는 일은 곧 그의 시 세계가 어떠한 전제
를 가지고 출발하였느냐, 에 대한 중대한 관건이라고 볼 수 있다. 따
라서 그의 시에 있어서 공간의 문제도 같은 맥락에서 이해해야 한다.
그러면 이러한 정신이 그의 초기 작품에 어떠한 공간으로 표상되었는
지를 살펴보기로 하겠다.

> 돌담으로 튼튼이가려노은집안엔 거믄기와집宗家가살고있었다. 충충한울
> 속에서 거믜알터지듯허터저나가는 이집의支孫들. 모도다싸우고찟고 헤여
> 저나가도 오래인동안 이집의光榮을직히여주는 神主들 들은 대머리에 곰
> 팽이가나도록 알리워지지않어도 宗家에서는 武器처름앳기며 祭祀날이면
> 갑작이높아 祭床우에날름히올라안는다. 큰집에는큰아들의食口만살고있어
> 도 祭祀날이면 祭祀를지내러오는사람들 오조할머니와아들 며누리 손자
> 손주며누리 칠춘도팔춘도한테얼리여 닝닝거린다. 시집갓다쪼껴온작은딸 과
> 부가되여온 큰고모 손꾸락을빨며구경하는 이종언니 이종옵바. 한참 쩡쩡
> 우리든옛날에는 오조할머니집에서 동원뒷밥을 먹어왓다고 오조할머니시아
> 버니도 남편도 동네백성들을 곳-잘 잡어드려다 모말굴림도식히고 주릿대
> 를앵기엿다고. 지금도 宗家 뒤란에는중복사나무밑에서대구리가 빤들빤들
> 한달갈구신이융융거린다는 마을의풍설. 宗家에사는사람들은아모일을 안해
> 도 지내왔었고 代代孫孫이아-모런재조도 물리여밧지는못하야 宗家집영감
> 님은 近視眼鏡을쓰고 눈을찜찜거리며 먹을궁니를한다고 作人들에게 高
> 利貸金을하여 살어나간다.

—「宗家」 전문62)

---

62) 「종가」는 『風林』 제2집 1937년 1월호에 발표된 작품이다. 오장환은 이 작품에 비
　　중을 높게 두었던 것으로 여겨진다. 왜냐 하면 그가 첫 시집의 표제를 '宗家'로
　　정하였으며, 그가 정리하여 가지고 다니면서 읽었던 그의 육필시집의 표제도 '宗
　　家'였던 것으로 짐작되기 때문이다. 이러한 사실은 '詩人部落' 창간호 말미에 실린
　　광고문 「吳章煥 詩集 宗家 近刊 戰爭(長詩)外, 城市 海港圖 移民列車 妓女 毒草 鄕
　　愁 易 城壁 목놋집等 力作六十餘篇 詩人部落社 發行」이나 『詩人部落』 창간호에
　　「城壁」 등 7편의 작품을 게재한 말미에 또는 『朝光』 1937년 1월호에 발표한 「旅
　　愁」의 말미에 "… 詩集「宗家」에서 …"라고 밝힌 것으로 미루어 알 수 있다.

「종가」는 오장환의 초기 시의 특성을 잘 보여준다. 그 이유는 그의 시적 출발이 형식적인 면에서는 산문시라고 할 수 있는데, 이 시가 그러한 형식을 갖춘 작품 중의 하나이고, 그의 시가 추구하는 전통에 대한 부정과 구습에 대한 비판적 안목이 「종가」에 비교적 잘 드러나 있다고 판단되기 때문이다.

이 시는 3인칭 전지적 시점의 화자를 통하여 어느 마을 한 종가의 제삿날을 객관적 태도로 서술하는 형식을 취하고 있다. 이러한 서술적 태도를 가진 화자 특징은 그의 초기의 산문시가 갖는 일반적인 특징에 부합된다. 이 시의 공간은 '돌담'으로 구획된 수평적 구조 안에서 그 안의 폐쇄적 공간을 주된 화제로 삼고 있다. '돌담'은 한 공간을 다른 공간으로부터 나누는 경계선 역할을 하는 또 다른 공간이다. '돌담' 혹은 '충충한 울'로 '튼튼이 가려놓은 집 안', 즉 종가의 '神主'로 상징되는 유습과 유교적 전통 등을 부정적이고 냉소적 관점에서 서술하고 있다. 대개 집이란 인간 최초의 세계이며, 하나의 우주이다.[63] 또한 집이란 주거의 공간이며, 안식의 공간이며, 보호의 공간이다. 그러나 이 작품에서의 '집'이라는 공간('돌담으로 튼튼이 가려노은 집 안')은 인간의 몸과 정신을 보호해 주는 단순한 안식의 공간이 아니다. 이 시에서 '돌담'은 집의 외부와 내부를 차단하는 경계적 공간이며, 외부로부터의 침입이나 도전을 방어하는 의미를 가지고 있다. 이 시에서는 특히 화자의 공간에 대한 진술 태도를 눈여겨 볼 필요가 있다. 화자가 내부나 외부의 공간에 직접 등장하지 않는 함축적 화자로 설정되어 객관적 태도를 견지하면서 내부 공간에 대한 폐쇄성을 부각시키고 있다.

이와 같이 이 시는 수평적 공간 위에서 '집안'의 공간을 '돌담'을

---

63) Gaston Bachelard, 곽광수 옮김, 『空間의 詩學』, 민음사, 1990, 115쪽.

경계로 내부와 외부 공간으로 구획하여 내부 공간의 철저한 폐쇄성을 시적 언술을 통해 드러냄으로써 내부 공간에 존재하는 실체들을 파기하려는 화자의 의도를 드러내고 있다. 이 시에서 내부의 폐쇄적 공간은 유습, 전통, 역사, 보수 등을 상징한다.

烈女를모셨다는旌門은 슬픈울 窓살로는 음산한바람이숨이여들고 붉고 푸르게칠한黃土내음새 진하게난다. 小姐는 고흔얼골 房안에만숨어앉어서 색시의한시절 三綱五倫 朱宋之訓을 본받어왔다. 오- 물레잣는할멈의 珍奇한이야기 중놈의 過客의 火賊의 초립동이의 꿈보다鮮明한 그림을보여줌이여. 식거믄사나히 힘세인팔뚝 무서운힘으로 으스러지개안어준다는이야기 小姐는시집을가도 自慰하엿다. 쑤군쑤군짓거리는시집의 소문 小姐는 겁이나 病든시에미의 똥맛을할터보앗다. 오- 孝婦라는소문의 펼처짐이여! 양반은죄금이라도 상놈을속여야하고 자랑으로 눌으려한다. 小姐는 열아홉. 新郞은열네살 小姐는참지못하야 목매이든날 양반의 집은 삼엄하게交通을끈코 젊은새댁이 毒蛇에물리랴는郞君을救하려다 代身으로죽엇다는 슬픈傳說을쏘다내엿다. 이래서생겨난 孝婦烈女의 旌門 그들의 宗親은 家門이나繁華하게만드러보자고 旌門의光榮을 붉게푸르게彩色하엿다.

―「旌門」 전문

이 시에서 외부 공간은 현상적 사실로, 내부 공간은 내밀한 이야기로 되어 있다. 이 시의 내용을 구체적으로 살펴보면 ①슬픈 울 창살로는 음산한 바람이 스미어 들고 붉고 푸르게 칠한 황토 내음새가 나는 정문의 현상적 모습, ②'슬픈 전설'이라고 표현된 정문이 그 내부에 간직하고 있는 이야기, ③종친들이 가문을 번화하게 할 목적으로 정문을 붉게 푸르게 채색하여 놓은 현상적 모습의 세 부분으로 이루어져 있다. ①과 ③은 외부 공간이고 ②는 내부 공간이다.

이 작품의 초점은 바로 ②의 내부 공간이라고 할 수 있다. 다시 말하면 이 작품의 주된 의도는 정문의 외양을 묘사하려는 것이 아니라, 내부 공간에 감추어져 있는 은밀한 내력을 진술하려는 것이다. 그러므로 내부 공간이라고 할 수 있는 이야기의 구조를 살펴볼 필요가 있다. '슬픈 전설'이라고 표현된 정문에 얽힌 이야기도 역시 내부 공간과 외부 공간의 이원적 구조로 되어 있다. 즉 '슬픈 전설'의 주인물인 '소저'는 '방안에만 숨어 앉아서 색시의 한시절 삼강오륜 주송지훈을 본받어' 오다가 '물레잣는 할멈'의 '진기한 이야기'에 자극 받아 외부의 개방 공간에 대하여 동경하던 끝에 '참지 못하야' 자살하게 된다. 그런데 이러한 행위를 감추고 '독사에 물리랴는 낭군을 구하려다 대신으로 죽었다'고 날조하여 정문을 세우게 된다.

이 작품은 '붉게 푸르게 채색'하여 조작한 정문의 내밀한 공간을 들추어 내보임으로써 유교 이념의 윤리관이 감추고 있는 허위의식을 고발하고 있다. '정문'이라는 공간은 '창살'을 구획으로 하여 안과 밖이 나뉘어 지는 수평적 구조로 되어 있다. '창살'을 통해서 외부의 시선이 내부 공간을 관찰할 수 있고, 이것을 통해서 내부 공간과 외부 공간이 구분되어 있다. 그러나 이 작품이 앞에서 논의한 '종가'와는 약간 다른 구조를 보여주고 있는 것은 이 작품의 내부 구조에 전설이라고 하는 이야기가 들어 있는 점이다. 즉 「정문」의 공간은 겉구조 속의 내부 공간이 다시 내부 공간과 외부 공간으로 나뉘는 이중 구조를 갖고 있다. 오장환의 초기시에서 수평 공간의 내부와 외부, 즉 폐쇄 공간과 개방 공간의 구획이 잘 드러난 작품으로 「성벽」을 들 수 있다.

世世傳代萬年盛하리리는 城壁은 偏狹한 野心처럼 검고 빽빽하거니
그러나 保守는 進步를 許諾치않어 뜨거운물 끼언ㅅ고 고추가루 뿌리든

　　城壁은 오래인 休息에 인제는 이끼와 등넝쿨이 서로 엉키어 面刀않은
턱어리처럼 지저분하도다.

—「城壁」 전문

　‘성벽’이란 ‘보수’와 ‘진보’를 구획 짓는 경계인데, 이 시에서 ‘성
벽’은 내부 공간의 보수가 외부 공간의 진보를 허락치 않는 표상으로
서 제시되어 있다. 이 시는 ‘성벽’을 중심으로 하여 “과거적인 것과
새로운 것, 전통적인 것과 서구적인 것, 봉건적인 것과 근대적인 것,
향토적인 것과 기계 문명적인 것의 상호 대립된 의미망을 은유적으로
표현”한 것이다.[64] 이러한 대응된 세계를 내부와 외부의 공간으로 나
누어 보여 주면서, 내부 공간을 고수하고 있는 ‘성벽’을 ‘인제는 이끼
와 등넝쿨이 서로 엉키어 면도않은 턱어리처럼 지저분’하다고 표현함
으로써 화자의 내부 공간에 대한 부정적 인식을 드러내고 있다.

　오장환의 일련의 작품들은 다음 몇 가지의 특징을 지니고 있다. ①
형식에 있어서 산문시이다. ②함축적 화자를 내세우고 있다. ③3인칭
전지적 시점이다. ④수평 공간의 구조로 내부 공간과 외부 공간으로
구획지어져 있다. ⑤내부 공간은 폐쇄적인 공간으로 전통과 유습을 상
징하며, 이에 대한 화자의 태도는 개방 공간 지향 의도를 객관적으로
드러내고 있다. 이와 같이 이러한 시편들에 있어서 공통적인 공간적
특질은 내부 공간과 외부 공간으로 구획지어 내부 공간에 화제의 초
점을 맞추고 있는 점이다. 특히 이러한 화자의 태도는 내부의 은밀한
폐쇄성만을 피상적으로 서술하는 것이 아니라, 오히려 전지적 시점의
화자를 내세워 내부 공간의 내밀함을 외현화하는데 기여하고 있다.

---

64) 오세영, 「탕자의 고향 발견」, 앞의 책, 300쪽.

나. '바깥'의 개방 공간과 퇴폐성

오장환의 지향은 처음부터 내부 공간의 폐쇄성에서 외부 공간의 개방성으로 전이될 수밖에 없다. 그것은 그의 시적 태도가 서구 지향적일 뿐만 아니라 전통과 유교적 윤리관의 벽으로부터 외부의 개방 공간으로 뛰쳐나와야 한다는 인식을 가지고 있기 때문이다. 앞에서 논의한 작품들에 드러난 공간이 주로 내부의 폐쇄성을 화제로 삼는다고 한다면, 다음 단계에서는 외부의 개방적 공간을 화제로 삼고 있는 점을 특징으로 들 수 있다. 그것은 그가 가지는 유랑 의식에서 비롯되며, 구체적으로는 주로 '항구'라는 공간을 보여 주는 것으로 드러난다. '항구'라는 공간의 상징성은 앞에서 언급한 '집'이나 '벽' '담'과 같은 수평 공간의 경계적인 의미보다 다른 차원의 공간 의미를 갖는다고 할 수 있다. 왜냐하면 '항구'는 집이나 벽에 비해서는 분명히 외부 공간의 의미를 갖지만, 인접 공간인 '바다'와 비교하면 결코 외부 공간이라고 말할 수 없기 때문이다. 즉 항구는 바다에 비하면 내부적 공간이면서, 집이나 담과 같은 공간에 비하면 개방적 공간이다.

항구는 바다로 열려 있는 개방 지향적 공간이며, 외부 공간의 내부 유입의 관문이라는 의미를 갖는다. 이러한 측면에서 '항구'라는 개방 공간은 내부의 폐쇄 공간에 대한 비판적 태도에서 이미 예고되었다. 그의 시에서 개방 공간으로서의 '항구'는 밝고 희망찬 공간이 아니라, 대체로 음습하고 퇴폐적인 공간으로 제시된다.

漁浦의燈臺는 鬼類의불처름 陰濕하엿다. 어두운밤이면 안개는 비처름나렷다. 불빛은 오히려무서웁게 검은燈臺를 튀겨놋는다. 구름에지워지는 下弦달도한창 자옥-한안개에는 燈臺처름보엿다. 돗폭이충충-한박쥐의 나래처름 펼처잇는때 돗폭이 어스름-한 海賊의배처럼어름거릴때 뜸안에서는 고기를많이잡은이나 적게잡은이나 함부로 튀전을뽑앗다.

―「漁浦」 전문

生命水! 生命水! 果然 너는 阿片을가젓다.

술맛이쓰도록 生活이고달푼밤이라 뒷문이아즉도 입을다물지않은 中華
料理店에는 강단으로 精力을꾸미여나가는賣淫女가 방궤처름 뺏낙질을
하엿다.

컴컴한골목으로 드나드는사람들-골목뒤로는 옅은춘여밑으로 식거믄服
裝의巡警이 굴뚝처름 웃둑 다가섯다가 사라지고는 사라지고는하엿다.

映畵館-歡樂境-. 撞球-麻雀俱樂部-賭博村.

―「夜街」 중에서

亡命한 貴族에 어울려 豊盛한 賭博. 컴컴한 골목뒤에선 눈ㅅ자위가
시푸른 淸人이 괴침을 훔칫 거리면 길밖으로 달리어간다. 紅燈女의 嬌
笑, 간드러지기야. 生命水! 生命水! 果然 너는 阿片을 갖었다. 港市의
靑年들은 煙氣를 한숨처럼 품으며 억세인 손을 들어 墮落을 스스로히
술처럼 마신다.

―「海港圖」 중에서

「어포」에서의 공간은 지상의 '등대'와 하늘의 '하현달' 등의 수직축
의 공간 인식인 것처럼 보이지만, 화자의 공간에 대한 주된 인식은
수평적 구조라고 말할 수 있다. 이 시의 공간 구조의 골격은 '뜸안'과
'그 밖'으로 이원화 되어 있다. 바깥의 공간은 귀류의 불처럼 음습한
검은 등대, 안개 속에서 등대처럼 무서웁게 보이는 하현달, 박쥐의 나
래처럼 펼쳐 있는 해적선과 같은 배의 돗폭 등으로 그려 놓고 있다.
이러한 바깥의 상황 속에서 시상이 집중되어 있는 것은 주된 인물(고
기를 '많이 잡은이' '적게 잡은이')이 처해 있는 공간인 '뜸안'과 그
인물들의 행위(투전)에 집중되어 있다. 따라서 '바깥'의 공간은 '안'의

공간과 의미적 대립을 이루고 있는 것이 아니라, 시상의 포커스에 상징성을 부여하기 위한 동류적 공간이라고 할 수 있다.

「야가」와 「해항도」도 역시 퇴폐 공간의 제시라고 할 수 있다. 「야가」는 3인칭 시점의 화자를 통하여 항구의 밤풍경을 묘사하고 있다. 이 작품의 공간은 주인물(매음녀)이 처해 있는 내부 공간과 부수적 인물(사람들, 순경)이 등장하는 외부 공간으로 구분되어 있다. 이 작품은 '매음녀가 방게처름 뻣낙질'을 하는 '중화요리점'이라는 내부 공간에서 '컴컴한 골목', '골목 뒤'의 '춘여 밑'을 지나 영화관, 환락경, 당구장, 마작클럽, 도박촌이 있는 시가지의 외부 공간으로 시선을 전이시키고 있다. 이것은 한 마디로 확대 지향적 공간의 추구이다. 그런데 이러한 내부와 외부의 이원적 공간의 구성은 대개 대조를 이루어 어느 한 쪽을 강조하는 경우가 일반적인데, 이 작품은 내부 공간의 구체적인 포커스를 묘사하여 그 밖의 확대 공간도 같은 의미의 공간으로 강조하고 있다. 따라서 이 작품은 내부 공간인 '중화요리점'의 퇴폐적 향락적 공간이 확장되어 도시 전체의 의미를 상징하고 있는 것이다.

퇴폐적 공간으로서의 '항구'라는 공간의 제시는 「해항도」에서도 마찬가지이다. 도박과 홍등녀의 교소 가운데서 연기를 한숨처럼 품으며, 타락을 술처럼 마시는 환락과 퇴폐의 공간으로서의 '항구'라는 공간을 제시하고 있는 것이다. 퇴폐적 공간으로 제시된 이러한 공간들은 '안'과 '밖'의 대비를 통하여 공간의 변별성을 보여 주는 것이 아니라, 동질화를 통하여 '안'과 '밖'의 동류적 심화를 보여 주기 위한 장치로 여겨진다.

다. 갇힌 공간과 자유에의 동경

오장환의 시에서 수평축의 내부 공간과 외부 공간을 구획하는 어휘
는 '돌담' '성' '창' '철책' '목책' 등이 있다. 이러한 어휘들은 모두
안과 바같의 공간을 구획하는 의미를 갖는다. 그런데 '철책'이나 '목
책'으로 구획될 때는 그 의미가 다르게 나타난다. 이러한 경우의 공간
은 어떠한 특성을 갖고 있는가에 대하여 살피기로 한다.

魔鬼야 따에 끌리는 네 검은 옷자락으로 나를 다려가거라
늙어지는 밤이 더욱 닥어들어
鐵柵안 김승이 운다.

나의 슬픈노래는 누궐爲하야 불러 왓느냐
하염없는 눈물은 누궐爲하야 흘려왔느냐
오늘도 말탄 近衛兵의 발꿉소리는
城밖으로 달려갓다.
　　-중　　략-
충충한 구름다리 썩은은기둥에 기대여서서
奇異한 손님아 기두르느냐
붉은집 벽돌담으로 달이떠온다

―「獻辭 Artemis」 중에서

양아 어린 양아
조이를 주마
어째서 너마저
울안에서 사는지

양아 어린 양아
보드라운 네 털

구름과 같구나.
잔듸도 없는
쓸쓸한 木柵 안에서
양아 어린 양아
너는 무엇을 생각하느냐.

―「羊」 중에서

「헌사」에서 '마귀야 따에 끌리는 네 검은 옷자락으로 나를 다려가 거라'는 '김승'을 화자로 '마귀'를 청자로 설정한 발화로서 '김승'의 우는 행위에 대하여 의미를 부여한 것이다. '김승'은 '철책안'에 갇혀 있다. 그런데 둘째 연에 이르면 화자는 '나'로 드러나고, '말탄 근위 병'이 '성밖'으로 나간다. 따라서 이 시에서는 '성' 안에 존재하는 '나'를 '철책안'에서 우는 '김승'과 동일하게 제시하고 있는 셈이다. 즉 이 시에서 '김승'과 '마귀', '나'와 '말탄 근위병'이 대응 구조로 되어 있으며, '철책'과 '성'을 구획으로 내부 공간과 외부 공간이 대 응되고 있다. 이러한 대응은 '철책'과 같은 '성' 안에 갇혀 있는 괴로 운 현실에서 벗어나고자 하는 화자의 의도를 드러내고 있다.

'나를 다려가거라'라는 의미와 '성밖으로 달려갓다'의 의미를 연결 하여 살펴보면 그 의도가 더욱 명확해 진다. 외부 공간에 대하여 동 경하고 있는 화자는 '붉은집 벽돌담'으로 떠오르는 '달'에 관심을 가진 다. 달은 외부 공간에 존재하며, 수직축으로 보면 상승적인 윗공간에 해당한다. 요컨대 이 시에서의 공간은 내부 공간에서 외부 공간으로, 다시 외부 공간에서 수직축을 기준삼아 윗공간으로 이행되고 있다.

화자가 청자인 '양'에게 말을 건네는 담론 형식의 작품인 「양」도 비슷한 공간 구조를 갖는다. '양'은 '울안' 또는 '목책 안'이라는 공간 에 갇혀 있다. 특히 이 시에서는 '너마저'라는 부사어를 눈여겨 볼 필

요가 있다. 왜냐하면 '어째서 너마저 / 울안에서 사는지'라는 발화의
의도가 화자와 '양'이 동일한 처지에 있다는 것을 시사해 주기 때문
이다. 둘째 연에서 화자는 '잔듸도 없는 / 쓸쓸한 목책안'에 있는 '양'
의 '보드라운 털'을 통하여 '구름'을 연상해 낸다. 이것은 '울안' 과
'목책 안'으로 규정된 내부 공간에 대한 대응 공간으로서의 수직축으
로 윗공간에 대한 동경을 드러낸 것이다.

'구름'은 자유로이 떠다니는 것으로서 '울'과 '목책'으로 폐쇄된 내
부 공간에 존재하는 '양'이라는 존재와 대조적인 의미를 갖는다. 화자
가 '양'에게 '너는 무엇을 생각하느냐'고 묻고 있는데, 이에 대한 답
이 곧 '구름'으로 드러나 있다. 결국 갇혀 있는 폐쇄된 공간으로서의
내부 공간과 대응되는 공간으로 수직축의 윗공간에 존재하는 '구름'을
제시한 셈이다. 이것은 화자가 부자유의 공간에 갇혀 있으면서 자유의
공간을 동경하는 의미로 받아들여진다. '철책'이나 '목책'을 준거로 내
부 공간과 외부 공간으로 구획 될 때 그 의미가 속박과 자유의 대응
으로 나타난다.

> 죄그만 어둠을 터는 숫닭의날개
> 싸느란 祭壇이로다
> 氣溫이얕은 풀섶이로다
>
> 언제나 쇠창ㅅ살 밧그론
> 떠가는 구름이 있어
> 野獸의 回想과함께 자유롭도다
>
> —「싸느란 花壇」 중에서

「헌사」나 「양」과 마찬가지로 「싸느란 화단」도 앞에서 논의한 '쇠창

ㅅ살'을 구획으로 내부 공간과 외부 공간으로 나뉘어 진 작품이다. 화자는 '쇠창ㅅ살'의 내부 공간에 존재하고 있다. 여기에 대응되는 공간은 '쇠창ㅅ살' 밖의 외부 공간이다. 내부 공간은 화자가 '쇠창ㅅ살' 안에 갇혀 있는 공간이고, 외부 공간은 '떠가는 구름'이 '자유로운' 공간이다. 그런데 이 시에서도 화자의 관심은 내부 공간에서 외부 공간으로, 외부 공간에서 수직축의 윗공간인 '구름'으로 옮아가고 있다.

　'야수의 회상과 함께 자유롭도다'라는 발화는 '야수'가 곧 화자와 동일한 존재라는 사실을 확인시켜 준다. 따라서 화자 즉 '야수'가 그 본성인 자유를 회상하면서 존재하고 있는 공간인 내부 공간을 화자 스스로 '싸느란 제단'으로 인식하게 된다. 이렇게 자기 존재의 공간을 '싸느란 제단'으로 인식하고 있는 이유를 '쇠창ㅅ살'로 안과 바같으로 구획되는 대비적 공간을 통하여 제시한다. 「싸늘한 화단」에서 공간 구조의 틀은 내부 공간에서 외부 공간으로, 거기에서 다시 수직축으로 상승되는 윗공간에 존재하는 '구름'으로 전이되고 있는데, 이는 갇힌 공간에 존재하는 화자가 '자유'의 세계를 동경하는 의미로 요약할 수 있다.

> 아 모든것은 이냥 떠나려가는가
> 시뻘언 물우에 썩은 용구새
> 그위에 날렀다 다시앉고
> 날렀다 다시앉는 참새떼.
>
> 어쩌면 나의 서름은
> 이처럼 여러히
> 함께 웨치고 싶은가.
> 　　-중　　략-
> 꿈 아시
> 아슬하게 높이는

흰 구름.

아 모든것은 이냥 흘러만 가는가
내 노래에 젖은 내 마음
내입성에 배인 내 몸매
다만 소리없는 힌나비로
자최없이 춤추며 사라질것인가

—「장마철」 중에서

　「장마철」에서는 윗공간으로 상승하고자 하는 화자의 욕구와 그 욕구의 허망함이 잘 드러나 있다. 이 시에서 화자는 '모든 것'이 떠내려가는 가운데 '용구새'의 이동과 '참새떼'의 행위를 관찰한다. '용구새'의 이동은 '모든 것'과 함께 '떠나려 가는' 수평적 하강 이동인데, '참새떼'의 행위는 그러한 '모든 것'의 행위와는 달리 '날렀다 다시 않고 / 날렀다 다시 않는' 상승과 하강의 반복을 자유로이 한다. 이러한 '참새떼'의 행위는 곧 화자에게 '이처럼 여러히 함께 웨치고 싶은' 마음으로 전이된다. 화자는 곧 이러한 마음을 '꿈 아시 / 아슬하게 높이는 / 힌 구름'으로 인식한다. '힌 구름'은 다시 '힌나비'의 이미지로 변환된다. '여러히 함께 웨치고 싶은' 화자의 상승 욕구는 윗공간에 아슬하게 존재하는 '구름'으로 인식된다. 따라서 '웨치고 싶은' 화자의 마음은 소리로 실현되지 못하고 '다만 소리없는 힌나비로 / 자최없이 춤추며 사라질' 것으로 간주된다.

　이와 같은 시편들에서는 내부 공간에서 외부 공간으로, 다시 수직축의 윗공간으로의 상승을 꿈꾸고 있는 공간 구조를 보이고 있다. 여기에서 내부 공간의 의미는 주로 갇힘과 부자유의 현실을 반영하며, 이와 대응되는 외부 공간이나 윗공간은 자유의 공간으로 동경의 대상이다. 그러나 그 동경의 대상은 "붉은 벽돌담에 기대여서서 떠가는구름 바라만보면 그만"(「나포리의 부랑자」)인 "얼골이 검은 식민지의 청년"(「船夫의 노래 2」)의 허무한 꿈에 불과하다.

라. '고향' 공간의 이상과 현실

오장환 시의 공간은 내부 공간의 '닫힘'에서 외부 공간의 '열림'으로 이행되는 특징을 보여준다. 닫혀 있는 내부의 내밀한 전통과 유습 등을 거부하고 비판하는 화자의 태도는 그 지향점이 '바깥'으로 나타난 다. 내부 공간의 폐쇄성을 비판하여 외부 공간인 '항구'라는 개방된 공간으로 탈출하거나, 폐쇄된 내부 공간에 갇혀 외부 공간의 자유를 동경한다. 그러나 이 공간에서 확인된 것은 타락과 퇴폐, 혹은 허무였다. 그러므로 내부 공간의 전통 고수와 낡은 유습도, 외부 공간의 윤락과 퇴폐도 아닌 새로운 공간의 모색이 필요하게 된다. 그것이 바로 '고향'이다. 오장환 시에서 '고향'의 의미는 두 가지 양상으로 나타난다. 이상의 공간과 현실의 공간이 그것이다.

오장환 시의 고향 공간의 두 가지 양상에서 이상의 공간이란 시적 화자가 존재하는 공간이 아닌 화자의 상상 속에 존재하는 비현실의 공간을 말한다.

> 故鄕이어! 黃昏의 저자에서 나는 아릿다운 너의 記憶을 찾어 나의 마음을 傳書鳩와 같이 날려 보낸다. 情든 고샅, 썩은 울타리, 늙은 아베의 하-얀 상투에는 몇나절의 때묻은 回想이 맺어 있는가. 욱어진 松林속으로 곱-게 보이는 故鄕이어! 病든 鶴이었다. 너는 날마다 야위어가는 …
>
> ―「黃昏」 중에서

진종일
나루ㅅ가에 서성거리다.
행인의 손을 쥐면 따뜻하리라.

고향가차운 주막에 들려
누구와 함께 지난 날의 꿈을 이야기 하랴
양구비 끓여다 놓고
주인집 늙은이는 공연히 눈물지운다.

간간히 잿내비 우는 산기슭에는
아즉도 무덤속에 조상이 잠자고
설레는 바람이 가랑잎을 휩쓸어 간다.

예 제로 떠도는 장꾼들이어!
상고(商賈)하며 오가는 길에
혹여나 보섯나이까.

전나무 욱어진 마을
집집마다 누룩 듸듸는 소리, 누룩이 뜨는 내음새 …
―「故鄕 앞에서」 중에서

아버님
내가 혹시 고향에 가면, 그리고 그때가 겨울이라면
고히 쌓인눈을 헤치고라도
평생에 조와하시는 술. 고진음자 술.
그대신에 석냥불만 그어도 불이 붙는 술.

웍카, 웍카
이제 와선
마우자의 화주를 뿌려 드리우리다. 고향이 있어서 …
―「故鄕이 있어서」 중에서

위의 시편들에 드러나는 공간은 '고향'이라는 공간이다. '고향'이라는 공간과 관련하여 이 시편들은 두 가지 특성을 보여주고 있다. 그 중 하나는 화자가 주인물로 등장하는 일인칭 시점이라는 점이다. 앞에서 논의한 시편들은 대개 3인칭 전지적 시점의 화자를 통하여 묘사적 태도로 이야기가 전개되는 양상을 보여 왔으나, 인용시들에서는 주된 공간의 변동과 함께 화자의 시점이 보다 주관적으로 바뀌는 것을 볼 수 있다. 이때의 화자는 시인과 가장 많은 공통점을 갖기 마련이다. 결국 시 속의 '나'는 시인 자신의 가면으로 드러나게 된다.

오장환 시에서 고향 공간의 특성은 그 공간이 시 내부의 화자가 실재하는 공간이 아니라, 화자의 상상력을 통하여 회상하는 과거의 공간이라는 점이다. 「황혼」의 "욱어진 송림 속으로 곱게 보이는 고향" "정든 고샅, 썩은 울타리, 늙은 아베의 하얀 상투"는 화자가 현존하는 현실의 공간이 아니라, 기억의 공간이며 회상의 공간이다. 「고향 앞에서」와 「고향이 있어서」도 마찬가지이다. 「고향 앞에서」의 화자는 진종일 나룻가에서 서성거리다 고향 사람을 만나 손을 잡으면 따뜻하리라는 것을 상상하고 있다. 그러므로 '고향가차운 주막' '잿나비 우는 산기슭' '전나무 욱어진 마을'들은 과거의 기억이나 회상 속에 존재하는 상상의 공간이다. 「고향이 있어서」에서의 고향 공간은 "아버님 / 내가 혹시 고향에 가면, 그리고 그때가 겨울이라면"이라는 진술에서 알 수 있듯이 화자가 상상력을 통하여 만들어낸 허구의 공간이다. 시제로 보면 화자가 미래에 '고향'의 공간에 가게되리라는, 또는 그렇게 하리라는 다짐의 의미를 함축하고 있다.

이와 같이 오장환의 고향 공간은 현실적 공간이 아니라 화자의 상상적 혹은 회상적, 가정적 진술을 통해 드러나는 비현실적 허구의 고향이다. 그의 고향에 대한 동경이나 고향 공간에 대한 추구가 대개

"괴로운 행려ㅅ속 외로히 쉬일 때이면 / 달팽이 깍질틈에서 문밖을 내다보이는 얄미운 노스타르자"(「향수」 중에서)와 같은 것이기 때문이다.

　다음으로, 오장환 시의 고향 공간의 양상 중에서 현실의 공간이 드러나는 경우를 보겠다. 현실의 공간이란 화자가 시적 공간에 실재하는 공간을 말한다.

　　가도 가도 붉은 산이다.
　　가도 가도 고향뿐이다.

―「붉은 산」 중에서

　　솔잎이 모다타는 칙한 더위에
　　아버님 산소로 가는 산ㅅ길은
　　붉은 흙이 옷에 배는 강퍅한 땅이었노라.

　　아 이곳에 새로운 길터를 닦고
　　그 우에 자갈을 저나르는 인부들
　　매미 소리, 풀ㅅ기운조차 없는 산등셍이에
　　고향 사람들은 또 어디로 가는 길을 닦는 것일까

　　깊은 골에 남포소리, 산을 울리고
　　거치른 동네 앞엔
　　예전부터 굴러있는 頌德碑.

―「省墓하러 가는 길」 중에서

　예시한 시편들이 제시한 고향 공간은 상상적 회상적 고향이 아니라, 화자가 직접 그 공간 안에 들어 있는 현실적 공간이다. 그러므로 화자가 처해 있는 현실적 공간으로서의 고향은 '욱어진 송림속으로 곱게 보이는 고향'도 '집집마다 누룩 듸듸는 소리, 누룩이 뜨는 내음새'가 나는 '전나무 욱어진 마을'이 아니고 '고향'은 '가도 가도 붉은 산'이거나 '붉은 흙이 옷에 배는 강팍한 땅'이다. 그리고 '풀ㅅ기운조차 없는 산등셍이'며 송덕비가 굴러다니는 '거치른 동네'이다.

「붉은 산」과 「성묘하러 가는 길」의 공간은 개괄적인 공간에서 구체적인 공간으로 축소되는 특징을 가지고 있다. 이러한 특징은 공간을 축소화하고 구체화함으로써 현실감을 주는 데 기여한다. 「성묘하러 가는 길」에서는 '강팍한 땅' '거치른 동네'라는 개괄적인 공간을 전제해 놓고, 그 안에 '예전부터 굴러있는 송덕비'라는 구체적 사물을 제시함으로써 전체 공간에 성격을 부여하고 있다. 「붉은 산」에서 고향의 이미지를 '붉은 산'이라는 공간으로 대체하고 있는 것도 고향 이미지에 대한 개괄적 공간의 제시라고 할 수 있다. 「성묘하러 가는 길」에서 구체화한 고향 공간은 '풀ㅅ기운조차 없는 산등셍이'이며, 거기에서 새로운 길을 닦는 작업을 하고 있는 고향 사람들이 사는 '거치른 동네'이다. 이러한 공간의 제시, 즉 그의 시에서의 화자의 현실적 귀향은 황폐화된 고향에 대한 자각의 계기가 되었다. 이러한 자각의 계기가 "오장환의 현실 인식의 변화에 핵심적인 요소로 작용하게 되었다"는 박윤우의 주장[65]과 "그가 현실 참여의 눈을 뜨게 되었다"는 오세영의 지적[66]은 타당하다.

마. 해방기의 열린 공간

오장환의 시는 8.15 광복을 기점으로 대전환을 하게 된다. 그의 시

---

65) 박윤우, 『저항의 몸짓과 비판적 리얼리즘』, 앞의 책, 157쪽.
66) 오세영, 『탕자의 고향 발견』, 앞의 책, 308~310쪽.

적 전환은 해방과 함께 시작된 사회 참여의 본격화라고 할 수 있다. 병실에서 광복을 맞았던 그는 한편으로 해방의 감격과 기쁨을, 그리고 다른 한편으로는 혼란된 사회의 양상을 그날그날 조목조목 일기처럼 날짜에 맞춰 쓸 정도로 문학적 열의를 보였다.[67] 이러한 창작의 성과가 시집 『病든 서울』의 시편들과 시집 『나 사는 곳』에 수록된 「승리의 날」 및 기타 여러 잡지에 발표된 작품들이다. 이 시기의 오장환의 작품 전체를 좌익에 경도된 것으로 보는 선입견을 가진 연구자들도 있지만 사실은 그렇지 않다.

김학동은 8.15 이후 오장환의 시 세계를 크게 두 단계로 구분하고 있다. 좌우 이념이 형성되기 이전의 민족 공동체 의식을 노래한 단계와 좌우의 이념적 갈등이 심화되면서 정치 현실에 참여하여 좌경적 이념과 사회사상에 기울었던 단계가 바로 그것이다.[68] 그러나 두 번째의 단계에 해당하는 작품은 「소」 「승리의 날」 「이월의 노래」 등 불과 몇 편에 불과하고, 대개가 해방기의 혼란한 사회상을 비판적으로 반영한 것이다.

> 저마다 기쁜 마음, 싱싱한 얼골로
> 오래니 있었던 病室에서
> 나가는 사람들.
> 그러는 동안에
> 解放을 기약하는 그날이 왔고,
> 그뒤에도 잇대어 여러가지 병든사람이나
> 홍분된 감격에 다처온 젊은이
> 새로히 새로히 왔다는

---

67) 오장환, 「머리에」, 시집 『病든 서울』, 정음사, 1946, 1쪽.
68) 김학동, 앞의 책, 81쪽.

모두다 씩씩한 얼골로 나가다.

—「入院室에서」 중에서

아름다운 서울, 사랑하는 그리고 정들은 나의 서울아
나는 조급히 病院門에서 뛰어나온다.
포장친 음식점 다 썩은 구루마에 차려놓은 술장수
사뭇 돼지구융같이 늘어슨
끝끝내 더러운 거리일지라도
아, 나의 뼈와 살은 이곳에서 굵어졌다.
    -중　략-
아니다. 아니다. 나는 보고싶으다.
큰물이 지나간 서울의하눌이 ……
그때는 맑게개인 하눌에
젊은이의 그리는 씩씩한 꿈들이 힌구름 처럼 떠도는 것을 ……

—「病든 서울」 중에서

옥에서
공장에서
산속에서
지하실에서 나왔다.
몇천길을 파고 들어간 땅속 갱도에서도—
땅우로 난 모든 문짝은 뻐개지고
구녕이란 구녕에서 이들은 나왔다.
그리고
나와보면 막상 반가운 얼골들
함께 자란 우리의 형제 우리의 동무

—「ГИМН」 중에서

　　인용된 시들은 해방이라는 역사적 사건을 맞이한 오장환의 시 작품
에서 공간이 어떻게 변화하였는가를 보여 주고 있다. 「입원실에서」의

화자는 병실이라는 공간에 갇혀 있지만, 저마다 기쁜 마음과 싱싱하고 씩씩한 얼굴로 바깥의 '해방'이라는 환희로운 개방 공간으로 나가고 있음을 보여주고 있다. 이 시는 '병실'이라는 폐쇄적인 내부 공간에서 해방이라는 감격의 개방 공간으로의 전이를 보여준다. 「병든 서울」의 '나'는 병원 문을 뛰어 나와 바깥의 공간으로 이동하는 행위를 보이고 있다. 그러나 개방 공간으로서의 '바깥'은 여전히 '더러운 거리'이다. '병원'이라는 폐쇄적인 공간에서 개방의 공간으로 뛰어나온 화자가 소망한 공간은 '맑게 개인 하늘에' '젊은이의 씩씩한 꿈들이 흰 구름처럼 떠도는' 공간이다. 요컨대 이 작품의 공간은 수평축의 폐쇄 공간(병원)에서 개방 공간(거리)으로의 일차적 전이가 이루어지고, 수직축으로의 아랫공간(거리)에서 윗공간(하늘)으로 상승하는 이차적 전이가 이루어지고 있다.

「Гимн」에서 '반가운 얼골들' '우리의 형제 우리의 동무'는 '옥' '공장' '산속'에서 밖으로 나온다. 이들은 '지하실'에서, '몇 천 길을 파고 들어 간 땅 속 갱도'에서, '구녕이란 구녕에서' 뻐개진 '땅우로 난 모든 문짝'을 통해서 바깥으로 나온다. 여기에서 두 가지의 공간 전이를 발견할 수 있다. 하나는 '옥' '공장' '산속'에서 나오는 수평축을 중심으로 한 폐쇄 공간에서 개방 공간으로의 전이이다. 또 하나는 '지하실' '갱도' '구녕' 등 수직축의 폐쇄 공간인 아랫공간에서 열린 공간인 지상으로의 상승이다. 수평축의 내부 공간과 수직축의 아랫공간은 모두 폐쇄 공간으로서 암울한 일제의 역사적 공간을 상징하고 있음은 주지의 사실이다. 오장환은 이 시에서 안과 바깥의 대비를 통해서 역사적 변화를 보여주고 있다. 지금까지의 논의를 정리하면 다음과 같다.

(1) 그의 시적 공간은 주로 수평축을 중심으로 한 내부 공간과 외

부 공간의 구획으로 이루어져 있는 것이 특징이다. 가령 '땅'과 '하늘' 같은 수직축의 공간 대비가 상승 혹은 하강의 이미지라면 대개 기원이나 이상향의 추구, 혹은 퇴락이나 체념의 의미를 추출할 수 있다. 그러나 수평축의 공간은 지상에 뿌리를 둔 평면적 구획에 의미를 두게 된다. 따라서 수평축의 공간 특징을 가진 오장환의 시가 대체적으로 현실적인 문제를 주된 화제로 삼고 있는 원인도 이러한 공간 인식에서 찾아 볼 수 있다.

(2) '안'의 폐쇄 공간에 초점을 맞춘 일련의 작품들은 내부의 은밀한 폐쇄성을 외현화함으로써 화자의 내부 공간에 대한 비판 의지를 드러내고 있다. 여기에서 내부 공간의 의미는 주로 전통이나 유습 등으로 상징화된다. 이러한 내부 공간에 대한 비판과 거부는 외부 공간을 지향하게 되고, 외부의 개방 공간으로 제시된 것이 '항구'라는 공간이다.

(3) '항구'의 공간도 안과 바깥의 공간으로 구획지어 드러나지만, 여기에서 내부 공간과 외부 공간은 대비를 통하여 공간의 변별성을 보여주는 것이 아니고, 내부 공간과 외부 공간의 동질화를 통하여 공간의 동류적 심화를 보여 주기 위한 것이다. '항구' 공간에서는 대체로 퇴폐성이 부각되고 있다.

(4) 내부 공간과 외부 공간의 구획이 '철책'이나 '목책' 또는 '쇠창살' 등으로 나뉘어 질 때 주로 '갇힘'과 '자유'라는 대조적인 의미를 지시한다. 그러나 시인의 '자유'에 대한 갈망은 적극성을 띠지 못하고 다만 '동경' 혹은 '체념' '허무'로 귀결되고 있다. 여기에서 내부 공간의 낡은 유습의 고수도 외부 공간의 타락과 퇴폐도 아닌 새로운 공간을 모색한 것이 '고향'이라고 할 수 있다. '고향' 공간의 양상은 두 가지로 나타나는데, 이상의 공간과 현실의 공간이 그것이다. 특히

후자의 경우에는 황폐화된 고향에 대한 자각의 계기가 되었고, 오장환의 현실 인식을 변화시킨 핵심적인 요소로 작용하게 되었다.

(5) 전환을 맞게된 해방기의 작품에서도 오장환의 시적 공간은 내부 공간과 외부 공간의 이원적 공간 구획이라는 특징을 보인다. 그런데 이 시기의 시들은 이전 시에서 보여준 두 공간의 동류적 심화를 강조하는 것이 아니라, 내부 공간과 외부 공간의 대비를 통한 변화 양상을 부각시키는 예를 보여 주었다. 즉, 암울한 일제하의 폐쇄 공간과 그리고 주권과 희망을 갖게 된 열린 공간을 제시하고 있다.

5. 종합적 고찰

지금까지 오장환 시의 구성적 제요소와 그 특성을 밝히기 위하여 인물, 시간, 공간의 문제를 중심으로 분석 고찰하였다. 시에서의 인물, 시간, 공간의 문제는 항상 상호융섭의 관계를 이룬다. 그러므로 이 장에서는 각각의 특성을 종합하여 총체적인 시각으로 오장환의 시세계를 파악하고자 한다.

가. 전통 거부와 퇴폐 의식

오장환은 첫 시집의 표제를 '종가'로 하여 60여 편의 시를 수록하여 출판할 계획을 가졌으나 뜻을 이루지 못하였다.[69] 그 이유는 명확히 밝혀지지 않았지만, 첫 시집의 제목으로 정했던 「종가」는 그가 초

---

69) 각주 62)를 참조하기 바람.

기에 관심을 기울인 세계가 무엇이었는가를 시사하여 준다.

　　돌담으로 튼튼이가려노은집안엔 거믄기와집宗家가살고있었다. 충충한울
속에서 거믜알터지듯허터저나가는 이집의支孫들. 모도다싸우고찟고 헤여
저나가도 오래인동안 이집의光榮을직히여주는 神主들 들은 대머리에 곰
팽이가나도록 알리워지지않어도 宗家에서는 武器처름앳기며 祭祀날이면
갑작이높아 祭床우에날름히올라안는다. 큰집에는큰아들의食口만살고있어
도 祭祀날이면 祭祀를지내러오는사람들 오조할머니와아들 며누리 손자
손주며누리 칠춘도팔춘도한테얼리여 닝닝거린다. 시집갓다쪼껴온작은딸 과
부가되여온 큰고모 손꾸락을빨며구경하는 이종언니 이종옵바. 한참 쩡쩡
우리든옛날에는 오조할머니집에서 동원뒷밥을 먹어왓다고 오조할머니시아
버니도 남편도 동네백성들을 곳-잘 잡어드려다 모말굴림도식히고 주릿대
를앵기엿다고. 지금도 宗家 뒤란에는중복사나무밑에서대구리가 빨들빨들
한달갈구신이욤욤거린다는 마을의풍설. 宗家에사는사람들은아모일을 안해
도 지내왔었고 代代孫孫이아-모런재조도 물리여밧지는못하야 宗家집영감
님은 近視眼鏡을쓰고 눈을찝찝거리며 먹을궁니를한다고 作人들에게 高
利貸金을하여 살어나간다.

—「宗家」 전문

　　「종가」는 함축적 화자, 즉 화제 지향적 화자가 3인칭 전지적 시점
에서 어느 마을 한 종가의 제삿날의 풍정을 객관적 태도로 서술하는
형식을 취하고 있다. 이러한 서술 태도를 가진 화자의 특징은 그의
산문시가 갖는 공통적인 특징이다. 이 시에서 등장하는 인물은 제삿날
'신주' 아래 모이는 지손들과 이 집에 살고 있는 '큰 아들'인 '종가집
영감님'이다. '신주'는 '오조할머니'의 신주이며, 이 날은 '오조할머니'
의 제삿날이다. 지손들, 즉 '제사를 지내러 오는 사람들'인 '아들' '며
누리' '손자' '손주며누리' '칠춘' '팔춘' '시집갓다쪼껴온작은딸' '과

Ⅱ. 소통과 상황의 시학 - 오장환론　151

부가되여온 큰고모' '손꾸락을빨며구경하는 이종언니 이종옵바'는 '한 테얼리어 닝닝거린다.'로 언술되어 있다.[70]

이 시에서 '한테얼리어 닝닝거린다'라는 구절은 '한참 쩡쩡우리든옛 날에는 오조할머니집에서 동원뒷밥을 먹어왔다고 오조할머니시아버니 도 남편도 동네백성들을 곳-잘 잡아드려 모말굴림도식히고 주릿대 를앵기엿다고.'하는 오조할머니와 관계되는 이야기들을 주고받는다는 의미이다. 이러한 인물들의 관계는 '신주'를 정점으로 얽혀 있다. 이 들이 '모도다싸우고찟고헤어저나가도' 제삿날이면 다시 모이게 되는 이유는 그들이 '광영'이라고 여기는 오조할머니와 관계되는 과거의 이 야기, 즉 '동원뒷밥' '모말굴림' 등이 보여주는 유교적 전통과 봉건적 인습에 관련되어 있다. 화자가 이러한 유교적 전통과 봉건적 인습을 권위와 광영으로 여기는데 대하여 어떠한 진술 태도를 취하느냐가 이 시의 의미를 결정해 주는 관건이 된다. '이집의광영을직히어주는 신주 들 들은 대머리에 곰팽이가나도록 알리워지지않어도'라든지 '종가에사 는사람들은아모일을 안해도 지내왔었고 대대손손이아-모런재조도 물리 여밧지는못하야 종가집영감님은 근시안경을쓰고 눈을찝찝거리며 먹을 궁니를한다고 작인들에게 고리대금을하여 살어나간다.' 등의 화자의 진술은 '종가'의 유교적 전통과 그 권위에 대하여 냉소적이다. 따라서 이 시는 유교적 전통 사회에 대한 부정적인 시각을 드러내고 있다고 하겠다.

이 시의 시간 특성은 함축적 화자의 진술이 과거 지향적이라는 점 과 관계된다. 첫 문장에서 '-있었다.'의 과거형이 이 시의 전체적 시간

---

70) 이러한 인물들의 지칭에 대한 화자의 관점은 혼란되어 있다. '아들' '며누리' '손 자' '손주며느리' '칠춘' '팔춘' '작은딸' 등은 이 시의 주인물인 '큰아들' (종가집 영감님)의 관점에서 지칭하고 있으나 '이종언니' '이종옵바'는 다른 사람의 관점 에서 지칭하고 있기 때문이다.

을 전제로 하고 있다. 이후에 나오는 '-안는다' '-닝닝거린다' '살어나 간다' 등의 현재 시제는 과거 속의 현재 시제이다. '한테얼리어 닝닝 거린다'에 함축되어 있는 화제, 즉 '한참 쩡쩡우리던 옛날'의 시제는 과거 속의 과거 시제이다. 사건시인 '제삿날'의 시제는 발화시를 기준 시로 과거 시제이며, 등장 인물들의 화제 속의 사건인 '모말굴림도식 히고 주릿대를앵기엿다'는 것은 사건시를 기준시로 과거 시제이다. 이 시의 시간 양상은 오장환의 초기시가 갖는 시간 특성을 잘 보여주고 있다. 오장환의 초기시의 산문적 서술시는 대개 이와 같은 서사시가 갖는 시간 특성을 보여 주고 있다. 이러한 점은 과거 지향적 시간 특 성을 통해서 과거 사실에 대한 부정적 태도를 현현하고자 하는 의도 로 파악된다.

「종가」의 공간 특성은 '돌담' 혹은 '충충한 울'로 구획된 수평적 구 조 안에서 '안'의 폐쇄적 공간을 주된 화제로 삼고 있는 점이다. 이 시의 화자는 '안'의 공간에 대한 냉소적이고 부정적인 진술 태도를 통해 시적 의도를 드러낸다. 즉 '돌담'을 경계선으로 하여 '집안'의 공간을 내부와 외부 공간으로 구획하여 내부 공간의 철저한 폐쇄성을 외현화함으로써, 내부 공간에 존재하는 유습적 실체들을 파기하려는 화자의 의도를 드러내고 있는 것이다.

이와 같이 인물, 시간, 공간의 상황 특성을 통해 「종가」를 살펴보 면 유교적 전통과 봉건적 인습에 대한 거부라는 의미를 도출할 수 있 다. 시 속의 화자는 이미 퇴락한 '종가'의 과거를 들추어내면서 이제 는 '먹을궁니'를 위해 소작인들에게 고리대금을 하는 근시안경의 '종 가집영감님'을 희화적으로 그려내고 있다. 종가집 사람들이 매달려 있 는 가문의 '광영'은 분명 과거에 속하는 것이며, 그 '광영'은 고작 사 람들을 괴롭히는 것에 불과하다는 것을 상기시킴으로써 시적 서사 전체를 패러디화 하고 있다. 이러한 화자의 역할은 사건의 관여자가 아니라, 관찰자에 제한되지만 유교적 전통과 풍습 등이 끊임없이 환기하는 세계 인식의 태도에 강한 반항을 나타낸다. 화자는 어느새 시인 자신의 모습으로 환치되면서 시 속의 시간은 과거형에 고정되기를 거부한다. 오장환 시의 화자는 과거에 대한 반발 혹은 과거지향성을 나타내는 것이 사실이지만, 비판받아 마땅한 과거의 잔존들이 현재까지 지속되는 것을 놓치지 않는다. 그러므로 시의 공간 역시 낡고 '충충한' '종가'처럼 과거에서 현재까지 지속되는 어두침침한 공간이다. 이러한 시간과 공간을 더불어 파악하고 있는 것은 화자이며, 그의 언술은 전통 거부에 자주 관련된다. 이처럼 전통 거부를 주제로 한 작품으로 「성씨보」 「성벽」 「정문」 등이 있다. 이러한 전통 부정 정신은 '항구'라는 도시적 공간 설정을 통해 퇴폐성과 유랑의식으로 나타나기도 한다.

> 푸른 입술. 어리운 한숨. 陰濕한 房안엔 술ㅅ잔만 횐-하였다. 질척척한 풀섶과같은 房안이다. 顯花植物과같은 게집은 알수없는 우슴으로 제마음도 소겨온다. 港口, 港口, 들리며 술과 게집을 찾어 다니는 시ㅅ거믄 얼굴. 淪落된 보헤미안의 絕望的인 心火. -頹廢한 饗宴속. 모두다 오줌싸개모양 비척어리며 알께 떨었다. 괴로운 憤怒를 숨기어가며 … 젓가슴이 이미 싸느란 賣淫女는 爬蟲類처럼 葡匐한다.
>
> —「賣淫婦」 전문

「매음부」도 「종가」와 마찬가지로 함축적 화자, 화제지향적 화자를 내세워 3인칭 전지적 시점에서 사건을 서술하고 있다. 이 시는 '매음녀(게집)'와 '시ㅅ거믄 얼굴(윤락된 보헤미안)'의 윤락 행위를 통하여 퇴폐적 의미를 부각시키고 있다. 또한 '시ㅅ거믄 얼굴(윤락된 보헤미안)'의 '港口, 港口, 들리며 술과 게집을 찾어 다니는' 행위에서 유랑 의식을 엿볼 수 있다. 그의 시에서 퇴폐성은 주로 여성 인물의 설정에 초점을 맞추고 있다. 가령 '홍등녀'(「해항도」) '게집'(「온천지」) '기녀'(「고전」) '과부'(「역」) 등의 설정이 그것이다.

이 시의 시간 특성은 산문적 서술시가 갖는 서사적 시제를 보여준다. 즉 '훤-하였다' '떨었다'의 과거 시제가 이 시의 전체적 시간 양상을 지배하고 있다. 이러한 시간 특성은 「종가」에서 본 바와 같이 오장환의 산문시가 갖는 공통적인 특성을 반영하고 있는 것이다.

이 시의 공간 특성은 '항구'라는 공간을 설정하고 있는 점이다. '항구'란 끊임없이 떠나고 다시 돌아오는 공간이다. 그 곳은 오랫동안 머물기 위해서 사람들이 모이는 곳이 아니라, 잠시의 휴식을 위해서 찾아오는 공간이다. 그러므로 윤리와 규범과 풍속이 지속적으로 준수되는 엄격성보다 일회적인 쾌락과 휴식만으로 충분한 유랑객들이 모이는 곳이다. 그렇기 때문에 '항구'는 이국적인 정서, 새로운 문화의 감수성이 재래적인 것과 갈등을 일으키기도 하고 타락한 삶의 모습이 구체적으로 포착되는 현장이기도 하다. 오장환은 이러한 공간을 비극적 정조로 대응하면서 허구적 화자를 내세워 관찰자 시점에서 객관화시킨다. 객관화된 화자가 포착한 '항구'의 이야기를 들려주기 위한 가장 적절한 화법은 과거 시제의 방식이다. 그러니까 이때의 과거 시제는 과거 완료의 정황이 아니라, 현재 진행형의 시적 담론에 이바지한다. 「종가」의 경우와 유사한 인물, 시간, 공간의 구조적 배치 방식이다.

'항구'라는 공간의 측면에서 보면, 이 시는 내부의 폐쇄 공간에서 외부의 개방 공간으로 전이되고 있다. 이러한 '항구'의 공간적 의미도 퇴폐 의식과 유랑 의식으로 집약된다.71) 따라서 이 작품은 '항구'라는

71) '항구'는 거시적으로 볼 때의 공간이고, 화자의 관심이 집중되어 있는 미시적 공

공간에 퇴폐적 인물들을 등장시켜 퇴폐성과 유랑 의식을 나타내는 서사적 시제를 보여주는 서술시라고 할 수 있다. 이러한 '항구'라는 공간을 설정하고 있는 작품으로 「해항도」 「어포」 「야가」 「어육」 「향수」 「해수」 등이 있다.

그의 초기시에 나타나는 또 하나의 공통된 특성은 산문적 서술시 형태를 취하고 있는 점이다. 오장환의 산문적 서술시는 대체로 화제지향적 화자와 3인칭 전지적 시점을 갖는다. 그리고 과거 시제를 취택하여 객관적 서술 태도를 통한 서사적 시간을 드러낸다. 이와 같은 특성을 바탕으로 한 오장환의 시는 뚜렷한 두 가지 시적 경향을 보인다. 첫째, 「종가」 등에서와 같이 전통적 인물과 공간을 설정하고 내부와 외부의 공간 구획을 통하여, 내부 공간의 폐쇄성을 외현화함으로써 전통 거부 의식을 표출하고 있는 점이다. 둘째, 「매음부」 등에서와 같이 '항구'라는 도시적 공간을 설정, 그 공간에 타락한 인물들과 그 인물들의 윤락된 행위를 통하여 퇴폐성과 유랑 의식을 나타내고 있는 점이다.

나. 비애와 죽음 의식

오장환의 시는 『헌사』의 시기에 오면 두 가지의 뚜렷한 변화를 보인다. 산문시 형식에서 행과 연을 나누는 형식으로, 서사적 서술시에서 서정시로 변화되는 것이 그것이다. 따라서 인물, 시간, 공간의 특성도 이러한 변화에 동반되는 것은 당연한 일이다. 화자의 측면에서 보면 초기시의 특징인 함축적 화자가 『헌사』에서는 대부분 현상적 화

간은 은밀한 퇴폐성을 보여주는 '방안'이다.

자로 바뀌고 있다. 다시 말하면 객관적 서술 태도를 가진 '화제 지향적 화자'가 주관적 서술 태도를 가진 '화자 지향적 화자'로 변화되고 있다. 시간의 측면에서는 '과거 시상'이 '현재 시상'으로 변화한다. 이는 오장환의 산문적 서술시가 갖는 시간 특성이 서정시가 갖는 시간 특성으로 변모되고 있음을 말해 준다. 공간 특성은 내부 공간과 외부 공간의 대응 구조 속에서 내부 공간에서 외부 공간으로, 다시 외부 공간에서 수직축을 기준으로 윗공간으로 전이되고 있음이 두드러진다.

魔鬼야 따에 끌리는 네 검은 옷자락으로 나를 다려가거라
늙어지는 밤이 더욱 닥어들어
鐵柵안 김승이 운다.

나의 슬픈노래는 누궐爲하야 불러 왔느냐
하염없는 눈물은 누궐爲하야 흘려왔느냐
오늘도 말탄 近衛兵의 발꿉소리는
城밖으로 달려갓다.
   -중　략-
충충한 구름다리 썩은은기둥에 기대여서서
奇異한 손님아 기두르느냐
붉은집 벽돌담으로 달이떠온다

—「獻辭 Artemis」 중에서

「헌사」는 현상적 화자를 내세운 서정시이다. '마귀야 따에 끌리는 네 검은 옷자락으로 나를 다려가거라'라는 구절은 '김승'을 화자로 '마귀'를 청자로 설정한 발화로서, '김승'의 우는 행위에 대한 의미를 부여한다. '마귀'에게 '나를 다려가거라'고 한 것은 '죽음'을 전제한 것이다. 이와 같이 「헌사」무렵의 시편들은 화자 혹은 그 밖의 인물들

을 죽음이라는 무드 속에 설정하고 있는 것이 인물 특성의 하나이다. 이러한 인물 모습이 드러나는 작품으로는 「석양」, 「할렐루야」, 「심동」, 「싸느란 화단」, 「상렬」, 「영원한 귀향」 등이 있다.

「헌사」에서 시간은 '-운다' '-떠온다'와 같이 현재 시제가 지배하고 있다. 이러한 시간 양상은 오장환의 초기시의 특성으로 보여 왔던 서사적 시간 양상과는 다른 서정적 시간 특성으로 드러남을 알 수 있다. 이 시에서 시간 표시어는 '늙어지는 밤' '오늘도' 등으로 나타난다. 이러한 시간 표시어로 미루어 볼 때, 이 시의 시간적 배경은 '오늘' '밤'이다. '밤'이라는 시간 상황 속에서 '슬픈 노래'를 부르고, '하염없는 눈물'을 흘리는 화자의 비애감이 결국 '마귀'에게 '나를 다려가거라'로 발화되는 죽음 의식으로 치닫게 된다.

이 시에서는 '성' 안에 존재하는 '나'를 '철책안'에서 우는 '김승'과 동일시하고 있다. 즉 '김승'과 '마귀', '나'와 '말탄 근위병'의 대응 구조로 되어 있으며, '철책' 혹은 '성'을 구획으로 내부 공간과 외부 공간이 대응되고 있다. 외부 공간에 대하여 동경하고 있는 화자는 '붉은 집 벽돌담'으로 떠오르는 '달'에 관심을 가진다. 이 시의 공간은 내부 공간에서 외부 공간으로, 다시 외부 공간에서 수직축을 기준으로 윗공간으로 이행되고 있는 특징을 보여 준다. 이 시의 공간 구조는 '성' 혹은 '철책'을 준거로 내부 공간과 외부 공간으로 구획되며, 그것은 속박과 자유의 대응 의미를 나타낸다. 따라서 죽음 의식으로까지 발전되는 비애감은 '성' 안에 속박되어 있는 화자의 현실에 기인한다.

이처럼 「헌사」는 서사적 과거 시제가 아닌 서정적 현재 시제로 바뀌고, 함축적 화자가 아닌 구체적 육성을 가진 현상적 화자가 등장한다. 따라서 이 때의 공간은 자아와 대립된 세계가 아니라 자아화된 세계로서의 공간이다. 세계의 자아화야말로 서정시를 가장 서정시답게

만들어가는 증표라 한다면, 위와 같이 서사적 조건을 갖춘 인물, 시간, 공간을 벗어나 서정적 조건을 갖춘 구조적 요소로 전환하는 것은 당연한 일이다. 「헌사」는 이런 점에서 오장환이 취한 시적 변신의 포즈라 할만하다. 시인이 가장 절실한 자신의 내부를 드러내고자 했을 때 취할 수 있는 방법은 시적 대상을 객관화하는 여러가지 장치가 아니라, 「헌사」에서 처럼 현재 시제로 발화하는 것이며, 화자가 숨쉬고 있는 자신의 공간이어야 하고, 자신의 이야기를 실감있게 스스로 전달하는 인물이어야 한다.

> 고운 달밤에
> 상여야, 나가라
> 처량히 요령 흔들며
>
> 상주도 없는
> 삿갓가마에
> 나의 쓸쓸한 마음을 실고
>
> 오늘밤도
> 소리없이 지는 눈물
> 달빛에 젖어
> 상여야 고웁다
> 어두은 숲속
> 두견이 목청은 피에적시어 ……
>
> ―「喪列」 전문

김학동은 「상렬」을 "오장환의 시에서 가장 잘 정제된 서정시의 하나로 요령을 흔들며 떠나는 꽃상여의 서글픈 행렬을 노래"한 작품이라고 평하였다.72) 그런데 이 작품은 '꽃상여의 서글픈 행렬'에 초점을 맞춘 것이 아니라, '오늘밤도 / 소리없이 지는 눈물 / 달빛에 젖어'라는 구절에 나타난 화자의 비애감을 주조로 하고 있다. '상여'는 화자의 비애감을 죽음 의식에 이르게 하는데 동원된 이미지이다. 「상렬」의 화자 '나'는 '오늘밤'('고은 달밤')이라는 시간과 '숩속'이라는 공간의 좌표 안에 존재하고 있다. 이 시에서 유의해야 할 구절은 '상여야, 나가라'라는 명령형이다. 이것은 '상여'가 현실적으로 화자와 동일 공간에 존재하는 것이 아니라, 상상 속의 존재라는 것을 암시하여 준다. '상렬'이라는 제례 행위와 '달밤'이라는 시간적 배경이 현실 속에서 조화되기 어렵기 때문에 화자의 상상과 현실은 괴리를 보이게 된다. 이 작품은 달밤을 시간적 배경으로 한 화자의 비애를 '두견이 목청'과 '상여'의 이미지로 형상화한 것이다. 다시 말하면 비애를 죽음 의식으로 끌어 올리기 위하여 '상렬'이라는 시각적 효과와 '두견이 목청'이라는 청각적 효과를 조화시킨 복합 감각의 유형으로 볼만한 것이다.

「헌사」와 「상렬」두 작품 모두 '밤'을 시간 상황으로 설정하고 있다. 여기에서 '밤'은 비애와 죽음 의식과 연관된 시간적 배경으로 설정되어 있다. 오장환 시에서 '밤'이라는 시간 표시어는 특징적으로 많이 나타나는데, 그의 시에서 '밤'은 대개 그리움과 외로움, 퇴폐와 향락, 죽음과 절망 등의 시간적 의미를 갖는다.

다. 귀향과 현실 인식

오장환 시에서는 '고향'을 화제로 삼는 경우가 많다. 그의 시에서

---

72) 김학동, 앞의 책, 54~55쪽.

'고향'은 어느 시점에 이르러 현격하게 드러나기 시작한 것이 아니라, 초기시에서부터 절실한 공간적 배경으로 나타나기 시작한다. '고향'이 나타나는 작품은 『성벽』의 「여수」「황혼」「향수」, 『나사는 곳』의 「다시 미당리」「붉은 산」「나 사는 곳」「성묘하러 가는 길」「고향 앞에서」「봄노래」, 『병든 서울』의 「가거라 벗이여」「이 세월도 헛되이」등이 있고, 시집에 수록되지 않은 작품으로는 「목욕간」「고향이 있어서」「旅程」「咏唱」「귀향의 노래」「山골」「어머니의 품에서」「봄에서」등이 있다. 이러한 시편들을 상황 요소로 따져보면 크게 두 가지의 양상이 드러난다. 화자가 '고향' 공간 밖에 존재 할 때 드러나 는 고향에 대한 인식과 안에 존재할 때의 그것은 뚜렷하게 변별된다.

故鄕이어! 黃昏의 저자에서 나는 아릿다운 너의 記憶을 찾어 나의 마음을 傳書鳩와 같이 날려 보낸다. 情든 고삿, 썩은 울타리, 늙은 아베의 하-얀 상투에는 몇나절의 때묻은 回想이 맺어 있는가. 욱어진 松林속으로 곱-게 보이는 故鄕이어! 病든 鶴이었다. 너는 날마다 야위어가는 …
　　　　　　　　　　　　　　　　　　　　　　　　　─「黃昏」 중에서

진종일
나루ㅅ가에 서성거리다.
행인의 손을 쥐면 따뜻하리라.

고향가차운 주막에 들려
누구와 함께 지난 날의 꿈을 이야기 하랴
양구비 끓여다 놓고
주인집 늙은이는 공연히 눈물지운다.
간간히 잿내비 우는 산기슭에는
아즉도 무덤속에 조상이 잠자고
설레는 바람이 가랑잎을 휩쓸어 간다.

예 제로 떠도는 장꾼들이어!
상고(商賈)하며 오가는 길에
혹여나 보섯나이까.

전나무 욱어진 마을
집집마다 누룩 듸듸는 소리, 누룩이 뜨는 내음새 …
—「故鄕 앞에서」 중에서

「황혼」의 화자는 '황혼의 저자'에 있기 때문에 화제로 삼고 있는 '고향' 공간의 밖에 존재한다. 이 시에서 화자의 발화를 통해 드러나는 '고향'은 시간적으로 현재의 공간이 아니라, 과거에 대한 '기억'이며 '회상'이다. 이러한 화자와 시간을 조건으로 해서 드러나는 '고향'은 '욱어진 松林속으로 곱-게 보이는 고향'이다.

「고향 앞에서」의 화자도 '고향' 공간의 밖에 존재한다. 인용시의 첫 연 '행인의 손을 쥐면 따뜻하리라'의 '-하리라'라는 미래 시제에 유의하면, '고향'은 상상 속의 공간임을 알 수 있다. 이러한 미래에 대한 상상 속에서의 고향은 '전나무 욱어진 마을'이며, '집집마다 누룩 듸듸는 소리'와 '누룩이 뜨는 내음새'가 나는 평화로운 마을이다.

이와 같이 오장환 시에서의 '고향'은 그리움의 대상이며, 외로움의 보상으로 나타난다. 그러나 화자가 '고향' 공간에 실재하는 경우에는 그 의미가 확연히 다르다.

솔잎이 모다타는 칙한 더위에
아버님 산소로 가는 산ㅅ길은
붉은 흙이 옷에 배는 강퍅한 땅이었노라.

아 이곳에 새로운 길터를 닦고

그 우에 자갈을 저나르는 인부들
매미 소리, 풀ㅅ기운조차 없는 산등셍이에
고향 사람들은 또 어디로 가는 길을 닦는 것일까

깊은 골에 남포소리, 산을 울리고
거치른 동네 앞엔
예전부터 굴러있는 頌德碑.

—「省墓하러 가는 길」 중에서

「성묘하러 가는 길」의 화자는 '고향' 공간 안에 실재한다. 화자가 실재하는 '고향'은 회상(과거)이나 상상(미래) 속의 그것과는 달리, 대상 공간에 대한 보다 직접적인 현실을 반영한다. 현실적 공간의 '고향'은 '붉은 흙이 옷에 배는 강팍한 땅'이며, '풀ㅅ기운조차 없는 산등셍이'이며, '송덕비'가 굴러다니는 '거치른 동네'이다. 그의 시에서 화자의 현실적 귀향은 이처럼 황폐화된 고향에 대한 자각과 현실을 인식하는 계기가 된다.

고향에 관련된 오장환 시의 화자는 시인지향적이다. 그러므로 그의 시에 나타난 고향 공간은 보편화된 공간이 아니라 개별화되고 구체화된 시적 장치들에 의한 시인 자신의 고향임을 알 수 있다. 이러한 고향이 추억으로 재생될 때는 따스하고 평화로운 공간으로 재생된다. 그러나 그것은 과거의 것일 뿐 현재의 것은 아니다. 즉 현실 부재의 공간이며, 현재의 시점으로 보면 상실의 공간일 수밖에 없다. 현실 공간인 '붉은 흙이 옷에 배는 강팍한 땅'은 비옥하고 안온하던 과거의 고향이 아니라, 수탈당하고 황폐화된 식민지적 현실의 축소된 상징적 공간으로 기능한다. 조국 상실의 비애와 식민지적 현실의 고통이 참담한 고향의 현실로 압축된 것이다. 그리고 그러한 고통과 슬픔은 안온하고 평화롭던 고향의 과거 시제와 대비되는 현재 시제로 나타난다. 고향에 대한 오장환의 두 태도는 화자, 공간, 시제가 서로 융섭하면서 이처럼 극명한 대비를 이루고 있다. 이것은 때로는 공간적 조건에 의해, 때로는 시간적 상황에 의해 시의 구도는 전혀 다른 형태로 나타나게 된다는 것을 알게 한다. 요약하면 다음과 같이 정리된다.

(ㄱ) 화자(시인)-고향-과거 시제 …… 평화롭던 고향에 대한 그리움
(ㄴ) 화자(시인)-고향-현재 시제 …… 피폐해진 고향에 대한 슬픔

라. 해방과 현실 비판

오장환의 시는 '해방'이라는 역사적 사건으로 큰 전환을 맞게 된다. 전환을 맞은 오장환의 시는 크게 두 가지로 대별된다. 하나는 암울한 일제 시대, 즉 '압제자'의 '쇠사슬'에서 벗어난 해방의 기쁨을 노래한 것이고, 다른 하나는 현실에 대한 비판적 대응이다.

旗폭을 쥐었다.
높이 쳐들은 萬人의 손우에
旗빨은 일제히나부낀다.

"萬歲"!를 부른다. 목청이 터지도록
지쳐 나서는
군중은 만세를 부른다.
우리는 노래가 없었다.
그래서
이처름 부르짖는 아우성은

일즉이 끓어오든 우리들 정열이 부르는 소리다.
　　　　　　　　　　　－「八月十五日의 노래」 중에서

「팔월십오일의 노래」의 화자는 '나'가 아니라 '우리'이다. 오장환 시에서 '우리'라는 민중 화자의 선택은 큰 의미를 갖는다. 화자 '우리'는 어느 집단의 일원으로서의 동류의식과 공동체 의식을 가지고 발화하게 되므로 공감력을 증대시키는 기능을 하기 때문에 호소력이 크다. 그렇지만 시의 형식으로 발화되는 최종적 목소리의 화자는 그 집단 속의 개인일 수밖에 없다. 이 시의 화자는 '환희와 기쁠의 꽃바다'를 연출하는 '무수한' '행렬'의 '군중'('만인') 속에서, 그들과 함께 '목청이 터지도록' '만세'를 부른다. 이 시의 화자는 '군중' 혹은 '만인'과 함께 해방의 기쁨을 노래하고 있다. 오장환 시에서 '우리'가 화자로 등장하는 작품으로 「어둔밤의 노래」 「연합군입성 환영의 노래」, 「지도자」, 「ГИМН」 「가거라 벗이여」, 「연안서오는 동무 심에게」, 「내 나라 오 사랑하는 내나라」 등이 있다.

이 시에 나타난 시간은 현재로 발화되는 특정한 날인 '팔월 십오일'인데, 이 날을 기점으로 과거와 현재가 대비된다. 발화시를 기준시로 현재 시간에 일어나는 행위는 '만세'와 '아우성' 등의 행위이며, 과거 시간에 있었던 것은 '일즉이 끓어오든 정열'이다. 이 시는 해방이라는 역사적 사건에 의미의 초점을 맞추고 있기 때문에, '팔월십오일'이라는 특정한 날의 현재 시간을 발화시로 설정하여 기쁨과 감격의 분출을 생동감 있게 표현하고 있다.

이 시의 공간은 내부의 갇힌 공간이 아니라, '목이 터지도록 지쳐나서는 군중'이 만세를 부르는 외부의 열린 공간이다. 이러한 열린 공간은 '뒤끓는 환희와 기쁠의 꽃바다 속'으로 표현되는 감격이 분출되는 공간이다.

「팔월십오일의 노래」에서도 드러났듯이 해방 후 오장환 시의 화자는 개인의 사적인 감정이 아닌 '군중' '만인' '겨레' 등의 복수 개념의 인물들을 내세워 공동체 의식을 강조하고, 거기에 따르는 현실의 부조리를 비판한다.

三十八度라는 술집이 있다.
樂園이라는 카페가 있다.
춤추는 연놈이나 술마시는 것들은
모두다 피흐르는 비수를 손아귀에 쥐고 뛰는 것이다.
젊은사내가 있다.
새로나선 장사치가 있다.
예전부터 싸홈으로 먹고사는 무지한 놈들이 있다.
내나라의 심장 속
내나라의 수채물 구녕
이 서울 한복판에
밤을 도아 기승히 날뛰는 무리가 있다.

—「이 歲月도 헛되이」 중에서

수없이 흘리고간 인민의 피들은 헛되지 않어
온 세상의
근로하는 인민이 눈을 부비고
손에 손을 맞잡어
피빠는 놈들을 거더차면
피빠는 압제비를 거더차면
그때는 얼마나 아름다운 세상일꺼냐.
그때는 해마다 개운한 날세일꺼냐.

—「勝利의 날」 중에서

「이 세월도 헛되이」에 흐르고 있는 시간, 즉 '세월'은 '해방의 날'로부터 현재까지를 의미한다. 이 시의 화자는 '내나라의 심장'인 '서울'이라는 공간을 '수채물 구녕'으로 파악하고 있다. 그 이유는 '밤을 도아 기승히 날뛰는 무리'가 많기 때문이다. '서울'이라는 공간 상황의 현실은 이 시의 등장인물들과 그 행위에서 드러난다. 즉 '춤추는 연놈' '술마시는 것들'은 '피흐르는 비수를 손아귀에 쥐고' 뛰고 있고, '젊은 사내' '장사치' 등은 '예전부터 싸홈으로 먹고사는 무지한 놈들'이다. 이러한 인물들은 사회 현실의 타락한 모습을 보여주기 위하여 동원된 인물군이다. 따라서 이 시는 '해방의 날'에서 현실로 이어지는 시간과 '서울'이라는 공간 상황 속에서 사회 현실을 비판적으로 드러내고 있다. 이처럼 현실 비판을 위하여 타락한 인물을 설정한 경우는 해방기의 그의 시에 흔히 나타난다. '알콜에 물탄 양주와 딴쓰로 정신이 없는 깽' '깽을 기업하는 자본가'(「깽」), '김승보다 더러운 심사에 눈깔에 불을 켜들고 날뛰는 장사치'(병든 서울」), '오장까지 썩어가는 주정뱅이'(「어둔밤의 노래」), '비겁한 놈'(「ГИМН」), '인육을 싣고 가는 폭력단'(「너는 보았느냐」), '강도'(「강도에게 주는 시」), '아츰을 밤으로 삼는 무리'(「벽보」) 등이 그것이다.

「승리의 날」에서 화자는 미래의 시간에 기대되는 '아름다운 세상' '해마다 개운한 날세'의 낙원을 꿈꾼다. 그러나 이러한 미래의 세계가 성취되기 위해서는 이 시에 등장하는 인물들, 즉 '근로하는 인민'과 '피빠는 놈들' 또는 '피빠는 압제비'와의 관계가 전제 조건으로 제시되어 있다. 그 조건은 '온 세상의 / 근로하는 인민이 눈을 부비고 / 손에 손을 맞잡어 / 피빠는 놈들'을 '거더차'야 한다. 이 시에서 제시되는 공간은 '온 세상'이다. 그리고 현재의 시간은 위에 제시된 전제 조건이 아직 달성되지 않은 상황이기 때문에 '피빠는 놈들'과 '피빠는 압제비'로 표상된 유산 계급의 착취가 횡행하고 있다는 것이다. 따라서 이 시의 화자는 '아름다운 세상' '개운한 날세'로 표상되는 낙원을 건설하기 위하여 '근로하는 인민'들이 연대하여 유산자 계급을 타도할 것을 선동하고 있다. 해방기의 오장환 시는 해방의 환희와 감격, 현실에 대한 비판적 인식, 현실 비판을 바탕으로 '근로하는 인민들'의 또 다른 '해방'에의 기대로 전이되었다.

이상의 논의를 종합해 볼 때, 해방기에 나타난 오장환 문학의 변화는 단지 세계 인식의 변화나 시어의 선택에서만 나타나는 것은 아니다. 위에서 본 바와 같이 그러한 변화를 뒷받침하는 것은 구체적으로 시적 화자에 있어서나 시간과 공간의 설정에서 현저하게 나타난다. 종래의 시인 연구에 있어서, 특히 이념적 경사가 극심했던 시인을 연구하는데 있어서 그 분석의 방향은 당연히 시인의 세계관과 현실 인식의 방향을 따지는데 주력해 왔다. 그러나 그것을 시적 구조의 내부 속에서 탐색하고 구명하는 방법에는 소홀한 편이었다. 도대체 시적 화자가 '나'에서 '우리'로, 함축적 화자에서 현상적 화자로 치환되는 것은 무엇을 의미하며, 시대에 대한 인식의 변화에 따라 과거 현재 또는 미래가 비관적인 것에서 희망과 낙관의 세계로 뒤바뀌는 사태는 또 무엇을 의미하는가. 그리고 협착한 제한적 공간에서 확장된 공간으로 확대되는 이유는 무엇인가. 이러한 문제들을 밝히기 위하여 필자는 이념과 세계관을 주목하는 대신 그것을 뒷받침하거나 구체화하는 시학적 관점들을 살피고자 하였다. 그 결과 해방기에 나타난 오장환의 시적 변화는 그 이전의 시들에 비해 현격한 변화를 드러내고 있다.

(1) 시적 화자가 '나'에서 '우리'로 확장된 점을 지적할 수 있다. 억압적인 식민지 시대의 숨죽인 지식인으로서 '나'가 아니라, 상실했던 조국을 회복한 민족 공동체의 주역인 '우리'가 시의 화자가 된 것이

다. 그것은 역사의 암흑 속에 은폐된 존재로 살아가던 시대의 해체된 민족도 아니고, 더 이상 분자화된 개인도 아니다. 만세를 부르는 군중, 해방을 기뻐하는 민족 전체, 즉 '우리'가 시의 화자로 나타난 것이다. 이러한 변화는 기회주의적인 변신을 도모해서 친일에 몰두하던 시인이 갑자기 애국 시인으로 둔갑하는 문학사적 사례와 유사한 것이 아니다. 앞에서 보아 온 것처럼 '나'에서 '우리'로 발전하기까지 그의 시 속에 잠재해 있던 화자의 모습은 그 내적인 정신에 있어서 상당한 유사성을 가지고 있다. 때로는 그것이 전통 거부의 모더니즘적 경향으로 나타나기도 하고, 퇴폐와 유랑 의식에 빠져 현실을 괴로워하기도 하며, 향수와 귀향을 통한 비판적 현실 인식을 드러내기도 한다. 이 모두는 '나'가 처해 있는 조국 상실이라는 역사적 상황에 대해 절망하고 괴로워한 자의 고통스런 언어들이다. 억압과 암흑 속에 은폐되었던 화자가 해방이라는 환희와 밝음의 지평으로 달려나왔을 때, 거기엔 이미 해체된 민족은 사라지고 '우리'로 통합된 민족이 새롭게 태어나고 있었다. 오장환은 굴욕의 패각 속에 움츠리고 있던 개인의 존재는 '우리' 속으로 해체되거나 통합되어야 하는 것이 역사적 소명이라고 믿었던 것이 틀림없다. 해방 이후 그가 선택한 실제적인 삶이 그것을 입증하기에 충분한 자료가 되며, 그의 시를 지배하는 도미넌스(dominance) 역시 그러한 사정을 확연히 보여주고 있기 때문이다.

(2) 시제의 문제에 유의할 필요가 있다. 오장환의 시에서 화자가 '나'에서 '우리'로 전환된 것에 따라 시제는 과거가 아니라 현재 또는 미래로 발전하는 양상을 나타낸다. 그리고 그의 시에서 흔하게 나타나던 '밤'의 시간 대신 '개운한 날세'를 나타내는 대낮의 시간으로 전환된다. 또한 그의 시에서 자주 나타나던 과거(그리움의 대상, 아쉬운 상실의 기억)가 아름다운 추억 등의 긍정적 태도로 나타나다가, 해방

이 되면서 과거는 부정적 대상에 적용되는 반전을 보인다. 이와 같은 현상은 일제 시대 작품에 있어서 화자의 과거는 조국 상실 이전에 대한 시간적 설정이었기 때문에 긍정적 대상일 수밖에 없고, 해방기 작품의 화자에게 있어서 과거는 식민지 시대로 설정되었기 때문에 부정적일 수밖에 없다는 점으로 해석될 수 있다. 앞에서 분석한 바와 같이 식민지 시대 작품들의 대부분은 미래의 시간에 대해 절망적으로 나타나거나, 그것이 더욱 심화되어 죽음으로 확대되는 것을 확인했다. 그러나 해방 이후 그의 시에서 미래는 '승리의 날'을 약속해주는 희망의 시간이며 '아름다운 세상'을 예약하는 꿈의 시제이다. 뿐만 아니라 현재 시제도 미래와 마찬가지로 긍정적 시간이 된다. 이 점도 식민지 시대의 현재 시제가 절망과 부정적 상황을 부각하기 위해 기능한 시제였다는 점에서 명백한 반전의 증거가 된다.

(3) 공간의 문제에 유의할 필요가 있다. 이미 검토된 바와 같이 오장환의 시적 공간은 수직축의 우주적 인식론적 공간과 수평축의 현실적 존재론적 공간으로 양분되거나 교차되는 것을 볼 수 있었다. 특히 그의 시에서 조국 상실의 상징으로 응축된 '고향' 공간과 타락한 방향 상실의 '항구' 공간은 역사에 대한 일종의 짜증스러운 반응이며, 나라를 제대로 지키지 못한 祖先과 그 전통에 대한 비판적 원망이 가해진 공간으로 보인다. 이러한 공간은 명백히 진취적인 것도 생산적인 것도 아니며 미래를 향해 뻗어 있는 밝고 활기찬 대지는 더욱 아니다. 다만 암울한 절망과 타락한 동물적 삶만이 숨쉬고 있는 것이다. 이와 같이 오장환의 시를 구성하던 해방 이전의 공간은 대체로 절망의 상징적 공간이 중심이 되어 왔으나 해방 이후는 양상이 전혀 달라진다. 가령 해방 이전의 공간에는 '항구' '고향' 외에도 '철책' '목책' 또는 '쇠창ㅅ살' 같은 폐쇄적 공간이 나타나면서 시적 화자의 현재

시제는 고통과 억압의 현실적 상황을 드러내게 되고, 이러한 공간은 식민지 조국 전체가 감옥에 불과하다는 거시적 비유를 성취하게 된다. 그러나 해방 이후 그의 시에는 그러한 폐쇄적 공간은 모두 사라지고, 희망과 전진의 꿈으로 뒤덮인 열린 공간으로 대체된다. '항구' '고향' '철책' '목책' '쇠창ㅅ살' 같은 공간에서 '서울' → '조국' → '온 세 상'으로 시적 공간이 확장되기 시작한 것이다. 이와 같은 평면적 수평 공간의 확장은 '아름다운 세상'을 장식하는 인식론적인 공간의 확장으 로 교차되기도 한다.

이처럼 오장환의 시세계를 구성하는 시학적 요소들은 시인의 사상과 세계관을 형상화하는데 있어서 공동으로 작용하고 있다. 이를테면 인물, 시간, 공간이 서로 융섭하고 있는 것을 볼 수 있다. 이러한 세 가지 시적 구성 요소들은 세계를 인식하고 자아화하는 과정에 있어서 가장 적합한 변화를 통해 시적 담론으로 구체화 된다. 시간의 문제는 공간과 유리될 수 없고, 이 양자는 화자의 조건과 부합되지 않을 수 없는 이유야말로 바로 이러한 시적 담론의 성질과 불가분의 관계에 있기 때문이다.

6. 결 론

오장환은 1930년대로부터 해방기에 이르기까지의 암흑과 격동의 역사 현실을 그 나름대로 형식적 실험과 미학적 장치를 통해 그의 시 속에 잘 반영하고 있는 시인이라고 평가된다. 이 논문은 오장환의 시 전편을 대상으로 인물, 시간, 공간의 세 가지 요소를 중심으로 살펴보았다. 이러한 요소들은 상황이라는 범주 안에서 상호 융섭의 관계에 있다. 각각의 특성을 따로 고찰하는 데에 다소 어려움이 있다는 것을 인정하지 않을 수 없다. 그러나 이 논문은 한 시인의 전체 작품을 대상으로 각 상황 요소의 특성을 고찰하는 방법이 그 시인 전체의 시를 이해하는 데에 효과적이라는 판단에서 이루어진 것이다. 지금까지의 논의의 요점을 정리함으로써 결론을 삼고자 한다.

오장환의 시에 나타난 상황 특성 중 인물의 관점에서 나타나는 특성은 전형적 인물들의 등장을 첫째로 들 수 있다. 특히 시집 『성벽』을 중심으로 한 초기의 서술시에서는 화제 지향적 화자를 통하여 극적 인물들을 내세우고 있다. 여성 인물은 '매음녀' '기녀' 등과 같이 퇴폐적이고 관능적인 인물형으로, '신사'로 대표되는 남성 인물은 이러한 여성 인물들을 향락의 대상으로 삼는 위선적인 인물형으로 나타난다. 따라서 여성과 남성 인물을 계층 구조적 측면에서 보면 상하위의 위상을 뚜렷이 드러낸다. 그의 시에서는 이러한 인물들의 성격과 그 인물들의 관계 구조를 통하여 윤락과 퇴폐의 사회상과 인간관계의 모순된 계층 구조를 제시하고 있는 것이다. 시집 『병든 서울』에서는 '서울'이라는 타락한 공간을 설정하여 놓고 거기에 걸맞는 타락한 인물 군상을 조상함으로써 사회 현실의 단면을 비판적인 안목으로 보여주고 있다.

다음으로 화자 시점의 변화를 특징으로 들 수 있다. 즉, 함축적 화자에서 현상적 화자로 바뀌고 있는 것이 그것인데, 이것은 시집 『헌사』를 기점으로 시 형식이 산문적 서술시에서 서정적 자유시로 변화하는 것과 궤를 같이 한다. 일인칭 시점에서 진술된 작품에서의 '나'는 주로 부정의 정신에 바탕을 둔 '병든 사나이'로 등장한다. 이러한 성격의 일인칭 인물은 그의 작품들에서 일관되게 나타나는 특징 중의 하나이다. 시집 『헌사』에서는 화자 '나'가 항상 죽음의 상황에 처해

있음이 특징으로 나타나고 있다. 죽음의 상황과 관련된 화자의 행위는
부정 정신을 바탕으로 한 과거(전통)와의 '결별'하는 모습을 보여주기
도 한다. 이러한 '나'의 성격은 부정 정신에서 싹튼 절망이 심화되어
'죽음'으로 변화되는 화자 특성으로 간주된다. 또 하나 특이한 것은
시집 『병든 서울』에서는 화자가 '나' 대신에 '우리'로 바뀌고 있는 점
이다. 이것은 해방이라는 사회 상황의 급격한 변화에 따라 민중 화자
를 내세워 역사적 소명 의식을 반영하고자 하는 시인의 의도로 파악
된다. 이와 같은 화자 설정의 변화는 초기에서부터 일관되게 견지해
온 자기 부정, 자아비판의 정신을 바탕으로 하고 있다.

　짐승을 퍼소나로 등장시켜 인도주의적 의식을 표출하고 있는 점과
쫓기는 인물과 쫓는 인물의 대척적인 인물 구조를 설정하여 부자유한
현실 상황을 제시하고 있는 점도 그의 시에 드러나는 인물 특성 중
하나이다. 이 점은 시집 『나 사는 곳』에 주로 나타나는 경향인데, 이
경우에는 대개 화자와 관련된 시간 상황을 '어둠' '밤'으로 설정하고
있으며, 공간 상황은 현실적 서정적 공간으로 설정하여 그 의미를 강
조하고 있다.

　오장환의 시에서의 시간 특성을 시상적 관점에서 보면 초기의 서술
적 산문시에서는 일반적으로 서정시가 갖고 있는 시간 특성에서 일탈
하여 서사시의 시간 특성에 접근하고 있다. 초기 산문시의 시간 양상
은 과거 시상을 바탕으로 한 역사적 시제, 서사적 시제라고 할 수 있
다. 이러한 특성은 서술시가 갖는 시간적 특성의 전형인데, 이것은 사
건을 객관화시키는 미학적 장치로 여겨진다. 이밖에 과거 속의 현재,
순수 현재 등 그의 시간 양상은 다양하게 나타나고 있으나, 이러한 다
양성 속에서 하나의 맥락을 찾는다면 초기의 산문적 서술시에서 보여
주었던 과거 지향의 시간 양상이 시집 『헌사』이후 시형식의 변화를

거치면서 점차 현재 지향의 서정적 시간으로 이행되고 있다는 점이다.

그의 시를 지배하고 있는 시간적 배경은 '밤'이라고 할 수 있다. 그의 시에서 '밤'의 시간적 의미는 주로 그리움과 외로움, 퇴폐와 향락, 죽음과 절망 등으로 나타났다. 그런데 해방을 기점으로 그의 시에서 '밤'을 배경으로 하는 시는 현격하게 줄어드는데, 이것은 그의 시에서 '밤'이라는 시간 상황의 설정이 일제 식민 치하의 암울한 시대의 알레고리로 볼 수 있는 근거가 된다고 본다.

오장환 시의 시간 특성 중 하나는 미래의 시간이 상황으로 설정된 경우가 매우 드물다는 점이다. 그의 시 중 미래의 시간 상황이 드러난 12편을 중심으로 살펴 본 결과, 그의 시에 드러난 미래의 시간 양상은 부정적이고 절망적인 의미로 설정되어 있다. 이러한 절망이 더욱 심화되어 '죽음'의 양상으로 나타나고 있음을 확인 할 수 있었다. 그런가 하면 해방 후의 작품들에서는 그가 사회주의 이데올로기에 경도된 관점에서 제시하는 미래에 대한 시간이기 때문에 선동성이 나타나고 있다.

오장환 시에서의 공간은 주로 수평축을 중심으로 한 내부 공간과 외부 공간의 구획으로 이루어져 있는 것이 특징으로 드러났다. 가령 '하늘과 땅' 같은 수직축의 공간 대비는 상승과 하강의 이미지로서 대개 기원이나 이상향의 추구, 혹은 퇴락이나 체념의 의미를 추출할 수 있다. 그러나 수평축의 공간은 지상에 뿌리를 둔 평면적 구획에 의미를 두게 된다. 따라서 수평축의 공간 특징을 가진 오장환의 시가 대체적으로 현실적인 문제를 주된 화제로 삼고 있는 것은 그 원인을 이러한 공간 인식에서 찾을 수 있다.

'안'의 폐쇄 공간에 초점을 맞춘 일련의 작품들은 내부의 은밀한 폐쇄성을 외현화함으로써 화자의 내부 공간에 대한 비판 의지를 드러낸다. 여기에서 내부 공간의 의미는 주로 전통이나 유습 등으로 상징화된다. 이러한 내부 공간에 대한 비판과 거부는 외부 공간을 지향하게 되고, 외부의 개방 공간으로 제시된 것이 '항구'라는 공간이다.

'항구'의 공간도 안과 바깥의 공간으로 구획지어 드러나지만, 이것은 내부 공간과 외부 공간은 대비를 통하여 공간의 변별성을 보여주는 것이 아니고, 내부 공간과 외부 공간의 동질화를 통하여 공간의 동류적 심화를 보여 주기 위한 것이다. '항구' 공간에서는 대체로 퇴폐성이 내외적으로 부각되고 있다.

오장환 시에서 내부 공간과 외부 공간의 구획이 '철책'이나 '목책' 또는 '쇠창ㅅ살' 등으로 나뉘어 질 때, 주로 '갇힘'과 '자유'라는 대응 의미로 나타났다. 이러한 시에서의 화자는 '갇힘'의 내부 공간에서 '자유'의 외부 공간을 갈망하게 된다. 그러나 '자유'에 대한 갈망은 적극성을 띠지 못하고 다만 '동경' '체념' '허무'로 귀결되고 있음을 확인하였다.

그는 여기에서 낡은 유습을 고수하기 위한 공간도 타락과 퇴폐를 보여 주는 공간도 아닌 새로운 공간으로서 '고향'이라는 공간을 모색하게 된다. '고향' 공간의 양상은 두 가지로 나타나는데, 이상의 공간과 현실의 공간이 그것이다. 특히 후자의 경우에는 황폐화된 고향에 대한 자각의 계기가 되었고, 오장환의 현실 인식의 변화에 핵심적인 요소로 작용하게 되었다고 본다.

전환을 맞게 된 해방기의 작품에서도 특징적으로 나타나는 공간은 내부 공간과 외부 공간의 이원적 공간 구획으로 나타난다. 그런데 여기에서는 앞에서 보여준 두 공간의 동류적 심화를 강조하는 것이 아니라, 내부 공간과 외부 공간의 대비를 통한 변화 양상을 부각시키는 예를 보여 주었다. 즉, 암울한 일제하의 폐쇄 공간과 그리고 이와 대응된 주권과 희망을 갖게 된 열린 공간을 제시하고 있는 것이다.

　이상의 오장환 시의 상황 특성에 대한 논의를 종합해 볼 때, 오장
환은 두 차례의 전환을 꾀하고 있다. 첫 번째 전환은 시집 『성벽』에
서 『헌사』로 넘어오는 시기이다. 이 시기에 변화 된 특성은 다음 몇
가지로 정리된다. ①인물의 측면에서는 객관적 서술 태도의 함축적 화
자가 주관적 서술 태도의 현상적 화자로 변화되었다. ②형식적 변화로
서 산문시에서 행과 연을 나누는 시형식으로 변화되었다. 이러한 변화
를 시간 양상의 측면에서 보면 과거 지향적 서술시에서 현재 지향적
서정시로의 변화를 포함한다. ③공간의 측면에서는 내부 공간에 대한
관심이 외부 공간으로 전이되었다.

　두 번째 전환은 시집 『병든 서울』의 출간, 즉 해방을 기점으로 이
루어진다. 이 시기에 변화된 특성은 다음 몇 가지로 정리된다. ①인물
의 측면에서 보면 일인칭 화자 '나'가 '우리'로 바뀌었다. 이것은 '해
방'이라는 역사적 사건을 계기로 자아의 세계에서 민중의 세계로의
전환을 의미한다. ②시간의 측면에서는 이전 까지 그의 시에서 시간적
배경을 지배하던 '밤'의 설정이 현격하게 줄어들었다. ③공간 측면에
서는 내부의 갇힌 공간에서 외부의 열린 공간으로 변화되었다. 이러한
특성과 전환을 바탕으로 한 오장환의 시세계는 전통 거부의 모더니즘
정신, 퇴폐와 유랑 의식, 향수와 귀향을 통한 비판적 현실 인식, 모순
된 사회 현실에 대한 비판적 대응 등으로 요약된다.

　오장환이 북에서 상재하였다는 시집 『붉은 기』(1950. 평양)를 포함
하여 아직 알려지지 않은 그의 작품과 자료가 더욱 보완되어 그의 시
에 대한 연구가 심화될 필요가 있다. 그리고 오장환은 다양한 관점과
정치한 이론에 의해 계속 조명되고 평가되고 검토되어야 할 여지가
많은 시인이라는 점을 밝혀 둔다.

〈참고 문헌〉

기본 자료

吳章煥, 『城壁』, 雅文閣, 1947.

吳章煥, 『獻辭』, 南蠻書房, 1939(소화 14).

吳章煥, 『나 사는 곳』, 獻文社, 1947.

吳章煥, 『病든 서울』, 正音社, 1946.

崔斗錫 편, 『吳章煥 全集』1·2, 창작과비평사, 1989.

  * 기타 신문, 잡지에 발표된 오장환의 작품

참고 논저

고영근, 「텍스트의 경계를 어떻게 세울 것인가?」, 조숙환 ·이현호
  엮음, 『언어학과 인지』, 한국문화사, 1992.

具仲書, 「吳章煥論」, 『詩文學』 제19권 6호(통권215호), 詩文學
  社, 1989. 6.

권영민, 『한국현대문학사』, 민음사, 1993.

金慶淑, 「吳章煥 詩 硏究」, 梨花女大 大學院 석사논문, 1992.

金光均, 「이미 죽고 사라진 사람들」, 『東西文學』, 1988. 8.

金光均,「獻辭-吳章煥詩集」,『文章』제1권 8호, 1939.

金光燮,「八九月詩壇印象」,『人文評論』, 1940. 10.

金奎榮,『時間論』, 서강대 출판부, 1987.

金起林,『吳章煥氏의 詩集-「城壁」을 읽고』, 朝鮮日報, 1937.9.18.

金東錫,「濁流의 音樂-吳章煥論」,『藝術과 生活』, 박문출판사, 1947.

金明媛,「吳章煥 詩 研究」, 韓南大 大學院 석사논문, 1989.

金樹中,「吳章煥 詩에 나타난 '나'의 性格 分析」,『誠信語文學』
　　제4호, 誠信語文學研究會, 1991.

金相泰,『文體의 理論과 解析』, 새문社, 1982.

金容稷,『해방기 한국시문학사』, 민음사, 1989.

金容稷,『현대경향시 해석 / 비판』, 느티나무, 1991.

金旭東,『대화적 상상력』, 文學과知性社, 1988.

김은자,『現代詩의 空間과 構造』, 문학과비평사, 1988.

김종윤,「어둠의 인식과 상징적 서정 -오장환론」, 이선영 편,『1930
　　년대 민족문학의 인식』, 한길사, 1990.

김준오,『가면의 해석학』, 이우출판사, 1985.

金埈五,『詩論』, 三知院, 1991.

김태자,『발화분석의 화행의미론적 연구』, 탑출판사, 1987.

金澤東,『吳章煥 研究』, 시문학사, 1990.

金賢子,『詩와 想像力의 構造』, 文學과知性社, 1982.

문덕수 외,『현대의 문학이론과 비평』, 시문학사, 1991.

문덕수,『韓國모더니즘詩研究』, 시문학사, 1992.

박덕은,『오장환의 작품세계』, 錦湖文化, 1989. 8.

朴龍喆,「丁丑年 詩壇 回顧」,『朴龍喆 全集 2권』, 詩文學社, 1939.

박윤우,「저항의 몸짓과 비판적 리얼리즘-오장환론」, 윤여탁외 편,

『한국현대리얼리즘시인론』, 태학사, 1990.

박윤우, 「吳章煥 詩 硏究」, 서울대 대학원 석사논문, 1989.

朴晶愛, 「吳章煥 詩 硏究」, 전남대 대학원 석사논문, 1993.

朴鎭煥, 『韓國詩의 空間構造 硏究』, 경운출판사, 1991.

朴喆熙·金時泰, 『文學의 理論과 方法』, 二友出版社, 1984.

박호영, 「오장환 시의 모더니즘적 특성」, 『인문학보』 제9집, 강릉
    대학 인문과학연구소, 1990.

백수인, 「金尙鎔 詩에서의 時間과 空間의 의미」, 『人文科學研
    究』 제11집, 조선대, 1989.

백수인, 「未堂 徐廷柱 詩의 인물 고찰」, 『人文科學研究』 제9집,
    조선대, 1987.

白　鐵, 『新文學思潮史』, 新丘文化社, 1968.

徐廷柱, 「韓國現代詩의 史的 槪觀」, 『韓國의 現代詩』, 一志
    社, 1969.

徐廷柱, 「現代朝鮮詩略史」, 『朝鮮名詩選』, 溫文社, 1950.

서준섭, 『한국 모더니즘 문학 연구』, 일지사, 1988.

石　耕, 「所感 이것 저것」, 『人文評論』, 1940. 3.

石　耕, 「詩의 目的」", 『人文評論』, 1940. 8.

宋　穉, 『文學評傳』, 一潮閣, 1969.

신범순, 「해방공간의 진보적 시운동에 대하여」, 『해방공간의 문학
    운동과 현실인식』, 한울, 1989.

申相星·俞漢根, 『韓國文學의 空間構造』, 螢雪出版社, 1986.

吳世榮, 「탕자의 고향발견-吳章煥論」, 권영민 편저, 『越北文人
    研究』, 文學思想社, 1989.

吳世榮, 「現代文學의 本質과 空間化 指向」, 『文學思想』,

1986. 4-5.

俞漢根, 「吳章煥論」, 洪起三 외, 『韓國現代詩人硏究』, 太學社, 1989.

俞漢根, 「現代詩에 있어서 空間問題」, 『東岳語文學』 14집, 1981.

尹石山, 『素月詩 硏究』, 太學社, 1992.

尹在根, 『詩論』, 둥지, 1990.

이경희 외, 『문학 상상력과 공간』, 도서출판 창, 1992

李崇源, 「吳章煥 詩의 展開와 現實認識」, 『雲堂丘仁煥先生華甲紀念論文集』, 한샘, 1989.

李昇熏, 『文學과 時間』, 二友出版社, 1986.

이승훈, 『한국시의 구조분석』, 종로서적, 1987.

李御寧, 「文學空間의 記號論的 硏究」, 단국대 대학원 박사논문, 1986.

이정민, 「언어의 표상과 인지:특히 음운 표상에 유의하여」, 『언어학과 인지』, 한국문화사, 1992.

임헌영, 「해방후 한국문학의 양상」, 이우용 편저, 『해방공간의 문학연구(2)』, 태학사, 1990.

林 和, 「現代와 抒情詩의 運命」, 朝鮮日報, 1939. 8. 19.

張英洙, "吳章煥과 李庸岳의 比較硏究", 고려대 대학원 박사논문, 1987.

전정구·김영민, 『문학이론연구』, 새문사, 1989.

鄭雲燁, 「吳章煥 詩 硏究」, 中央大 大學院 석사논문, 1991.

鄭漢模, 「韓國現代詩略史」, 『韓國現代詩의 現場』, 博英社, 1984.

鄭漢淑, 『現代韓國文學史』, 고려대 출판부, 1982.

조동일, 『한국문학통사 5』, 지식산업사, 1989.

崔東鎬, 『現代詩의 精神史』, 열음사, 1985.

崔斗錫, 「오장환의 시적 편력과 진보주의」, 『오장환 전집 2』, 창
    작과비평사, 1989.

片石村, 「感覺·肉體·리듬」, 『人文評論』, 1940. 2.

河岐洛, 『하르트만硏究』, 형설출판사, 1979.

韓貞順, 「吳章煥 詩 硏究」, 『誠信語文學』 제3호, 誠信語文學
    硏究會, 1990.

洪起三·金時泰 편, 『解禁文學論』, 미리내, 1991.

황윤철, 「오장환 시 연구」, 『대구어문논총』 제7집, 대구어문학회,
    1989.

Diane Macdonell, *Theories of Discourse*, Basil Blackwell, 1986.

Gaston Bachelard, 곽광수 옮김, 『空間의 詩學』, 민음사, 1990.

Graham Dunstan Martin, *Language Truth and Poetry*, Edinburgh
    UP., 1975.

Hans Meyerhoff, 金埈五 역, 『文學과 時間現象學』, 삼영사, 1987.

John McCumber, *Poetic Interaction*, Chicago UP., 1989.

Marcus B. Hester, *The Meaning of Poetic Metaphor*, Mouton & Co.,
    1967.

M.H. Abrams, *The Mirror and the Lamp*, Oxford UP., 1953.

Mark Leonard Johnson, 이기우 옮김, 『마음속의 몸』, 한국문화사,
    1992.

N. Hartmann, 『田元培 譯, 美學』, 을유문화사, 1983.

Paul Ricoeur, *Time and Narrative* vol 2, trans. Kathleen McLaughlin and David Pellauer, Chicago UP., 1985.

Prinston Encyclopedia of Poetry & Poetics, Prinston UP., 1974.

R.A. Mall, *Natualism and Criticism*, Martinus Nijhoff, 1975.

Robert Con Davis and Ronald Schleifer, *Contemorary Literary Criticism*, Longman, 1989.

S.D.S. Chhibber, *Poetic Discourse*, Sterling Publishers Private Limitid, 1987.

Susan Sniader Lanser, *The Narrative Act*, Princeton UP., 1981.

Ⅲ. 서술시와 실험 정신 - 여상현론

1. 전기적 사실과 문단 활동

여상현은 1914년 2월 9일 전라남도 화순군 동면 천덕리 451번지에서 출생하여 화순 보통학교를 나온 후, 1935년에 고창고보를, 1939년에 연희전문을 졸업했다. 본명은 상현(尙鉉)이며, 아버지 여규병(함양여씨, 呂奎炳)과 어머니 조함녕(함안조씨, 趙咸寧)의 5남 5녀 중 장남이다. 1931년 8월 15일 전남 장성 출신 김아지(울산김씨, 金阿只)와 결혼하여 7남 2녀의 자식을 두었다. 이름이 확인된 아들은 장남 운창(運昌, 1933년생), 4남 운성(運成, 1941년생), 5남 운조(運朝, 1944년생) 등 세 명이다. 장남 운창은 6.25 당시 서울신문 교정부장으로 있던 아버지 여상현과 함께 해방불명이 되었고[1], 나머지 두 명은 그의 시 「餞別 - 運朝를 보내며」에 등장하는 아들들이다.[2]

---

[1] 정영진, 통한의 실종문인(문이당, 1989), 35쪽에는 여상현을 "타의입북문인"으로 분류하고, 같은 책 40쪽에 "월북 후에 별달리 빛을 보지 못한" 문인 중 한 사람이라고 기술하고 있다.

[2] 이서영, "명작의 고향 6 - 여상현", 「호남 현대문학 80년 기행」, 광주일보 1996년

그는 1936년 11월 창간된 시인부락 제1집에 시 「腸」 「호텔앞 廣場」을 발표하면서 문단 활동을 시작하였다. 이어 같은 해 12월에 발행된 제2호에 「法院과 가마귀」 「呼吸」을 발표하였다. 그 후 그는 「鐘路一六八號」(풍림, 1937.2.) 「群蛙」(자오선, 1937.11.) 「부채」(조선일보, 1939.7.4.) 「입술을 빨며」(시학, 1939.10.) 「地震祭」(인문평론, 1940.1.) 「나의 勳章」(인문평론, 1940.4.) 「薔薇 속에서」(인문평론, 1940.8.) 「아카시아만 남기고」(인문평론, 1941.2.) 「孔雀」(國民文學, 1942.3.) 「百花의 抒情」(조광, 1942.8.) 「옷고름을 맺다가」(조광, 1942.12.) 등의 시 작품과 「詩壇의 浪漫的 氣分」(매일신보, 1938.7.3.) 「文學과 生活」(매일신보, 1938.11.20.) 「學問精神의 建設」(매일신보, 1939.1.5.) 등의 평론을 발표하였다.

해방 후에는 「農軍의 노래」(조선주보, 1945.10.) 「봄날」(해방기념시집, 1945.12.) 「時計」(예술신문, 1946.8.) 「初春在家手記」(신천지, 1947.2.) 「歸不歸」(한글, 1947.3.) 「푸른 하늘」(신문평론, 1947.7.) 「餞別」(경향신문, 1948.8.10.) 「敎室에서」(신교육건설, 1947.9.) 「榮山江」(신천지, 1947.10.)[3] 「寄 '石海駝'」(서울신문, 1948.1.17.) 「羊」(민주조선, 1948.3.) 「庭園餘墨」(민성, 1948.9.) 「어서오십시요」(서울신문, 1948.9.16.) 「슬픈 가락」(백민, 1949.1.) 등의 시와 「民族의 渴症?」(신천지, 1948.7.)이라는 제목의 수필을 발표하였다.

그의 유일한 시집 『七面鳥』(정음사, 1947. 9.)는 4부로 나누어 45편의 작품을 골라 실었다. 필자의 조사에 의하면 그의 작품 중 이 시

3월 1일자 18쪽에는 여상현의 부인 김아지를 비롯한 가족들이 일찍이 고향을 떠나 대구, 서울, 경기도 등에 생활의 근거를 두고 있으며, 4남 운성은 서울 서초구 방배동에 살고 있는 것을 확인하고 있다.

3) 이 작품은 이전(1947.9)에 발행된 그의 시집 『칠면조』에 실려 있는 작품이므로, 시집을 준비할 무렵 투고하였거나 시집에서 골라 투고했을 것으로 추정된다.

집에 수록되지 않은 작품은 발간 이전에 발표한 것이 6편[4]이고, 발간 이후에 발표한 것이 7편[5]으로 총 13편이다. 따라서 지금까지 알려진 그의 시 작품은 총 58편[6]이다.

이와 같이 시인 여상현은 당대에 비교적 두드러진 문학 활동을 통하여 우리 현대시사에 일정 부분의 공적을 남겼다고 판단된다. 그러나 우리 민족이 남과 북으로 양단됨에 따라 우리 문학사에서 그의 문학적 업적을 정당하게 평가하지 못하였거나 그에 대한 평가를 유보하여 온 것이 사실이다.

여상현의 시는 '해방'을 기점으로 그 성향과 태도가 완연히 달라진 것으로 평가되어 왔다.[7] 이러한 확연한 변화를 인정한다면, '해방' 전과 이후의 작품을 비교 대조하는 작업을 통해 그의 시 세계에 대한 종합적 이해가 가능하리라 여겨진다. 따라서 해방 전의 시를 전기, 해방 후의 시를 후기로 나누어 고찰하고자 한다. 단지, 이 글에서는 여상현 자신이 시집 후기에 밝힌 내용을 존중하여 '전기시'는 시집 제2, 3, 4부에 수록되어 있는 시와 해방 전에 발표되었으나 시집에 수록되

---

4) 「腸」, 「法院과 가마귀」, 「呼吸」, 「鐘路一六八號」, 「아카시아만 남기고」, 「農軍의 노래」. 「호텔앞 廣場」은 시집에 실으면서 「夢魘期」로 제목을 바꾸고 내용 일부를 바꾸었다. 한편 시집에 게재된 「呼吸」은 『시인부락』에 발표한 것과는 완전히 다른 작품이다. 따라서 유성호의 앞의 논문, 185쪽에서 같은 작품으로 취급한 것은 잘못이다.

5) 「敎室에서」, 「寄 '石海駝'」, 「羊」, 「庭園餘墨」, 「어서오십시요」, 「슬픈 가락」

6) 권영민은 『한국근대문인대사전』(아세아문화사, 1990) 678쪽에 여상현의 작으로 기록된 시 「반가」는 김광균의 작품이다.

7) 김용직은 『해방기 한국 시문학사』(민음사, 1989) 200~201쪽에서 "오장환과 여상현 두 사람 가운데 여상현은 아주 급선회로 8·15 후 시의 방향을 바꾼 시인이다. 8·15 이전 그의 시는 대개가 호흡이 짧았고, 말들도 상당히 난삽한 쪽이었다. 그런데 해방 후 그는 말들을 눈에 띄게 풀어쓰기 시작했다. 또한 그는 작품에 서사적인 요소를 곁들었고 줄거리를 지닌 장시를 시도한 일도 있다. 그 위에 그는 文盟이 요구하는 계층 의식, 체제배제의 감각을 끼워 넣은 반항시를 발표했다."고 하면서 구체적으로 「데릴사위의 죽엄」과 「榮山江」을 들고 있다.

지 않은 작품으로 하고, '후기시'는 시집 제1부에 수록되어 있는 시와
해방 후에 발표한 작품 중 시집 미수록분으로 한다.

2. 서술시의 계승과 변화

여상현은 초기부터 시형식에 대한 다양한 실험을 하고 있는 것으로
보인다. 산문시 혹은 서술시, 음악성과 언어의 시각화를 꾀한 작품 등
이 그것들이다. 특히 초기에 선 보인 서술시는 후기시에 두드러지게
드러나는 대표적인 경향시들을 연계해서 이해하는 데 도움이 된다.

그는 시집 제4부에 「새벽」「좀먹은 斷層」 두 편을 배치하고 있는
데, 이 두 작품이 그러한 성격의 서술시이다. 이는 그가 시집 후기에
서 "제4부는 약 20년 전 연전 재학시에 쓴 것"이라고 밝히고 있는
것으로 보아 1936년에서 1938년 사이에 쓴 것으로 추정된다.

終日두고 주은 모래알은 밥통만 더부룩할따름, 이 쩌른 밤도 지루해
심물난다는 닭들이 세차례나 울고말었다. 밤눈마자 못보는 닭들이야 그도
그럴사만, 고막조개같은 손이 장다리 꽃에 날르는 나비의 흉내를 내본다
면 이건 세상에 바꿀것없는 보화련마는, 바타드는 乳房이 거짓말을 허락
지 않는구나. 빈 젖꼭지는 두세차례의 거짓말에 그만 어린애를 울리고 말
아. 그렇다 치마끈을 더좀 졸라매고 아기와 함께 門열고 나서 볼테다. //
(중략)// 나도 아기도 세수하고 햇님따라 닭처럼 나서 볼테다. 밤에 버티고
새벽에까지 버티고말테다 내 좀 버티고 싸워 이기고야말테-.

—「새벽」 중에서

그렇다 어머니의 눈물겨운 이야기를 잊지않었다 / 우리 하라버지는 숫
장수, 주먹만한 질탕관 조밥에 九峰山 아사리밭길을 안개속에 나리고 별

빛에 더듬어 올라 / 모래를 풍기는 호랑이 앞에서도 상투끝을 붙잡고 발을 굴리고 / 藥물터에서 젓배를 채우며 山에 맹세를 했다는 下壽平生 / 호랑이 어금니를 쌈지끈에 달아매고 / 하-얀 무명토시짝이 숫검장과 진땀에 검어지는동안 그의 검은머리는 희여졌드란다 // 九峰山기슭에 왜버들로 에워싼 新作路가 지나가고 멀리 바라보이는 南海우에 가마귀같은 汽船이 떠돌아 / 아버지는 時代따라 要求된 「간드레」 불빛에 번쩍이는 숫(石炭)을 파러 온종일 굴속을 드나들고 / 選炭場에 모여앉은 어머니들의 품을 기다리며 손톱이 깜아토록 소꿉질을 하든時節 / 바위 너덜경에 새끼를 치든 호랭이도 우뢰같이 터지는 남포 소리에 이山中을 도망쳤다. / (중 략) / 그뒤 나는 S市 東문밖 煙突선 洞里에서 「고꾸라」洋服을 입고 질거워 뛰는 都市의 少年이 되었다 / 아버지의 뼈골과 어머니의 치마끈으로 가방을멘 中學生의 으젓한 활개도 저었고 / 때로는 소꿉질하다가 남포소리에 깜짝 놀래던 어린追憶에 낯을 붉히고 / 그러면서도 나날이 썩어가는 사다리를 타고 軟弱한 숨길을 붙들고 / 層階로 層階로 푸른 하늘만 쳐다보고 오르던 斷層은 이미 좀먹어 헐릴날이 가까워왔다

—「좀먹은 斷層」 중에서

「새벽」에는 '산문시'라는 그 장르를 분명히 밝혔고, '어떤 어머니의 수기'라는 부제를 달았다. 「좀먹은 斷層」은 행과 연을 가르고 있기는 하지만 호흡이 길고 산문적이어서 서술시적 요소를 충분히 갖고 있는 작품이다. 이 두 작품은 시적 진술 태도와 이야기의 도입 등의 측면에서 1930년대 서정주, 오장환, 백석 등의 서술시와 유사한 점을 발견할 수 있다. 여상현의 초기시에서 드물게 보이는 실험적 작품들이다.

「새벽」의 화자는 '어머니'로 드러난다. '어머니'를 둘러싸고 있는 시간적 상황과 '어머니', '아기', '닭들'의 관계, '햇님'의 의미적 표상들을 이해하면 이 시의 의미와 문학적 장치들을 짐작할 수 있다. 주인물인 '어머니' - '닭들' - '아가'는 동류적 심상이다. 즉, '쩌른 밤도 심물난다는' '닭들'의 굶주림과 '바타드는 유방'으로 '아가'를 울리고

마는 어머니의 굶주림, 젖을 달라고 보채는 '아가'의 허기 등은 동류의 것이다. 특히, '아가'의 손에 유방을 쥐어뜯기는 어머니의 고통을 '고막조개같은 손이 장다리꽃에 날르는 나비의 흉내를 내본다면'과 같이 표현한 것은 '어머니'의 고통과 '아가'에 대한 안타까움을 더욱 절실하게 드러낸 구절이다. 화자는 새벽이 지나고 '햇님'이 찾아드는 아침이 오면 '치마끈을 졸라메고 門열고 나서볼' 결심을 세운다. 이런 극한적인 굶주림과 철없는 '아가'의 배고픔에 대한 호소를 극복할 수 있는 희망의 표상은 '햇님'으로 드러나 있다. 그리고 이 시는 마지막으로 '싸워서 이기고야 말테-'라고 하여 상황 극복에 대한 화자의 강한 의지를 나타내고 있다.

「좀먹은 斷層」은 화자인 '나'를 중심으로 한 가족사를 바탕으로 서술되고 있다. 이 시에 흐르고 있는 시간은 과거에서 현재로 이행된다. 이러한 시간적 진행에 따라 등장하는 인물은 '하라버지' → '아버지', '어머니' → '나'의 세 개 단위로 분할되어 있다. 그러나 '하라버지'를 중심으로 한 이야기는 '어머니'의 진술을 통해 화자가 인식하게 된 것이며, 그 이후의 이야기는 화자가 직접 체험을 통해 경험한 사실이다. 따라서 '아버지' '어머니'의 과거사는 '화자'가 유년 시절에 직접 느꼈던 체험과 중첩된다. 이 시에 나타난 인물을 중심으로 살펴보면 '숫장수 하라버지' 시대에서 문물이 변화하여 석탄을 파는 광부 '아버지'와 선탄장에서 노동하는 '어머니'의 시대를 거쳐, '도시의 소년'으로 자란 화자의 시대로 이행된다. 이 시에서 화자의 현실 인식에 대한 태도를 이해하기 위해서는 '숫'에서 '숫(石炭)'으로 변화하는 과정에서 일어나는 시대 상황에 주의해야 한다. 즉, 이는 단순한 변화가 아니라 '왜버들로 에워싼 新作路', '가마귀 같은 汽船', 「간드레」 불빛' 등 새로운 물질문명을 동반한다. 신작로를 에워싸고 있는 '왜버들'은 일본을 통해 수입된 버드나무를 말한다. 외래 문물 수입의 매개 역할을 하는 남해에 떠 있는 기선은 불길의 상징인 '가마귀'로 표상 되어 있다. 또한 '아버지'의 행위와 관련된 '「간드레」 불빛'은 '時代 에 따라 要求된' 것이다. 따라서 이러한 사정을 종합해 볼 때 외세 (일제)에 대한 거부적이고 현실 비판적인 화자의 태도를 알 수 있다. 특히, 이러한 태도는 '우뢰같이 터지는 남포 소리'(외세, 혹은 일제)에 '바위 너덜경에 새끼를 치던 호랭이'(전통 정신, 혹은 주권)가 도망을 쳤다는 데에 이르면 더욱 극명하게 드러난다. 이 시는 선대의 '강인 함'과 자아의 '연약함'을 대비시켜, 연약한 자아를 더욱 강인하게 단 련코자 하는 자기 반성적 의지가 담겨 있는 작품이다. 이러한 주제에 이르는 과정으로서 '이야기'를 삽입하고 있는 것이다.

전기시에 속하는 이상의 두 작품은 서술시의 형식적 실험이라는 측 면과 사회 상황에 대한 비판적 세계 인식을 갖고 있다는 점에서 주목 할 만하다. 특히, 「새벽」은 취재를 통한 간접 체험을 '어떤 어머니'라 는 허구적 화자를 내세워 언술케 하는 시적 장치를 사용하고 있다.

그러면 이러한 전기시의 특징들이 후기시에서는 어떻게 계승되고 변화되었는지를 살피기로 한다.

서러움 보다는 / 慣에 더욱 못이기면서 / 다시 또 보리밭을 갈았나이
다 // (중략) // 倭人들도 모조리 쫓겨갓기에 / 解放이네 自由네 돌떠들
기에 / 서울서는 獨立政府를 세운다는 소문이 끊일새 없기에 / 이제야
살길이 터지나부다 했었나이다. // 三千浦네 蔚山이네 / 또 다른 이름도
모를 港口마다 / 白玉같은 쌀이 密航으로 나간다는 수소문 / 장거리에
서도 우물가에서도 품아시 房에서도 / 소근닥대는 이야기였소 / 와이 좀
못막는기요 / 우리네 조선 농토산이야 / 언제 쌀밥만 먹고 살았능기요 /
쌀 팔아 비료 사고 / 쌀 팔아 메트리 신던 발에 고무신도 신어봤지요 //

(중략) // 銃소리 山川을 殷殷히 울려 / 쇠잔한 목슴들이 피로 사라지는 / 이 무슨 同族相殺의 슬픈 회오리바람잉기요 / 마침내 큰놈도 작은놈도 부뜰려 갔나이다// (중략) 河陽 넓은 들엔 / 肝덩이처럼 붉은 능금이 조랑조랑 / 우리네 살림살이에 말성도 많아 / 다시 또 黙黙히 일이나 하죠 // 서러움 보다는 / 憤에 못이기면서 / 다시 정성껏 罪많은 보리씨를 뿌리나이다

—「보리씨를 뿌리며」 중에서

이 작품에는 '永川에서 어떤 늙은農夫의 告白'이라는 부제가 붙어 있다. 따라서 이 시는 '농부'의 목소리를 빌려 언술되어 있다. 이런 화자의 설정은 취재를 통한 간접 체험을 극화했다는 점에서 앞에 인용한 「새벽」과 같다고 할 수 있다. 정도의 차이는 있지만 사회 상황에 대한 비판적 안목을 노정하고 있다는 점에서도 두 작품은 유사하다. 또한 주 인물인 화자가 「새벽」에서는 굶주린 '어머니'로, 이 작품에서는 '농부'로 설정되어 있어, 이들이 프로 계급의 신분이라는 점에서 같다.

다른 점은 「새벽」은 '햇님'이라는 상징을 통하여 끝까지 싸워서 이기겠다는 의지를 담담한 어조로 표명한 것이고, 「보리씨를 뿌리며」는 농부의 진솔한 진술을 경상도 방언의 어조 그대로 리얼하게 표출한 것이다. 따라서 후기시인 이 작품은 해방공간이라는 시대 상황에서의 "농부의 고백이라기보다 오히려 항변이라 할 피를 토하는 듯한 육성"8)을 통한 시적 메시지의 효과적 전달이라는 측면에 역점을 두고 있다고 하겠다.

박홍원은 "이 작품은 1946년 10월 대구에서 일어났던 인민항쟁 직후 기자의 신분으로 취재차 갔을 때 어느 농부를 만나 본 결과 쓴

---

8) 박홍원, 「여상현론」, 『한국시문학』제5집, 한국시문학회, 1991, 90쪽.

시"로 추정하고 있다.[9] 이 추정에 근거하면 이 작품에서의 '憤(분)'의 표출로 드러난 '抗爭의 불길'과 이에 대한 진압으로 빚어진 '同族殺傷의 슬픈회오리바람'은 바로 '대구 인민항쟁'이라는 역사적 사건을 지칭한다고 할 수 있다. 따라서, '憤에 못이겨'라는 표현에서 드러나듯이 이 작품의 핵심은 한 마디로 해방공간이라는 사회 상황에서의 '義憤'을 나타낸 것에 있다.

이러한 '의분'은 전기시로부터 그의 시를 꾸준히 지탱해 온 줄기 중 하나라고 할 수 있다. 가령, 전기시에 속하는 작품 중 "너는 할아버지의 울음일랑 豪蕩히 마셔라 / 나는 아버지의 憤怒를 씹어넘긴다."(「地震祭」 중에서), "세기를 등에진 아들 딸들의 義憤의 눈물 / 진실로 이것은 새벽 잠자리 어린애의 발버둥이였든가"(「追弔·꼬르키-翁」 중에서) 등의 시구에서 읽을 수 있다. 여상현에게 있어서 이러한 '의분'의 표출은 후기시에서도 그대로 이어진다. 예를 들면, 위의 작품 외에도 "하늘을 쏘는 噴水 / 地熱과 함께 猛烈히 뿜는 義憤이런가"(「噴水」 중에서), "석냥불 그어대면 이냥 白熱할 석탄 / 搾取의 勞働엔 이냥 발화될 憤怒"(「石炭工」 중에서) 등의 시구에 그대로 계승되어 있음을 알 수 있다.

① 封建의 티끌 처마밑마다 쌓여있고 / 帝國主義 外敵의 태줄을 붙들어 / 至極히 영특한 「뿌르」의 雄據地 / 여기 全羅道 富豪가 사시고 / 여기 또 全羅道 小作人, 선비의子息, 상놈 / 사철 검정 무명치마의 가시내도 무수히 산다 // 소리 잘한다는 전라도사람 / 北間島며 大阪이며 지향없이 떠났던 移民들 / 소리도 없이 흐느꼈던 눈물에 섞여 / 구비 구비 榮山江은 흘러가는것이다 // ②旱魃과 洪水의 天災를 뉘 怨望하랴 / 「東拓」의 손아귀를 뉘 막어내랴 / 倭兵의 얕은 豫測 上陸作戰은 더

9) 위의 논문, 같은 쪽.

구나 무서운 戰慄의 白日夢이였든가 / 돈이요 논이요 中樞院參議라 /
쇠잔한 목숨들은 / 사뭇 窮하면 兵事係面書記 성님이라도 있어야 했다.
// ③기름진 國土, 늘어가는 헐벗은 階級이 있어 / 山에 올라 사슴도 될
수 없고 / 때론 풀 뜯는 송아지 뛰는 물고기도 부러운 / 人生의 크나큰
시름에 / 바다로 푸른 바다로 모두가 解放을 찾었다 // ④오 얼마나 목
메여 찾던 解放이였던가 /바둑돌과 絶壁밑을 / 크고 작은 들판과 어름짱
밑을 감돌아 / 榮山江 줄기찬 물결을 모르랴마는 / 바다는 아직도 저 먼
곳에 있음인가 / 진정 눈앞에 解放은 없다 // ⑤가을 해볕에 抗爭의 피
도 엉키었고 / 倭敵과 더부러 호화롭던 놈이 / 또한 호화로운 外出이 잦
어도 / 潭陽 竹細工, 和順 炭鑛夫, 羅州 소반工 / 盜賊이 버리고 간
옛땅만 바라볼뿐인 無數한 農民들

—「榮山江」 중에서 (*번호는 필자가 붙였음)

이 작품은 신천지 1947년 10월호에 발표된 여상현의 대표작이라
할 수 있는 시이다. 우선 이 시는 이미 논자들이 지적한 바와 같이
'엽편 서사시'[10] 혹은 '단편 서사시'[11]로서 이야기의 줄거리를 지닌
작품이다. 이 시에 드러나는 공간은 호남벌을 흐르는 '영산강'이다.
이 영산강의 공간적 흐름을 따라 역사적 시간을 서술하고 있는 것이
이 시의 구조다.[12] 이 시에서 서술하고 있는 역사적 사건의 시간적
흐름은 다음과 같다. <①봉건 부르조와 계급에 쫓겨 프롤레타리아 계
급이 이민함. ②천재와 일제 침략과 관의 횡포. ③'헐벗은 계급'이 해
방을 찾음. ④진정한 해방 희구. ⑤친일 인사들만 호화를 누리고 농민

---

10) 위의 논문, 89쪽.

11) 김용직, 『현대경향시 해석/비판』, 느티나무, 1991, 226쪽.

12) 최학출은 "율격적으로는 3음보와 4음보의 적절한 교체가 빠르고 동적인 율동과
　　길고 느릿느릿한 율동의 흐름을 조화시킴으로써 영산강의 실제상의 흐름이 연상
　　되게 하고 있다."고 하여 이 작품이 세심한 형태상의 배려로 구조화되어 있음을
　　지적하고 있다. (최학출, 자기성찰과 시적 현실주의-여상현론II」, 『울산어문논집』
　　제7집, 울산대 국문학과, 1991, 129쪽)

들은 예전 그대로 임.>으로 진행되고 있는 것이 그것이다. 즉, 봉건 시대에서 구한말, 일제 침략과 강점기를 거쳐 해방공간에 이르고 있는 것이다. 이와 같은 서사 구조의 측면에서 볼 때, 이는 전기시 「좀먹은 斷層」에서의 '하라버지' → '아버지', '어머니' → '나'로 이행되는 시간적 흐름과 같음을 알 수 있다. 따라서 「榮山江」은 전기시에서 실험한 형식에 기반하고 있다고 할 수 있다. 그렇지만 「좀먹은 斷層」은 가족사적 이야기를 통하여 새로운 물질문명과 외세에 대한 비판적 태도를 표명하고 있는데 비하여, 해방공간의 작품인 「榮山江」에서는 민족사적 이야기로 스케일을 넓히고 있는 점이 다르다. 특히 「榮山江」은 해방 공간의 시대 상황에 초점을 맞춰 해방이 왔어도 변한 것이 없는 현실을 개탄하고 있다. '진정한 해방'을 희구하고 있는 것이다. 이러한 주제를 다루고 있는 작품은 「噴水」「盟誓」「푸른 하늘」「福爐房」「七面鳥」 등 시집 제1부에 게재되어 있는 대부분의 시들이다. 여상현에게 이러한 경향시들이 나오게 된 지반은 전기시에서 선보인 서술시에 있다고 하겠다. 그렇다고 여상현의 후기시가 이러한 경향시 색채를 띤 현실적인 주제의 시로만 일관된 것은 아니다.

3. 음악성과 실험 정신

현대시에서도 정서를 환기시키는 효과를 높이기 위한 장치로서 음악적 성격과 요소를 부각시키기는 경우가 많다. 특히 여상현의 시에서는 음악성을 배려한 흔적을 많이 찾을 수 있다. 그는 다양한 시형식을 실험하면서도 음악적 요소가 시의 본질이라는 시관을 지니고 있는 듯하다. 그는 초기부터 주로 음수율이나 음보율의 적절한 배치, 동어 반복, 한자의 시각언어화 등의 다양한 방법을 통해 음악적 효과를 노리는 시를 썼다. 우선 전기 시 중 이러한 음악적 효과에 중점을 둔 작품을 몇 편 들어보겠다.

구름이 일어

이러다가 검은 구름이 일어

황새 惶惶히 돌아가는 하늘에 사모치도록
蛙 蛙 蛙 울어 울어
울어도 슬프지 않다

—「群蛙」 중에서

비오리
동 동
물우에
떴다
떴다
雙지어날르고

—「입술을 빨며」 중에서

「群蛙」는 자오선 제1집 1937년 11월호에 발표한 작품으로 전기시에 해당된다. 최학출은 이 시를 청개구리의 우화가 배면에 깔려 있는 알레고리적 작품으로 보고, 세심한 구조 분석을 통해 부정적 경험 현실을 일정하게 반영하고 있다고 보았다. 또한 반진보적 부류들이 변화하는 현실에 대해서 갖는 공허한 허장성세로서의 불평을 비판하고 질타하는 것일 수 있으며, 외적인 정세의 급변에 소란을 떠는 蛙市의

풍경은 당대 우리 사회의 한 축도로서 탁월한 캐리커추어일 수 있다고 하였다.[13)]

여상현은 이 시에서 이러한 알레고리적 장치를 하면서도 음악적 효과를 도외시하지 않았다. 위의 예에서 보는 것처럼 "구름이 일어 /~ 구름이 일어", "울어 / 울어 // 울어도"의 규칙적 반복을 통해 리듬을 살리고 있다. 또한 "황새 惶惶히"와 "蛙 蛙 蛙"에 주목할 필요가 있다. '황새 황황히'는 비가 올 것 같아 급히 서두르는 황새의 태도를 표현한 것인데, '황' 음의 반복을 통해 음악적 효과를 얻고자 하는 의도가 엿보인다. "蛙 蛙 蛙"는 의성어 '와 와 와'의 기표에 수많은 개구리라는 기의를 담고 있어, 한자를 통한 시각적 효과를 노리고 있는 경우이다. 구름이 인다는 메시지는 한 행을 한 연으로 하여 두 행을 두 연으로 처리하고 있다. 이는 구름의 느린 움직임에 대한 느린 템포의 음악적 효과를 감안한 것이다. 반면에 황새가 황황히 돌아가는 움직임의 표현은 5음보를 한 행으로 하여 매우 빠른 리듬 효과를 준다.

「입술을 빨며」는 시학 제14집 1939년 10월호에 발표한 작품이다. 예시한 것은 총 6연 중 첫 연이다. 이 시는 포구의 정경을 단편적으로 묘사한 시인데, 템포가 매우 빨라서 경쾌한 느낌을 준다. '비오리'가 물위에 앉았다 나는 모습, 기러기 나는 모습, 수평선의 햇무리와 황혼, 출항 직전의 배가 닻을 감는 모습을 각각 4연까지 차례로 그려내고 있다. 그리고 5,6연은 화자의 심사를 간단히 담고 있는데, '내靑春'의 '氣盡한 꿈'을 실어 보내고자하는 희망과 해안선을 돌면서 짭조름히 입술을 빤다는 내용이 그것이다. 예시한 첫 연을 살펴보면, 3음절의 첫 행과 6음절의 6행이 2,3음절의 2,3,4,5행을 액자처럼 감싸고 있는 형태로 짜여 있다. 또한 이러한 감싸는 모습을 시각적으로

---

13) 최학출, 「여상현론I」, 『서강어문』제7집, 서강어문학회, 1990, 347~350쪽.

강조하기 위하여 안에 들어 있는 네 개 행의 시행은 한 자씩 들여쓰기를 하고 있음을 알 수 있다. 6행으로 짜여진 한 연의 틀이 여섯 번 반복되는 구조로 이 시는 짜여 있다. 이 시의 이러한 짜임은 시각적인 효과를 줄 뿐만 아니라, 의태어와 동사의 반복으로 경쾌한 리듬감을 주고 있는 것이다.

　이러한 전기시들에서 드러나는 음악성에 대한 여상현의 배려는 다분히 실험적이고 의도적인 것으로 보인다. 그는 이러한 음악적 실험에서 그치는 것이 아니라, 「鐘路 一六八號」와 같은 시에서는 언어의 시각성을 실험하고 있는 경우도 있다.

　　　싸늘한 밤 / 싸늘한 싸늘한 밤이었다 // 火덕우에 콩이 천길이나 뛰었다. / 재ㅅ가루가 풀- 따라올라 // 탕! 白彈이 터졌다 / 탕! 땅! 또 彈이다 // 數十 生命 쥐처럼 어린다 / 부르륵 떨지도 못해 // 女子 女子 女子 女子 / 몰켜드는 女子 女子 女子 // 女子는 또 탄조각을 주어던진다 / 핏시! 또던져 핏시! / 아스팔트가 타는듯 식는다
　　　　　　　　　　　　　　　　　　　　　　　　─「夢魘記」 중에서

　　가자 가자 어서 가
　　이수 건너 白鷺 가-

　　끊길듯 이으고 다시 끊길듯 끊길듯
　　여울물 새는 소리
　　가랑잎 지는 마디
　　자즈러질듯 이 무슨 슬픈 사연 인고

　　한중 퉁기면 「청」!
　　또 한중 눌르면 「홍」!
　　「둥」 「당」 「동」 이어 이어

하늘도 울고 땅도 흐느끼느뇨

이디서 태산이 문·어지는건가 「징」「땅」
바다 물결 흥청거리는 蕩慢의 고비
太古의 자최 눈시울에 가물거려
한상고 한상고 어디로 가느냐

달빛 窓에 푸르는 한밤
열 두 줄 열 두 고비 넘어갑니다
시란 초마 자락에 칭칭 감겨지는가

갈매기처럼 날르는 손길
셋이요 앝이요 스물도 더 된가
안개만양 부푸는 거문고 열에 열 두 줄
한 허리 질끈 회오리 바람을 치는구나

-가자 가자 어서 가
二水 건너 白鷺 가-

—「슬픈 가락」 전문

　「夢魘記」는 본래 1936년 11월 『시인부락』 창간호에 「호텔앞 廣場」
이라는 제목으로 발표한 작품인데, 해방 후 시집에 수록하면서 제목을
바꾸고 내용 일부를 개작한 것이다. 이 작품은 가위눌림의 고통을 통
해 참담한 현실을 표출하고자 하는 의도를 갖고 있다. 그의 데뷔작이
라고 할 수 있는 『시인부락』 1,2호에 발표한 4편의 작품 중 시집에
수록된 유일한 작품이다. 이를 여기에 예시한 것은 이 시가 해방 전
에 발표된 전기시이면서도 해방 후에 개작되었기 때문이다. 즉, 한 작
품 내에서 개작한 부분을 통해 해방 후에 강조된 여상현의 시적 관심

을 짐작할 수 있다.

이 작품에서도 "싸늘한 밤 / 싸늘한 싸늘한 밤이었다"에서 보여 주는 것처럼 동일 어휘의 반복을 통해 리듬감과 동시에 의미적 강조를 꾀하고 있다. 그런가 하면 "풀-" "탕!" "땅!" 등의 의태어와 의성어를 사용하여 현실감을 돋우고 있다. 그런데 개작한 곳은 밑줄 친 부분이다. "데인듯"을 "타는듯"으로 바꾼 것은 큰 의미가 없어 보인다. 주의해야 할 곳은 "女子 女子 女子 女子 / 몰켜드는 女子 女子 女子" 부분이다. 이 부분은 원작에 없었던 부분을 해방 후 개작하면서 삽입한 부분이다. 이 부분도 「蛙」에서와 마찬가지로 리듬감과 함께 한자의 시각적 효과를 노린 것이다. 이와 같은 리듬감과 시각적 효과를 동시에 달성하려는 그의 실험적 기법은 모더니즘과 관련되어 있으나, 그 바탕은 음악적 효과를 구현하는 데 있는 것으로 보인다. 이러한 그의 시작 성향은 전기시부터 후기시에 이르기까지 꾸준히 이어지고 있다. 이는 앞에서 언급한 후기시 「榮山江」과 같은 그의 대표적 경향시에서도 세심한 형태상의 배려와 규칙성을 구조화하고 있는 것을 보면 더욱 자명해 진다.[14]

「슬픈 가락」은 『백민』 1949년 1월호에 발표한 것으로, 지금까지 알려진 그의 마지막 발표 작품이다. 여상현은 이 시에서 거문고로 연주되고 있는 슬픈 선율의 언어적 형상화를 시도하였다. 이 작품은 앞과 뒤에 민요의 일절을 삽입한 특이한 형태를 갖고 있다. 최학출은 "이 반복 부분은 구비문학에서 말하는 이른바 공식구임을 알수 있고, '二水 건너 白鷺가-'의 부분은 李白의 「登金陵 鳳凰臺」 '二江半落 靑天外 / 二水中分白鷺洲'에서 온 것으로 추측된다."[15]고 한다. 여

---

14) 각주 12)를 참고하기 바람.
15) 최학출, 『울산어문논집』, 앞의 논문, 131~132쪽.

상현은 이 시에서 민요의 '공식구' 차용을 기본틀로 하여 거문고 소리의 의성어와 그 소리가 담고 있는 기의를 형상화함으로써 음악적 효과를 실험하고 있다고 하겠다. "여울물 새는 소리 / 가랑잎 지는 마디" "어디서 태산이 문어지는건가" "바다물결 홍청거리는 蕩慢의 고비" "시란 초마 자락에 칭칭 감겨지는가" "한 허리 질끈 회오리 바람을 치는구나" 등이 소리를 형상화한 표현이다. 이와 함께 거문고를 연주하는 모습을 근접 묘사하여 "갈매기처럼 날르는 손길 / 셋이요 열이요 스물도 더 된가 / 안개만양 부푸는 거문고 열에 열두줄"로 표현하고 있다.

이처럼 여상현은 「슬픈 가락」에서 민요적 틀을 바탕으로 거문고 소리와 거문고 연주하는 모습을 담으면서도, "유토피아 지향성"16)의 메시지를 담고 있는 것이다.

이밖에도 여상현 시의 형식적 실험은 후기시에도 계속되고 있는데 대표적인 작품이 『민성』 1948년 9월호에 발표한 「庭園餘墨」이다. 이 시는 오장환의 「캐메라 룸」(조선일보, 1934.9.5.)과 같은 형식으로 아주 짧은 단상을 시적 표현으로 나타낸 실험적 작품이다.

이처럼 여상현은 전기시와 후기시를 비교 대조해 볼 때, 음악성을 바탕으로 한 끊임없는 실험 정신으로 다양한 형태의 시작에 임한 시인임을 알 수 있다.

---

16) 위의 논문, 132쪽에서 이 시의 핵심이 '가자'와 '白鷺'에 있으며, 李白의 시에서 "白鷺洲"가 갖는 기의가 일반적으로 유토피아에 가까운 것이라면 이 시의 '白鷺' 도 마찬가지라고 전제하고 , "슬픈 가락의 형식적인 틀은 유토피아 지향성의 틀인 것이다. 이 틀의 부정성 속에 해방기의 갈등과 아픔 그리고 그러한 현실을 넘어 '한상고 한상고 어디로 가'야 하는" 주체와 궁극적으로 나아가야 할 목표가 녹아들어 있다고 했다.

4. 결론

여상현의 시의 주제가 해방이라는 역사적 사건을 기점으로 확연히 달라진 것은 사실이다. 그러므로 그 동안 그의 시에 대한 연구자들의 관심은 주로 해방공간의 작품에 초점을 맞춰 온 것은 자연스러운 일일 것이다. 그러나 그가 해방공간에 보여준 사회 비판적인 일련의 시들이 그의 전체적인 모습은 아니라고 본다. 왜냐하면, 그가 해방 이후에 발표한 경향시들은 해방 이전의 작품들과 밀접하게 연계되어 있을 뿐만 아니라, 그는 전반적으로 볼 때 다양한 형식과 다양한 주제를 실험한 시인이기 때문이다. 따라서 이 글은 그가 추구하고 실험한 시의 다양성 중 두 가지의 측면에 국한하여 살펴 본 셈이다.

첫째, 서술시의 측면이다. 전기시 중 「새벽」「좀먹은 斷層」과 후기시 중 「보리씨를 뿌리며」「榮山江」을 골라 각각 비교해 보았다. 「새벽」과 「보리씨를 뿌리며」는 간접 체험을 극화한 화자를 설정했다는 점, 사회 상황에 대한 비판적 시각을 노정했다는 점, 주인물의 신분이 프로 계급이라는 점에서 같은 구조를 갖고 있다. 「좀먹은 斷層」과 「榮山江」은 서술의 시간적 흐름이 같다. 단지, 이 두 작품에 흐르는 이야기는 전자는 가족사적인데 반해 후자는 민족사적으로 스케일을 넓혔다는 점이 다르다. 따라서 후기시는 전기시에 이미 실험한 서술시의 형식에 기반하고 있음을 알 수 있다. 이러한 서술시들이 비판적 세계 인식을 구현하기 위한 형식이라고 보았을 때, 현실에 대한 비판의식을 표출한 해방공간의 시들의 뿌리는 전기시 중 서술시에 그 맥락이 닿아 있다고 볼 수 있다.

특히, 이러한 시들에 자주 드러나는 '義憤'에 주의해 볼 필요가 있다. 사회성이 강한 그의 시는 전기시와 후기시를 통틀어 볼 때 '의분'

의 표출이라고 볼 수 있다. 그러나 그의 시에서 '의분'은 해방이라는 역사적 사건을 중심으로 그 표출 방법이 달라진다. 일제 강점기에서 해방을 거치면서, 보다 직접적이고 적극적인 방법으로 표출된 것이 그 것이다. 이는 문학가동맹의 일원으로서가 아니라, 당시 사회의 정치적 패러다임이 달라졌기 때문으로 풀이된다.

둘째, 그가 추구한 음악성의 측면이다. 그는 음수율이나 음보율의 적절한 배치, 동어 반복, 한자의 시각언어화 등의 다양한 기법을 통해 음악적 효과를 노리는 시를 많이 썼다. 전기시에서 「群蛙」「입술을 빨며」, 전기시이면서 후기에 개작한 「夢魘記」, 그리고 후기시 「슬픈 가락」을 살펴보았다. 「群蛙」는 알레고리적 장치를 하면서도 음악적 효과를 노린 작품으로 동일 어휘의 규칙적 반복, 느린 템포와 빠른 템포의 교체, 한자어의 시각언어화 등의 방법을 구사하였다. 「입술을 빨며」는 매우 빠르고 경쾌한 느낌을 주는 작품으로, 6행으로 짜여진 동일 구조의 연을 6번 반복하는 동일성을 추구하였다. 「夢魘記」는 동 일 어휘의 반복을 통해 리듬감과 동시에 의미적 강조, 한자의 시각화 를 꾀한 작품이다. 「슬픈 가락」은 민요적 틀을 바탕으로 거문고 선율 의 언어적 형상화를 시도한 시이다.

이와 같이 여상현의 시는 서술시와 음악성이라는 측면에서 볼 때 전,후기 시를 일관하는 다양한 모습의 실험적 양태가 특질로 드러난 다. 따라서 여상현은 비판적 세계 인식을 견지하면서 다양한 형식의 시를 시도한 실험 정신이 강한 시인이라고 할 수 있다.

〈참고문헌〉

권영민, 『한국근대문인대사전』, 아세아문화사, 1990.

김용직, 『해방기 한국 시문학사』, 민음사, 1989.

김용직, 『현대경향시 해석 / 비판』, 느티나무, 1991.

박홍원, 「여상현론」, 『표현』제18호, 표현문학회, 1990.

박홍원, 「여상현론」, 『한국시문학』제5집, 한국시문학회, 1991.

유성호, 『한국현대시의 형상과 논리』, 1997.

이동순, 「시작품의 개작과정과 원작성의 은폐」, 『대구한의대학보』,
　　대구한의대, 1990.

이서영, 「명작의 고향 6 - 여상현」, 광주일보, 1996.3.1.

정영진, 『통한의 실종문인』, 문이당, 1989.

채수영, 『해금시인의 정신지리』, 느티나무, 1991.

최학출, 「여상현론」, 『서강어문』제7집, 서강어문학회, 1990.

최학출, 「자기성찰과 시적 현실주의 - 여상현론I」, 『울산어문논집』
　　제7집, 울산대 국문학과, 1991.

Ⅳ. 전통성의 모색과 그 추이 - 서정주론

1. 서론

전통이란 현재화된 과거를 의미한다. 즉 전통은 반드시 '과거'와 '현재'라는 두 가지의 시간적 개념 사이에 이어져 오는 계통을 말하는 것이다. T.S엘리어트의 말을 빌리면 전통이란 역사의식을 동반하고 있는 것이며, 이 역사의식은 과거를 과거로서 뿐만 아니라 현대에 살아 있는 과거로서 의식하는 것이어야 한다고 했다.[1] 정주동은 "문학에 있어서 전통은 가장 넓은 의미에선 과거에서 계승된 온갖 문학 사상, 표현 형식, 약속(Covention), 기교(techniques) 및 화법(diction)을 포함한다."[2]고 광의의 전통을 말하였고, 홍일식은 "전통이란 그 민족 고래로부터 현금에 이르기까지 하나로 꾀어지는 문화적 바탕"[3]이라고 규정

---

1) T.S 엘리어트. "傳統과 個人의 才能", 「엘리어트文學論」崔昌鎬譯(서울 : 瑞文堂, 1972), 176~177쪽.
2) 鄭鉒東 「古代小說論」(대구 : 螢雪出版社, 1969), 369쪽.
3) 洪一植, "韓國傳統文化의 本質", 「民族文化研究」제6호(서울 : 古代民族文化研究所, 1972. 11), 111쪽.

하였다. 또 정태용은 "전통이란 과거의 가치가 아니라 현대의 시대 정신과 그 이념에서 유용한 가치로 자각되고 선택된 과거의 것에 대한 현대적 가치"[4]라고 하였다. 이와 같이 전통은 '과거'에서 비롯되지만, '과거'가 다 전통이 되는 것이 아니라 과거의 역사가 현대에서 살아있고 그 가치를 부여받는 것이라고 할 수 있다. 그러니까 전통은 인습이나 관습 또는 모방과는 구별되어야 하며, 과거의 것과 피가 통하는 현재 속에 깃들어 있는 혈통의 창조라는 개념을 가져야 한다. 또 전통은 역사적 가치적 개념으로서 미래를 위한 가치 속에 구현되어야 할 것이며, 민족이라는 집단을 의식한 집단적 주체적 개념으로서 설정되어야 할 것이다.[5]

그러면 한국문학에 있어서의 전통 계승 문제에 대하여 생각해 보기로 한다. 우선 '한국문학', '한국현대시' … 등의 용어를 인정한다면 '한국'이라는 지리적 민족적 특성과 그 문학 작품들이 한국문학사의 집적물이라는 것을 당연히 인정하여야 한다. 왜냐하면 만일 이러한 것을 인정하지 않으면 개화 이전의 우리 문학은 중국의 주변 문학으로, 개화이후의 것은 서구를 추종하는 주체성이 없는 식민 문학으로 파악되는 지극히 위험한 논리에 빠질 수도 있기 때문이다. 그러므로 문학사적 입장에서 볼 때 설사 한국문학에 있어서의 고전문학 작품이 현대의 문학 정신과 작품에 직접적인 영향을 끼치는 바가 적다고 할지라도 그 고전 작품들의 독자적인 문학사적 위치와 그것들이 이어주는 역사적인 의미를 바탕으로 현대문학이 발돋움한다는 긍정적인 태도를 가져야 할 것이다. 한편으로는 우리나라 고대시가의 시정신이 현대의 시인들에게 주는 직접적인 영향의 유무에 국한시켜 전통 계승의 문제

---

4) 鄭泰榕, "韓國的인 것과 文學", 「現代文學」1963년 2월호, 197쪽.

를 논의 할 것이 아니라, 오늘날 물밀듯이 밀려오는 서구적 사상이나 물질, 서구적인 정신과 사고방식 등의 소용돌이 속에서도 한국의 현대시가 얼마나 고유한 민족의 언어와 사상과 정신에 뿌리를 두고 있는가에 따라 전통계승의 현대적 가치를 부여해야 할 것이다.

그러면 우리 민족의 전통적 정신, 사상은 무엇인가? 서정주는 우리의 전통정신이 단일계통이 아니라 유·불·도·기독교 등 여러 갈래를 통합하고 선택해 오고 있다고 하여 오늘날 우리 민족의 핏줄 속에 흐르고 있는 종교·사상이 복합적임을 말하였다.[6] 유교가 우리나라에 들어온 이후 수입된 외래종교로는 맨 처음의 것이 A.D 372년(고구려 소수림왕 2년)에 들어온 불교이다. 불교는 우리나라에 들어와서 약 일천여 년 간 신라의 국교로 받들어지는 종교로서 찬란한 문화 유산을 남겼을 뿐만 아니라 마침내는 삼국통일이라는 성업을 이룩하는데 정신적·사상적 바탕이 되었다고 한다. 그러나 이처럼 찬란하게 피어오르던 불교가 조선조에 와서는 태조 이성계의 배불숭유정책으로 다소 쇠미하여지고 성리학이 융성기를 맞게 된다. 유교(성리학)는 조선조에 와서 비교적 우리 민족의 생활 내부에 정착한 것으로 보인다. 그러나 이러한 성리학도 영·정조대에 와서는 공리공론이라는 비판을 받게 되고 이와 함께 실학이 대두된다. 그 후 동학혁명으로 민중의식이 성장하게 되었고, 기독교의 토착과 서구적 문물이 들어오게 되어 개화를 맞게 된다.

이러한 우리 민족의 사상적 주류와 서양의 것을 비교하여 보면 서양에서는 종교개혁을 단행하면서까지 기독교 사상의 주류를 가지고 있는데 대하여 우리는 일관성이 없이 많은 사상의 변화를 가져 왔음을 알 수 있다. 이렇게 일관성이 없는 것이 서정주의 말대로 여러 종

---

6) 徐廷柱, "韓國的 傳統의 根源", 「徐廷柱全集」제 2권(서울 : 一志社, 1972), 297쪽

교사상의 장점만을 취한 것이라면 다행한 일이라 하겠다.

아무튼 우리의 기나긴 민족사를 통해 볼 때 외래 사상이기는 하지만 유교나 불교만큼 우리 문학의 바탕이 되어온 사상은 없을 것이다. 이것은 곧 유교나 불교가 우리 민족사의 흐름과 함께 큰 저항 없이 소화되어 왔다는 것을 의미한다고 하겠다. 그렇지만 여기에서 간과해서는 안될 것은 이것들은 당시 지배층의 통치 이념에 따른 관인 사상7)이라는 점이다. 유교나 불교가 우리 민족사의 표면에 나타난 관인사상이라면, 외래 종교 사상이 전래되기 이전부터 오늘날까지 주로 서민 대중의 생활내부에 무형으로 전승된 고유 민간 사상은 무격사상이라고 할 수 있다. 다시 말해서 유교나 불교가 그 전래 이전부터 토속적 민간신앙으로 이어져 내려온 무격사상과 융합된 노력으로 나타난 것으로 보인다.

본고는 ‘전통의 계승’이라는 관점에서 미당 서정주의 시를 살피고자 한다. 특히 미당의 전통성에 대한 추이 과정과 태도를 중심으로 고찰하고자 한다.

2. 전통에의 모색

미당의 시를 전통의 계승이라는 관점에서 조망해보면 시집 『新羅抄』 이전의 시는 전통에 대한 모색기로 보여진다. 이 모색기에서의 그의 시는 외적 지향의 시세계에서 출발하여 차츰 민족의 보편적 정서 표출에 의도적인 노력을 하면서 시적 관심의 초점이 내적 지향으로 옮겨지고, 대결의 시정신에서 화해의 시정신으로 성숙되어 감을 알 수

---

7) 洪一植, 앞의 책, 국가에서 공인하여 관권의 비호아래 주로 국책으로 인정받던 역대 외래 사상에 대하여 명명한 용어임.

있다. 그러면 우선 이러한 내적 지향으로서의 전이 과정, 즉 대결의
시정신에서 화해의 시정신으로서의 변모를 그의 초기시로부터 간략하
게 살펴보려고 한다.

> 애비는 종이었다. 밤이 깊어도 오지 않았다.
> 파뿌리같이 늙은 할머니와 대추꽃이 한 주 서 있을 뿐이었다.
> 어매는 달을 두고 풋살구가 꼭 하나만 먹고 싶다 하였으나 …… 흙
> 으로 바람벽한 호롱불 밑에 손톱이 까만 에미의 아들.
> 甲午年이라든가 바다에 나가서는 돌아오지 않는다 하는 외할아버지의
> 숱 많은 머리털과
> 그 커다란 눈이 나는 닮았다 한다.
> 스물 세 해 동안 나를 키운 건 八割이 바람이다.
> 세상은 가도 가도 부끄럽기만 하더라.
> 어떤 이는 내 눈에서 罪人을 읽고 가고
> 어떤 이는 내 입에서 天痴를 읽고 가나
> 나는 아무것도 뉘우치진 않으련다.
>
> 찬란히 틔어 오는 어느 아침에도
> 이마 위에 얹힌 시의 이슬에는
> 몇 방울의 피가 언제나 섞여 있어
> 볕이거나 그늘이거나 혓바닥 늘어뜨린
> 병든 수캐마냥 헐떡거리며 나는 왔다.

—<自畵像> 전문.

미당이 『詩人部落』을 창간하면서 선언한 것은 생명의 탐구와 이것
의 집중적 표현, 곧 상실되어가는 인간 원형을 돌이키려는 의욕으로
시작한 인간성의 탐구이다.[8] 이것은 문학사적으로 보면 당시 KAPF의

---

8) 徐廷柱, "現代朝鮮詩略史", 「現代朝鮮名詩選」, 266쪽, 趙演鉉外, 「徐廷柱研究」, 117쪽.

이데올로기, 시문학파의 감각적 기교, 모더니스트들의 주지주의적 시 작태도에 대한 반발과 불만으로 나타난 것이다. 인간성의 탐구를 목표로 한 그의 생명의식의 출발과 초기의 시적 특색이 단적으로 드러나 있는 작품이 바로 이 「自畵像」이다. 이 작품은 그의 처녀시집 『花蛇』(1938년간)에 서시로 수록된 것이다. '스물 세 해 동안' '八割'의 '바람' 속에서 자라온 미당은 이 시를 통하여 어쩌면 선험적이라고까지 할 수 있는 비범한 예지에 의하여 일찍이 자신의 운명을 통찰하고 있고, 여기에서 발견한 굴욕과 유랑과 천치와 죄의 의식은 이 시인의 전 생애를 통하여 버릴 수 없는 업고9)와 숙명적인 시적 노정을 암시하고 있는 것이다. 그런데 이 「自畵像」에 나타나 있는 여러 의식 중에서 특히 간과해서는 안 될 것이 유랑의식이다. 이 유랑 의식은 그에게서 이중의 의미를 갖는다. 즉 하나는 시인 자신의 유랑(시집 「떠돌이의 詩」에서 자신을 '떠돌이'라고 칭하였음)을 뜻하며, 다른 하나는 시세계의 전이를 암시하고 있는 것이다. 그런데 이러한 유랑의 출발점이 바로 외적 지향으로서의 대결 의식이 가득한 서구적 하늘이다. 이 대결 의식은 시집 『花蛇』에서 비교적 전편에 흐르고 있는 정욕적인 열정으로 표출되고 있다.

> 麝香薄荷의 뒤안 길이다.
> 아름다운 배암 ……
> 얼마나 커다란 슬픔으로 태어났기에
> 저리도 징그러운 몸뚱어리냐.
>
> 꽃대님 같다.
> 너의 할아버지가 이브를 꼬여내던 達辯의 혓바닥이

---

9) 趙演鉉, "徐廷柱論", 「徐廷柱研究」(서울 : 同和出版公社, 1975), 10쪽.

소리 잃은 채 날름거리는 붉은 아가리로
푸른 하늘이다. …… 물어 뜯어라, 원통히 물어 뜯어.

—「花蛇」 중에서

따서 먹으면 자는 듯이 죽는다는
붉은 꽃밭 사이 길이 있어

아편 먹은 듯 취해 나자빠진
능구렁이 같은 등어릿길로
님은 달아나며 나를 부르고 ……

强한 향기로 흐르는 코피
두 손에 받으며 나는 쫓느니
밤처럼 고요한 끓는 대낮에
우리 둘이는 왼 몸이 달아 …….

—「대낮」 전문

바윗속 산돼지 식식거리며
피 흘리고 간 두럭길 두럭길에
붉은 옷 입은 문둥이가 울어

땅에 누워서 배암같은 계집은
땀 흘려 땀 흘려
어지러운 나-ㄹ 엎드리었다.

—「麥夏」 중에서

미친 하늘에서는
미친 오필리아의 노래 소리 들리고

원수여, 너를 찾아가는 길의

쬐그만 이 休息.

나의 微熱을 가리우는 구름이 있어
새파라니 새파라니 흘러가다가
해와 함께 저물어서 네 집에 들르리라

―「桃花 桃花」 중에서

위에서 보는 바와 같이 시집 『花蛇』에서는 '배암' '징그러운 몸뚱어리' '붉은 아가리' '붉은 꽃밭' '붉은 옷' '능구렁이' '피' '땀' '코피' 등의 원색적인 시어를 사용하고 있다. 이러한 정욕적이고 원색적인 시의 모색은 그의 시가 근본적으로 서구적 영역, 즉 보들레에르적인 미학에서 영향 받아 출발하고 있음을 짐작할 수 있게 한다. 그의 서구적 영역에서의 유랑은 이러한 원색적이고 정욕적인 시어를 사용하였다는 점에서 뿐만 아니라 "알라스카로 가라! / 아라비아로 가라! / 아메리카로 가라! / 아프리카로 가라!"고 절규하는 「바다」와 같은 작품에서도 단적으로 드러나고 있는 것이다. 중요한 것은 시집 『花蛇』에서 보여주는 뜨겁게 달아오르는 원색적인 열정의 의미가 앞에서 말한 생명 의식과 직결되고 있으며, '미친 하늘' '원수여'처럼 노골적으로 표출되고 있는 외적 지향으로서의 대결 의식과 깊은 관련을 갖고 있다는 것이다. 또한 이러한 대결의식은 '나' '너'와 같은 직접적인 1·2인칭을 사용함으로써 더욱 강하게 나타나고 있음을 알 수 있다. 이상의 이야기를 정리하여 보면 미당은 시집 『花蛇』에서 "자신의 생명을 정열과 야수적 정욕으로써 백열 상태로 끌어올려 서구적인 표현 형태를 시험"[10]하고 있는데, 이것은 곳 생명 의식과 대결 의식의 표출로써 외적 지향의 시정신에서 그의 시가 출발하고 있음을 말하는

---

10) 金澤東, "徐廷柱詩人論"「徐廷柱硏究」(서울 : 同和出版公社, 1975), 118쪽.

것이다. 그러나 그의 시는 시집 『歸蜀途』에서 시집 『徐廷柱詩選』을
거치면서 소재라든지 발상, 시정신 등이 점점 전통적인 것에 관심을
보이고 있음을 알 수 있다.

눈물로 적시고 또 적시어도
속절없이 식어 가는 네 흰 가슴이
저 꽃으로 문지르면 더워 오리야

아홉 밤 아홉 낮을 빌고 빌어도
덧없이 스러지는 푸른 숨결이
저 꽃으로 문지르면 돌아오리야

애비 에미 기러기 서릿발 갈고 가는
九空中天 위에, 銀河水 위에
아! 소슬한 靑紅의 꽃밭.

門열어라 門열어라
鄭도령님아.

—「門열어라 鄭道슈아」의 전문

누님
눈물겨웁습니다.
이 울물물같이 고이는 푸름 속에
다소곳이 젖어 있는 붉고 흰 목화 꽃은
누님, 누님이 피우셨지요?

—「木花」 중에서

大門열고 中門 열고
돌門을 열고

바람 되어 문틈으로 스며 들어가면은
그리운 우리 누님 게 있느니라.

도적놈도 어디 가고
우리 누님 홀로 되어
거울 앞에 흰 옷 입고 앉았느니라.

—「누님의 집」 중에서

그립고 아쉬움에 가슴 조이던
머언 먼 젊음의 뒤안길에서
인제는 돌아와 거울 앞에 선
내 누님같이 생긴 꽃이여.

노오란 네 꽃잎이 피려고
간밤엔 무서리가 저리 내리고
내게는 잠도 오지 않았나 보다.

—「菊花 옆에서」 중에서

「門열어라 鄭道令아」는 우리나라에 전래되는 '정해 정해 정도령아 / 원이 왔다 門열어라 / 붉은 꽃을 문지르면 / 붉은 피가 돌아오고 / 푸른 꽃을 문지르면 / 푸른 숨결 돌아오고'라는 노래에서 소재를 구한 듯한데, 이 시에서 보여 주는 것은 '아홉 밤 아홉 낮을 빌고' 비는 기원의 모습과 꽃을 가슴에 문지르는 민속적 행위이다. 또 이 시에 등장하는 '鄭道令'은 우리 민족이 공동으로 희구하고 있는 극락의 '소슬한 靑紅의 꽃밭'에 죽음의 門을 걸고 앉아 있는 한국적 인간상인 것이다.

　「木花」와 「누님의 집」, 「菊花 옆에서」에서 공통적으로 등장하는 인물은 '누님'이다. 이 '누님'은 미당에게 있어서 긍정적인 생명의 근원이 되는 꽃이며, 또 그 꽃 자체를 피운 '거울 앞에 흰 옷 입고 앉은' 한국적 여성인 것이다. 이제 초기의 「花蛇」에서 보인 '저리도 징그러운 몸뚱어리'나 '石油 먹는 듯 … 石油 먹는 듯 … 가쁜 숨결'과 같은 열정과 원죄 의식에 의한 상처가 이내 아물고, 긴긴 천형의 노정에서 따뜻한 정감을 안고 있는 한국적인 '누님'의 곁으로 돌아와 있음을 볼 수 있다. 여기에서 '누님'은 미당에게 있어서 확실히 새로운 여성의 발견이다. 이것은 초기시에 등장하는 원죄 의식과 결부된 정욕적 여성에서 순수하고 소박한 아름다운을 가진 '누님'으로 그 대상이 바뀐 것이다. 이와 같은 한국적 인간상으로서의 '누님'과 '鄭도령', 민속적 행위 등은 분명히 동양적 한국적 정서에로의 귀소라고 할 수 있다. 이러한 민족의 정서를 보편화 하려는 노력의 일환으로서의 동양적 한국적 영역으로의 귀소는 매우 중요한 의미를 갖는다. 왜냐하면 이것은 미당의 시적 노정에서 볼 때 외적 지향에서 내적 지향으로의 방향 전환일 뿐만 아니라 대결의 경직성에서 화해의 유연성으로의 체질 변화이기 때문이다. 이러한 변화 이후에 미당은 꾸준히 보다 더 근원적인 전통 정신을 모색하고 있음을 볼 수 있다. 그는 이제 시인 자신의 개인적 체험이나 추억을 시화하는 데에서 벗어나 스케일과 시야를 넓혀 우리 민족의 과거를 역사 의식이라는 시인의 정신으로 조명해 보려는 태도로 갖게 된다. 그는 이러한 조명 작업의 하나로 일단 고대소설이나 설화 등에 나타난 인물이나 세팅, 무드 따위를 현재화하는데 관심을 갖기 시작한다.

> 香丹아 그넷줄을 밀어라.
> 머언바다로
> 배를 내어밀듯이,

香丹아.

이 다소곳이 흔들리는 수양버들나무와
베겟모에 놓이듯 한 풀꽃더미로부터,
자잘한 나비 새끼 꾀꼬리들로부터,
아주 내어밀듯이, 香丹아.

珊瑚도 섬도 없는 저 하늘로
나를 밀어 올려 다오
彩色한 구름같이 나를 밀어 올려 다오.
이 울렁이는 가슴을 밀어 올려 다오!

西으로 가는 달같이는
나는 아무래도 갈 수가 없다.

바람이 波濤를 밀어 올리듯이
그렇게 나를 밀어 올려 다오.
香丹아.

—「鞦韆詞」 전문

안녕히 계세요.
도련님,

지난 오월 단옷날, 처음 만나던 날
우리 둘이서 그늘 밑에 서있던
그 무성하고 푸르던 나무같이
늘 안녕히 안녕히 계세요.

저승이 어딘지는 똑똑히 모르지만
춘향의 사랑보단 오히려 더 먼

딴 나라는 아마 아닐 것입니다.

천길 땅 밑을 검은 물로 흐르거나
도솔천의 하늘을 구름으로 알더라도
그건 결국 도련님 곁 아니예요?

더구나 그 구름이 소나기 되어 퍼부을 때
춘향은 틀림없이 거기 있을 거여요!

―「春香遺聞」 전문

이와 같은 작품은 고대소설 「春香傳」에서 그 소재를 가져오고 있다. 이러한 작품들은 "이 시인의 『花蛇集』 속에 있는 '아메리카·아프리카·알라스카·아라비아'와 같은 병적인 서구의 하늘도 아니며, 그리고 『歸蜀途』의 초기 작품에 나타나 있는 수많은 만주의 하늘을 소재로 한 내용도 아닌 것이다. 다만 푸른 하늘을 그득히 이고 있는 한국의 하늘 밑에 호흡하면서 우리와 친근히 대화할 수 있는 주제들임을 알 수 있다. 말하자면 이것들 모두가 서구적인 논리의식을 내용으로 담고 있는 것이 아니라, 동양고유의 논리적 가치를 긍정하고 있는 주제들인 것이다."11) 특히 위에 인용한 두 편의 작품에서는 '香丹' '도련님' '춘향'이라는 「春香傳」의 인물과 세팅, 무드 등을 현대시라는 예술 형식 속에 새롭게 되살리고 있는 것이다. 이것은 미당의 전통 천착 과정의 일면을 짐작하게 한다. 더욱이 그의 시에 있어서의 전통 천착 과정은 「花蛇」의 '순네'와 「菊花 옆에서」의 '누님', 그리고 여기에 등장하는 '春香'과의 거리를 생각해 보면 쉽게 이해할 수 있을

___

11) 위의 책, 146~147쪽.

것이다. 이것은 미당의 여성 대상에 대한 전이라고 할 수 있다. 이러한 표면적인 변화는 반드시 내면적인 시정신의 변화가 선행되어야 하는 것이다. 여기에서 시정신의 변화는 '전통 천착'이라는 벡터(Vactor)를 가지고 진행된다는 사실은 물론이다. 그런 의미에서 「春香遺文」에서 '윤회 사상' '인연설' 등으로 드러난 불교 사상을 간과할 수 없는 것이다. 왜냐하면 불교 사상은 앞으로 살필 '신라 정신'과 밀접한 관계를 가지고 있기 때문이다. 이제 보다 더 절실한 역사 의식을 가지고 아득한 민족의 과거로 눈을 돌려 선인들의 슬기를 시 속에 되살려 낸 시집 『新羅抄』에 나타난 신라정신의 전통성을 살펴 보겠다.

3. 신라 정신의 전통성

미당이 외적 지향으로서의 대결 의식에서 한국 고유의 정서로 돌아가 내적 지향으로의 화해 정신으로 승화하여 '전통성' 이라는 큰 줄기로 시세계를 이끌어 나가는 모습을 살펴보았다. 확실히 미당이 이끌어 나가는 시정신의 방향은 민족의 과거이다. 여기에서 미당이 우리 민족 고유의 전통으로서의 정신적 대륙을 발견하게 되는데, 이것이 곧 '신라'이다. 시집 『新羅抄』에 수록되어 있는 작품들을 살펴보면 우리 민족의 훌륭한 정신적 전통 중의 하나라고 할 수 있는 '신라 정신'을 시를 통해서 재현하려는 의지적인 노력을 엿볼 수 있다. 그러면 '신라 정신'이란 무엇인가부터 살펴보자. 신라 정신은 우리나라 고유의 슬기이며 예지이다. 다시 말하면 원시적인 신앙으로부터 벗어난 신라인의 '귀의 사상'이요, 또 사회와 문화를 형성한 신라인의 신념과 불국정토의 국가적 관념으로 이룩된 것이다. 여기에 깊게 뿌리박은 불교 정신은 현재까지 우리의 정신적 전통으로 잠재되어 역사의 내부에 면면히 흐르고 있으며, 우리의 고유한 한국적 풍토 위에서 민족의 예술과 생활을 윤택하게 하였고 우리 겨레의 철학적 바탕을 튼튼히 하여 주었던 것이다.[12] 그렇다고 '신라 정신=불교 정신'의 등식이 성립되는 것은 아니다. 단지 신라 정신에서 핵심적인 부분을 불교가 차지하고 있을 따름이다. 미당 자신은 '신라 문화의 근본 정신'을 논술하는 자리에서 다음과 같이 설명하고 있다.

> 문헌과 유적을 통해서 보이는 新羅文化의 근본정신을 道·佛敎의 정신과 많이 일치하는 그것이다. 三國史記에 보면 崔致遠은 新羅의 風流道一즉卽 花郎道는 儒·佛·仙의 종합이란 말을 기술했다는 사실이 기록되어 있으나, 이건 善德女王 以後 新羅의 風流敎를 말하는 것임에 틀림없고, 이보다 앞서는 道·佛敎的 情神이 新羅 指導情神의 根幹이었으며, 儒敎가 한 세력이 된 中期 以後에 있어서도 그것은 한 部分勢力은 아니었다.[13]

이 설명은 신라 정신의 종교사상적 주류는 도교와 불교임을 시사하고 있다. 그러면 이러한 신라 정신이 미당의 작품속에서 어떻게 나타나고 있는가를 살피기로 한다.

> 朕의 무덤은 푸른 嶺 위의 欲界 第二天.
> 피 예 있으니, 피 예 있으니, 어쩔 수 없이
> 구름 엉기고, 비 터잡는 데―그런 하늘 속.
>
> 피, 예 있으니, 피, 예 있으니,

---

12) 崔元圭, 「韓國近代詩論」(서울 : 學文社, 1977), 146쪽.
13) 徐廷柱, "新羅文化의 根本情神", 「徐廷柱文學全集」 제2권, 303쪽.

너무들 인색ᄒ지 말고
있는 사람은 病弱者한테 柴糧도 더러 노느고
홀어미 홀아비들도 더러 찾아 위로ᄒ고,
瞻星臺 위엔 瞻星臺 위엔 그중 실한 사내를 놔라.

살 (肉體)의 일로써 살의 일로써 미친 사내에게는
살 닿는 것 중 그중 빛나는 黃金 팔찌를 그 가슴 위에,
그래도 그 어지러운 불이 다 스러지지 않거든
다스리는 노래는 바다 넘어서 하늘 끝까지.

하지만 사랑이거든
그것이 참말로 사랑이거든
서라벌 千年의 知慧가 가꾼 國法보다도 國法의 불보다도
늘 항상 더 타고 있거라.

朕의 무덤은 푸른 嶺 위의 欲界 第二天.
피 예 있으니, 피 예 있으니, 어쩔 수 없이
구름 엉기고, 비 터잡는 데—그런 하늘 속.

내 못 떠난다.

—「善德女王의 말씀」 전문

　　‘朕의 무덤’이 ‘푸른 嶺 위의 欲界 第二天’에 있다는 불교 사상이
기저를 흐르는 ‘서라벌 千年의 智慧가 가꾼’ 사랑의 신라 정신이 드
러나 있는 작품이다. 미당은 이 시에서, ‘善德女王’이라는 우주인, 영
원인으로서의 신라인을 현대에 부활시키고 있다. 다시 말하면 이 시는
영원인으로서의 선덕여왕의 넓고 밝은 ‘智慧’를 기리는 내용이면서
‘미래의 영원성’의 애정이나 ‘역사 의식’을 담아 놓은 것이다. ‘피, 예
있으니, 피, 예 있으니’라는 부르짖음에서의 ‘피’는 신라인의 ‘피’인

동시에 그 역사를 초월하여 오랜 세월 뒤에 오는 우리 겨레의 '피'를 의미하는 여성 특유의 아름다움과 진한 향기를 뜻하는 바 '살의 일로써 살의 일로써 미친 사내에게'는 '살 닿는 것 중 그중 빛나는 황금 팔찌를 그 가슴 위에' 던지는 자비와 아량의 사랑[14]이야말로 신라정신의 발현이라고 할 수 있을 것이다. 미당 자신의 신라인의 인격에 대한 말을 빌리면 "宋學 以後 지금토록 우리의 人格은 많이 當代의 現實을 표준으로 해 성립한 現實的 人格이지만, 新羅 때의 그것은 그게 아니라 더 많이 宇宙人, 永遠人으로서의 人格 그것이었다."[15] 라고 하였다. 요컨대 신라인의 인격은 현실적 인격이 아닌 우주인, 영원인으로서의 인격이라는 것이다. 따라서 미당이 '선덕여왕'의 '자비와 아량의 사랑'을 작품 속에 되살린 것은 곧 우주인, 영원인으로서의 인격과 예지를 추구하는 정신에서 비롯된 것이 분명하다.

> 아버지.
> 아버지에게로도,
> 내 어린 것 弗居內에게로도, 숨은 弗居內의 애비에게로도,
> 또 먼 먼 즈믄 해 뒤에 올 젊은 女人들에게로도,
> 生金鑛脈을 하늘에 폅니다.
>
> —「婆蘇의 두 번째 편지 斷片」 중에서

> 浪山 밑 새말 사람 百結이는 가난해
> 주렁주렁 주렁주렁 옷을 기워 입는 게
> 매추라기 꿰미를 맨단 것 같대서
> 사람들이 그렇게 이름지어 불렀다.
>
> —「百結歌」 중에서

---

14) 崔元圭, 앞의 책, 148쪽.
15) 徐廷柱, 앞의 책.

자기의 흰 수염도 나이도
다아 잊어버렸던 것일까?

물론
다아 잊어버렸었다.

남의 아내인 것도 무엇도
다아 잊어버렸던 것일까?

물론
다아 잊어버렸었다.

꽃이 꽃을 보고 웃듯이 하는
그런 마음씨밖엔 아무것도 가진 것이 없었었다.
―「老人獻花歌」 중에서

　‘婆蘇’는 신라의 시조인 박혁거세의 어머니이다. 「婆蘇의 두 번째 편지 斷片」에 나오는 ‘弗居內’(박혁거세), 「百結歌」의 ‘百結’, 「老人獻花歌」의 ‘老人’과 ‘女人’ 등은 모두 신라시대의 인물이다. 이러한 인물들은 「善德女王의 말씀」에서처럼 우주인, 영원인으로서의 역사의식과 함께 시 속에 부활되어 있음을 발견할 수 있다. 이밖에도 「구름다리」에 등장하는 ‘實聖임금’이라든지, 「해」에 나오는 신라의 ‘女人’ 등도 마찬가지이며, 「新羅의 商品」에 나오는 ‘靑松’, ‘金剛’, ‘亐知’, ‘皮田’과 같은 신라 시대의 산 이름도 역사 의식에 입각한 과거에 대한 현재화의 시도로 보여 진다. 김시태는 「百結歌」에서 ‘百結’의 청렴결백한 인간상은 물질주의 풍조의 팽배로 극도의 타락상을 빚고 있는 사회 현실과, 「老人獻花歌」에서 ‘老人’의 초인적인 사랑을 가치관의 착란에 의해 날로 속물화되어 가는 한국의 사회 현실과 각각 콘트라스트를 이루고 있다고 지적하고, 이것은 시인의 의식적 비판적인 지성이 현실에 맞서 작용하고 있음을 의미한다고 하면서 '활로 잡은 山돼지, 매(鷹)로 잡은 山새들에도 / 이제는 벌써 입맛을 잃었다'는 「꽃밭의 獨白」의 진술도 '활'과 '매'를 '권력' 또는 '금력'으로 대체시킬 수 있다면 이 이미지들은 세속적인 명예와 지위를 얻기 위해 수단 방법을 가리지 않는 현대인의 마키아벨리즘적 사고와 그 횡포에 대한 좋은 대조가 된다고 하였다.[16) 이렇게 볼 때 이러한 일련의 작품들이 '신라'라는 민족의 과거를 과거 자체로 표현하는데 그치지 않고 충분한 현대성을 확보하는데 성공하고 있다고 하겠다.

특히 「老人獻花歌」에서는 老人이 젊은 女人에게 꽃을 꺾어 주는 심정을 '꽃이 꽃을 보고 웃듯이 하는 / 그런 마음씨밖엔 아무것도 가진 것이 없었다.'고 한 것이라든지 '한없이 / 맑은 / 空氣가 / (中略) / 그들의 입과 귀와 눈을 적시면서 / 그들의 말씀과 수작들을 적시면서 / 한없이 親한 것이 되어 가는 것을 / 알고 또 느낄 수 있을 따름이었다'라고 그 장황을 그린 것은 신라인의 예지를 시정신으로서 추구하였을 뿐만 아니라, 동양 정신의 심연인 인간성의 발현이라고 보여지는 경지이며, 또한 이 작품은 신라대의 향가 「老人獻花歌」에서 얻어진 정신적 기저로 보는 것이다.[17) '婆蘇' '百結' '老人' '女人' 등 신라인을 작품에 되살린 것은 이러한 정신적 기저, 즉 신화 정신, 다시 말하면 현대에 필요로 하는 신라인의 풍류도를 되살리려는 노력의 소이라고 하겠다. 미당도 신라인들에 대해 "永遠을 따로 徑庭없는 것으로서 가져 處하고 宇宙의 全氣運에 호흡하고 참여하는 者로서 處

---

16) 金時泰, "徐廷柱의 逆說的인 意味", 「現代文學」통권244號, 1975년 4월호, 282쪽.
17) 崔元圭, 앞의 책, 148~149쪽.

해, 現代의 病弊-그 虛無 전혀 없이 生死에 臨하기를 充足하고도 인색할 것 없이 해, 그 질긴 國業을 이루어" 냈다고 전제하고 "하루살이의 일로서가 아니라 子孫萬代의 일로서 民族의 일을 經營해야 하고, 虛無 밑비탈의 「시지프」(「까뮈」의 作品名)의 八字는 原狀回復 되어야 할 일이라면, 新羅의 風流道는 아직도 크게 必要한 힘"18)이 라고 말하고 있다.

신라 정신은 우리 민족의 전통 정신이다. 이러한 전통적인 우리 고유의 정신이 역사 속에서 잊혀져 가는 것이 아니라 미당의 시 속에 용해되어 현대에 되살아난 과거로서 우리에게 정신적 충격을 주고 있음을 주목하지 않을 수 없다. 또한 미당은 까마득한 옛 얼을 현대시라는 예술 형식 속에 불어 넣어 물질만능의 시대를 사는 현대인들의 정신을 휘감는 감동을 주게 하는데, 이것은 전통 정신을 추구하는 그의 시가 갖는 장점 중의 하나라고 하겠다.

이상에서 미당의 시에 나타난 신라인들의 예지와 불교사상을 바탕으로 한 영원인으로서의 인격이 투영된 신라 정신을 살펴보았다. 앞에서 신라 정신의 종교 사상적 주류는 불교와 도교라고 했는데, 보다 엄밀히 말하면 신라 정신이란 "샤머니즘의 토대 위에 유교·불교·도교의 삼교가 위일융합한 일종의 신크리티시즘"인 것이다.19) 그러므로 미당은 초기시 「自畵像」에서 나타난 '유랑 의식'이 선험적으로 예견이라도 하듯이 한없이 '신라'에만 머물러 있을 수가 없었다. 그는 더욱 근원적인 민족문화 본질의 전통을 탐구하기 위해서 토속적인 '질마재' 마을을 찾게 된 것이다.

---

18) 徐廷柱, "新羅文化의 根本精神", 全集2권, 304쪽.
19) 文德守, "新羅精神에 있어서의 永遠性과 現實性", 「徐廷柱硏究」, 65쪽.

4. 무격 사상과 전통성의 육화

우리 민족의 전통적인 사상이 무엇이냐는 질문을 받으면 누구나 한 마디로 대답하기가 어려울 것이다. 그것은 우리 민족이 외래 사상, 특히 불교나 유교의 사상을 종합하여 왔기 때문이다. 이러한 외래 사상을 종합하여온 이유는 우리 민족이 위대한(세계인을 감화시킬 만한)종교적 사상이나 철학적 사상의 권위를 형성해 오지 못한 바도 크겠지만, 그보다 더 근본적인 이유는 약소 민족으로서 정치적 세력의 미약 때문이라고 파악된다. 어떻든 미당은 우리나라 서민층에는 유·불·도 중 세 가지나 두 가지의 진수를 종합하여 생활 이념으로 삼아 왔는데, 이것은 유교·불교·도교의 수입 이후의 일이라고 말하면서 다음과 같이 언급하고 있다.

> 그것들의 移入 以後 우리 民族의 고유한 信仰이나 思想이라는 것을 우리는 안 생각해 볼 수 없고, 이것은 現代까지의 도입되어온 潛勢力도 안 생각 할 수는 없다. 왜냐하면, 그 民族이 上代부터 고유하게 傳來해 내려온 傳統이야말로 그 民族의 本質엔 가장 중요한 것이요, 또 이것은 거의 완전 死滅하는 일도 없기 때문이다.[20]

우리나라에 불교나 유교, 도교가 도입되기 이전의 우리 민족 고유의 사상이나 신앙은 바로 현금까지 민속에 전승하여온 무격이라 할 수 있을 것이다. 조지훈은 "샤머니즘은 이 민족의 신앙의 기반과 핵심을 이루는 원시 종교로서, 지금까지 민간 신앙에 그대로 전승되어 있는 원시 고유 신앙의 유물(Survivals)이다"[21]라고 무격이 우리 민족

---

20) 徐廷柱, "韓國的 傳統의 根源"全集2권, 299쪽.
21) 趙芝薰, 앞의 책, 289쪽.

의 신앙의 기반과 핵심임을 말하였다. 홍일식도 "우리 문화를 하나로 꾀는 전통이 다름 아닌 원시종교적 제무격사상에 바탕을 둔 것"이라고 단정하고, 흔히 한국의 사상을 논할 때 불교나 유교사상 심지어는 기독교 사상까지를 논급하면서도 우리 고유 사상으로서 원시 종교, 무격사상같은 것은 일부 학자들에 의하여 종교 이전, 思想 밖의 것으로 천대를 받아 왔다고 지적하고 있다.[22]

이러한 우리 고유의 무격 사상과 밖에서 도입된 유교·불교·도교 등은 유구한 역사의 흐름 속에서 현재에 이르기까지 우리 민간 사회에서 불가분의 관계로 융합되어 발전되고 있어서 우리 민족의 본질 속에 동화되었다고 생각된다. 따라서 융합의 바탕으로서의 무격 사상은 우리 민족사에서 전통이라는 핏줄로서 오늘날 하나의 민간 신앙의 형태로 민간의 내부에 존속하고 있는 것이다. 우리 고유의 전통 사상이라고 보는 무격 사상의 특질에 대하여 홍일식은 다음 여섯 가지를 이야기 하고 있다.[23]

① 고유 전통 사상은 언제나 민중의 생활 속에서 그들의 애환을 달래주는 생활의 반려자로 일관해 왔다.
② 정치적 변혁이나 권력구조상의 변동에 관계없이 민족심성의 저변에 뿌리를 박고 줄기차게 전승되어 오고 있다.
③ 강인한 민족적 주체성을 가졌다.
④ 정치적 강압으로 인해 아직도 미신의 경지를 벗어나지 못하고 있다.
⑤ 관용과 조화로 림하는 포용성이 있으나 이를 사대적이라 속단하는 것은 피상적 관제이다.
⑥ 장구한 시일을 두고 외래사상을 자기체내에 용해시켜 결국 내 것으로 동화시켜버리는 특질을 가졌다.

---

22) 洪一植, 앞의 책, 111~127쪽.
23) 위의 책, 140쪽.

이와 같이 우리 민족의 가장 원초적이고 고래적인 고유의 전통 사상은 민간신앙인 무격사상에서 출발한 것이다. 이런 의미에서 미당은 민족과거의 큰 정신적 산맥으로서 '신라'를 찾았지만 이제 거기에 그치지 않고 좀더 근원적인 전통의 뿌리로서 무격 사상에 바탕을 둔 토속성에 관심을 갖고 '질마재' 마을을 찾게 된다. 이것은 우리 민족의 전통을 시작품에 형상화하는 중요한 발걸음이라 아니 할 수 없는 것이다.

> 「누구네 마누라허고 누구 네 男丁네허고 붙었다네!」 所聞만 나는 날은 맨먼저 동네 나팔이란 나팔은 있는 대로 다 나와서 「뚜왈랄랄, 뚜왈랄랄」 막불어자치고, 꽹가리도, 징도, 小鼓도, 북도, 모조리 그대로 가만 있진 못하고 퉁기쳐 나와 법석을 떨고, 男女老少, 甚至於는 강아지 닭들까지 풍겨져 나와 외치고 달리고, 하늘도 아플 밖에는 별 수가 없었읍니다.
> 마을 사람들은 아픈 하늘을 데불고 家畜 오양간으로 가서 家畜用의 여물을 날라 마을의 우물들에 모조리 뿌려 메꾸었읍니다. 그러고는 이 한 해 동안 우물물을 어느 것도 길어 마시지 못하고, 山골에 들판에 따로따로 生水 구먹을 찾아서 渴症을 달래어 마실 물을 대어갔읍니다.
>
> — 「姦通事件과 우물」 중에서

이 작품은 우선 '姦通事件'이라는 반모럴적인 시츄에이션을 설정함으로써 홍미와 시적 긴장을 동시에 갖는 시의 격조에서 성공하고 있다고 하겠다. '姦通事件'이라는 부도덕한 행위에 대하여 '마을 사람들은 아픈 하늘을 데불고 가축 오양간으로 가서 가축용의 여물을 날라 마을의 우물물에 모조리 뿌려 메꾸'는 집단적이고 연대적인 행동으로 대처한다. 이러한 행위는 일종의 민간 신앙의 행위로서 무격 사상에서 기인한 것으로 보인다. 그리고 이러한 집단적 연대적 행위의 심리적 구조는 '동물사회에서나 있을 수 있는 비윤리적인 사건이 일어났으므로 가축들이 먹는 여물로 우물을 채우고 그 우물물을 일년 동안 먹지 않아야 한다'는 대상심리로서 민간들에게 꾸준히 전승되어 온 토속적 사고방식에 그 틀을 두고 있는 것이다.

한편으로 '姦通事件'을 현대사회에서 용납할 수 없는 어떤 비위사실이나 부조리의 상징으로 볼 때 '동네나팔' '꽹가리' '징' '小鼓' '북', '강아지' '닭'같은 것들과 '한 해 동안 우물물을 어느 것도 길어 마시지 못하고 山골에 들판에 따로 生水구먹을 찾아서 渴症을 달래'는 행위는 민중의 모럴이라고 볼 수 있다.

이와 같이 시 전체적으로는 전통적인 한국의 시골 마을을 대표할 수 있도록 그려가면서, 무격 사상을 바탕으로 한 전통적인 모럴을 제시하고 있을 뿐만 아니라, "한국적 현실의 일단면을 고발"[24]하고 있다. 따라서 이 시는 한 마을의 습속을 보여주는 것만으로 끝나는 것이 아니라 충분히 감동을 주는 현대성을 확보하고 있는 것이다. 그리고 이 시는 무격 사상과 같은 한국적 모럴이 작품 속에 전통성의 요소로 용해될 때 비로소 우리의 시가 민중의 품안으로 들어가서 성장할 수 있다는 가능성도 보여주고 있는 것이다.

질마재 上歌手의 노랫소리는 답답하면 열두 발 상무를 젓고, 따분하면 어깨에 고깔 쓴 중을 세우고, 또 喪輿면 喪輿머리에 뙤약볕 같은 놋쇠 요령 흔들며, 이승과 저승에 뻗쳤읍니다.

그렇지만, 그 소리를 안 하는 어느 아침에 보니까 上歌手는 뒷간 똥오줌항아리에서 똥오줌 거름을 옮겨내고 있었는데요. 왜, 거, 있지 않아, 하늘의 별과 달도 언제나 잘 비치는 우리네 똥오줌 항아리, 거길 明鏡으로 해 망건 밑에 염발질을 열심히 하고 서 있었읍니다. 망건 밑으로 흘

---

24) 崔元圭, 앞의 책, 150쪽.

러내린 머리털들을 망건 속으로 보기좋게 밀어넣어 올리는 쇠뿔 염발질
을 점잔하게 하고 있어요.

　　明鏡도 이만큼은 특별나고 기름져서 이승 저승에 두루 무성하던 그
노랫소리는 나온 것 아닐까요?

―「上歌手의 소리」 전문

　　여기에서 '질마재 上歌手'는 '喪輿머리에 뙤약볕 같은 놋쇠 요령
흔들며' 부르는 노랫소리가 '이승과 저승에 뻗치'는 사람이다. 주목할
것은 '질마재 上歌手'의 노랫소리가 '이승과 저승에 뻗치'고 '이승과
저승에 두루 무성하다'는 점이다. 이러한 '질마재 上歌手'의 행위는
일종의 무속적 행위라고 말할 수 있다. 그리고 '이승과 저승'은 인간
의 존재 문제로 환원하여 살펴보아야 할 필요가 있다. 왜냐하면 '이승
과 저승'은 곧 인간이 어떤 형태로 어떤 세계에 존재하느냐는 문제이
기 때문이다. 무속에서 보는 인간의 존재는 육체라는 가시적 유형 존
재와 영혼이라는 불가시적 무형 존재의 이원적 결합이다. 그리고 유형
존재와 무형 존재의 양자를 다 인정하면서 가시적 유형 존재(육체)는
일정기간만이 지속되는 순간 존재, 불가시적 무형 존재(영혼)는 불멸
의 영원 존재로 보았다. 이와 같은 존재의 기준은 공간성과 시간성이
된다. 또 공간성에 의한 유형 존재는 시간성의 제약을 받아 순간 존
재(육체)가 되며, 공간성이 없는 무형 존재(영혼)는 공간성과 함께 있
는 시간성의 제약을 받지 않기 때문에 영원존재가 된다.25) 즉 인간이
죽으면 영혼이 저승(타계)으로 돌아간다는 영혼의 존재를 인정하여 육
체가 멸해도 영혼이 남아 불멸하므로 인간의 존재는 영원하다는 것이
다. 따라서 우리 민족의 전통적인 인간관은 인간을 순간 존재가 아닌

---

25) 金泰坤, 「韓國巫俗研究」, 韓國巫俗叢書Ⅳ, (서울 : 集文堂, 1981), 14쪽.

영원 존재로 보는 영원 사상에 있다고 생각된다.

　　陰 正月 처음 뱀 날이 되면, 질마재 사람들은 먹글씨 쓸 줄 아는 이
를 찾아가서 李三晩 석字를 많이 많이 받아다가 집 안 기둥들의 밑둥마
다 다닥다닥 붙여 두는데, 그러면 뱀들이 기어올라 서다가도 그 이상 더
넘어선 못 올라 온다는 信念 때문입니다. 李三晩이가 아무리 죽었기로
서니 그 붓 기운을 뱀아 넌들 행여 잊었겠느냐는 것이지요.
—「李三晩이라는 神」 중에서

　　그러나 해가 거듭 바뀌어도 天罰은 이 마을에 내리지 않고, 農事도
딴 마을만큼은 제대로 되어, 神仙道에도 약간 알음이 있다는 좋은 흰수
염의 趙先達 영감님은 말씀하셨읍니다. 「在坤이는 생긴 게 꼭 거북이같
이 안 생겼던가. 거북이도 鶴이나 마찬가지로 목숨이 千年은 된다고 하
네. 그러니 그 긴 목숨을 여기서 다 견디기는 너무나 답답하여서 날개
돋아나 하늘로 神仙살이를 하러 간 거여 ……」
—「神仙 在坤이」 중에서

　　그런데 그 웃음이 그만 마흔 몇 살쯤하여 무슨 지독한 熱病이라던가
로 세상을 뜨자, 마을에는 또 다른 소문 하나가 퍼져서 시방까지도 아직
이어 내려오고 있읍니다. 그 한물宅이 한숨쉬는 소리를 누가 들었다는
것인데, 그건 사람들이 흔히 하는 어둔 밤도 궂은 날도 해어스럼도 아니
고 아침해가 마악 올라올락말락한 아주 밝고 밝은 어떤 새벽이었다고 합
니다. 그리고 그것은 그네 집 한 치 뒷산의 마침 이는 솔바람 소리에 아
주 썩 잘 포개어져서만 비로소 제대로 사운거리더라고요.
　　그래 시방도 밝은 아침에 이는 솔바람 소리가 들리면 마을 사람들은
말해 오고 있읍니다. 「하아 저런! 한물宅이 일찌감치 일어나 한숨을 또
도맡아서 쉬시는구나! 오늘 하루도 그렁저렁 웃기는 웃고 지낼라는가부
다.」고 ……
—「石女 한물宅의 한숨」 중에서

이러한 시편들에서 우선 직감적으로 느낄 수 있는 것은 독자로 하여금 아늑한 한국인의 고향으로 돌아가게 하는 회귀감에 젖게 한다는 점이다. 그리고 우리나라의 시골 마을에 나돌다 다니는 이러한 이야기들에는 우리 민족의 신념이 살아있다는 것을 확신하게 해 준다. 이러한 신념들은 결국 우리 민족의 생활 태도와 사고방식에 기인한 것이다. 그리고 이러한 생활 태도와 사고방식의 기저에는 토속적인 민간 신앙에 바탕을 두고 있는 영원 사상이 항시 깔려 있음을 알 수 있다.

「李三晩이라는 神」이라는 시에서도 '李三晩'이라는 이름 석 자를 써서 기둥에 붙여 놓으면 뱀이 침범하지 못한다는 우리의 토속적인 부적에 관한 이야기를 소재로 하고 있다. 물론 부적은 불교나 도교의 습속에서 온 것이지만 우리나라의 민간에서 무속과 이미 융합된 습속인 것이다. 그리고 '李三晩'이의 육체는 죽었지만 그 붓기운은 살아 있어 뱀을 물리친다는 신념이야말로 우리 민간의 영원 사상을 잘 대변해 주고 있는 것이다. 뿐만 아니라 「神仙 在坤이」라는 작품에서도 마찬가지 이다. 앉은뱅이인 "在坤이"에게 '세끼의 밥과 추위를 견딜 옷과 불을 늘 뒤대어 돌보아'주던 마을 사람들의 인정과 그렇게 하지 않으면 천벌을 받는다는 믿음은 곧 민간 신앙인 무격 사상에서 비롯한 우리 민족 정신의 저변을 흐르는 인간주의인 것이다. 또한 '在坤이'가 '날개 돋아나 하늘로 神仙살이를 하러 간 것'이라고 생각하는 것은 앞에서와 마찬가지로 영원 사상에서 비롯된 것으로 볼 수 있다. 「石女 한물宅의 한숨」에서는 '한물宅'은 비록 죽었지만 그 한숨은 이 마을에 항상 살아 있어 이 마을 사람들의 모든 고난과 역경에서 나오는 한숨을 도맡아 쉬어 준다고 믿어서, 아침에 솔바람이 일면 마을 사람들은 하루의 길한 징조를 예견한다는 이야기이다. 이 작품도 역시 영원 사상이 그 바탕에 깔려 있음을 알 수 있다.

이와 같이 미당이 설정한 한 시세계로서의 '질마재' 마을은 그의 시를 민족 전통시로서의 격을 더욱 높이고 있다. 그는 시집 『질마재 神話』에서 무격 사상을 바탕으로 한 토속 신앙을 시로 승화시킴으로써 전통을 계승하는데 성공하고 있다고 평가할 수 있다. 왜냐하면 미당이 찾아 나선 전통의 세계는 무격 사상을 바탕으로 한 토속 신앙과 만나게 됨에 따라 비로소 육화되었고, 그는 시집 『질마재 神話』에서 우리 민족의 가장 깊은 정신적인 지반을 시추해 내고 있기 때문이다.

5. 결론

미당은 초기에 서구적 표현 형태를 시험하는 등 외적 지향의 정신으로 출발하여 차츰 내적 지향의 시정신으로 전환하고 있다. 이것은 시집 『花蛇』에서 보여준 정욕적이고 야수적인 특질을 가진 대결 의식의 경직성이 시집 『歸蜀途』와 『徐廷柱詩選』을 거치면서 점점 화해 정신의 유연성으로 바뀐 것과 궤를 같이 하고 있다. 이러한 내적 지향으로서의 방향 전환과 화해 정신의 유연성으로의 본질 변화는 곧 서구적 영역에서 동양적 영역에로의 귀소라고 할 수 있다. 이러한 귀소는 미당에게 민족의 과거를 캐내는 작업으로서의 전통이라는 벡터 (Vector)를 갖게 한다. 이 벡터는 크게는 외적 지향 → 내적 지향 → 영원 지향의 방향으로 이행하고, 작게는 서구 정신의 시험 → 동양 정신에로의 귀소 → 불교 정신 → 신라 정신 → 토속적 무격 사상으로 추이하여 왔다. 이것을 미당의시집과 관련지어 정리하여 보면 외적 지향의 시기로서 서구 정신을 시험한 것은 처녀시집 『花蛇』(1938年 刊)라고 볼 수 있으며, 내적 지향으로서의 전환과 아울러 동양 정신으

로 귀소하여 불교 정신에 접근하기 시작한 것은 시집 『歸蜀途』(1946
年刊)와 『徐廷柱詩選』(1955年刊)에 수록된 일련의 시편들이라고 할
수 있다. 그리고 전통성 추이의 중간 기항지로서 '新羅精神'이라는
정신적 대륙을 발견한 것은 시집 『新羅抄』(1960年刊)에서이다. 그런
데 未堂은 여기에 머무르지 않고 시집 『冬天』(1968年刊)을 거쳐 『질
마재 神話』(1976年刊)에 이르러서는 우리 민족 전통의 본원이라고
할 수 있는 무격사상을 바탕으로 한 토속적인 세계와 만나게 된다.

그 이후에도 『떠돌이의 詩』(1976年刊)『西으로 가는 달처럼』(1980年
刊)『鶴이 울고 간 날들의 詩』(1982年刊) 등의 새로운 시집을 계속해
서 내고 있지만 본고에서 『질마재 神話』까지 구획지어 살펴 본 것은
전통성 추이의 관점에서 보면 『질마재 神話』에서 이미 전통의 깊은 지
반 탐사를 끝내고 있기 때문이다.

이상에서 살펴 본 바와 같이 미당이 문학을 통해서 꾸준히 추구하
여 온 민족 전통 정신의 특질을 한마디로 말한다면 영원 사상에 뿌리
를 둔 인간주의라고 하겠다.

V. 시간과 공간의 의미 - 김상용론

1. 서론

　月坡 金尙鎔은 1902년 경기도 연천에서 출생하여 고향에서 유년기를 보내고, 1971년 서울로 올라가 경성제일보통학교에 진학하였으나 기미 독립운동에 가담하였던 연유로 제적을 당하여 낙향하였다가 다시 상경하여 보성고등보통학교로 학적을 옮겨 졸업(1921년)하였다. 그리고 이듬해에 일본으로 건너가 入敎大學 영문과를 졸업(1972년)하고 귀국한다. 귀국한 후 그는 보성고등보통학교 교사를 거쳐서 다음 해에 이화여전 교수로 부임한다. 해방 직전인 1943년 일제에 의해 영문학 강의가 폐지되어 교단을 잠시 떠나지만 해방과 함께 복직되었고, 미군정 때 강원도 지사로 발령받은 적도 있지만 수 일 만에 사임한다. 그는 또한 6·25사변 때에 공보처 고문, 코리아타임즈 사장직도 잠시 맡은 적이 있었지만 1951년 부산에서 운명할 때까지 거의 모든 생애를 대학의 강단에서 학문과 창작으로 보낸 시인이다.

　월파 김상용은 그의 시 「南으로 窓을 내겠소」로 잘 알려진 시인이다. 그의 작품에 대한 연구는 그리 많지 않으나 지금까지의 월파에 대한 평문 중에서 김학동 교수의 연구[1]는 괄목할 만한 것으로 여겨진다. 그러면 먼저 월파에 대한 지금까지의 논급을 간단히 살펴보겠다.

(1) "이 詩人은 極히 孤獨하되 그 孤獨을 슬퍼하지 아니하며 極히 素朴하되, 그 素朴한 것을 부끄러워하지 않아 時流와 世態가 아무리 驕激하고 騷亂스러워도 오직 自己의 世界에 安分할 줄"안다.[2]

(2) "詩人 金尙鎔은 生을, 그리고 生에서 오는 느껴움을 觀照한다." "風景을 대할 때 그의 觀照는 한層 더 靜閑하여지고 明凉하여진다."[3]

(3) 그는 "관조적인 人生派의 詩人"이며, "그의 인생태도는 담담하기만"하여 "생의 문제에 대하여 명확한 대답을 회피하고 그저 웃어서 그 태도를 흐리고 있다."[4]

(4) 1920년대 중기 이후 월파 김상용은 정한하고 명량한 서정시를 써 관조적인 시세계를 이룩해 갔다. 그는 인생을 수식하거나 가치 이상으로 과장하지 않았고, 허무감에 찬 노래를 불렀으나 울음에 빠지지 않는 인생 긍정의 일면도 보였다. "一 九二五年을 전후하여 詩를 발표할 무렵, 그러니까 그는 이미 고향을 멀리하고 도시에 묻혀있으면서 田園에 대한 향수, 또는 거기에 유토피아를 구한 것처럼 보인다."[5]

(5) "金尙鎔의 「南으로 窓을 내겠소」라는 작품은 우리 詩에서 가장 語調를 잘 살린 작품의 하나이다. (작품생략) 여기에는 '한참갈이'라든가 '꼬인다'와 같은 소박한 시골 사람의 사투리가 사용되어 있지만 작품 전

---

1) 김학동 편저, 『月坡 金尙鎔全集』, 새문사, 1983. 김교수는 이 책에 월파의 시, 시조, 번역시, 평론, 수필, 잡문 등을 정리하였을 뿐만 아니라, 말미에 김상용의 문학을 종합적으로 연구한 논문 「金尙鎔의 詩世界」와 「金尙鎔의 詩와 散文」을 싣고 있다.

2) 이원조, 『문장』, 1938년, 7월호, 193~194쪽.

3) 김환태, 「詩人 金尙鎔論」, 『문장』, 1938년, 7월호, 160~163쪽.

4) 백 철, 『韓國新文學發達史』, 박영사, 1975, 263~264쪽.

5) 김용성, 「月坡 金尙鎔」, 『現代文學史探訪』, 국민서관, 1973, 362~367쪽.
조병춘, 『韓國現代詩史』, 집문당, 1980, 257~259쪽.
문덕수 편, 『世界文藝大事典』, 성문각, 1975, 980쪽.

체가 소박하고 겸손하고 친근한 會話調로 되어 있어, 田園에 돌아가서 자연과 벗하면서 야심과 영화를 버린 삶을 살겠다는 태도가 이러한 語調 가운데서 잘 나타나 있다. 특히 끝 부분의 '왜 사냐건 / 웃지요'라는 짧은 두 행은 보통의 언어로는 풀이하기 힘든 미묘한 어조로써 암시하고 있다."[6]

　(6) "민족주의적 신념을 시화하는 창조적 지속성을 이루어 나갔고," "서정적 주체자는 적대적 세력에 대항하여 당당히 싸울 기세를 보이고 있다. 이러한 기개는 1920년대의 감상주의를 극복하는 시심의 한 표본이 되었다고 할 것이다."[7]

이상과 같은 김상용의 작품에 대한 단편적인 해설들을 종합하여 보면 인생 관조의 전원 시인이라는 견해 (1)~(5)와 식민지 치하에서의 비애와 울분과 민족주의적 신념을 가진 저항 시인이라는 견해 (6)로 집약된다. 전자는 김상용의 대표작으로 알려진 「南으로 窓을 내겠소」를 중심으로 한 그의 시집 『望鄕』에 실려 있는 시들에 대한 지금까지의 일반적인 인상에 의한 견해이고, 후자는 김학동 교수가 여기저기에 발표된 월파의 작품들을 모아 '전집'을 엮은 뒤의 견해이다. 따라서 본고는 시집 『望鄕』뿐만 아니라 김학동 교수가 모아 놓은 그 밖의 시 작품을 텍스트로 하여 그의 시에 나타난 시간과 공간의 의미를 살펴봄으로써 위의 견해들을 확인하고자 한다. 여기에서 굳이 시간과 공간의 의미를 들고 나온 것은 다음과 같은 이유에서이다. 즉 '전원'이라고 파악한 것은 결국 작품 내부에 나타난 '공간'을 의미하는 것이겠고, '식민지 치하의 민족주의'는 곧 당대의 시대 인식이나 역사의식과 결부된 현실 인식으로서 본질적으로 '시간'의 문제와 관련되는

---

6) 김종길, 『眞實과 言語』, 일지사, 1974, 56~57쪽.
7) 전광용·신동욱, 『現代文學史』, 한국방송통신대학 출판부, 1986, 181~184쪽.

것으로 생각되기 때문이다.

문학은 커뮤니케이션 이론의 시각에서 보면 일종의 예술 커뮤니케이션이다. 이러한 관점에서 문학 텍스트는 작가(발신자)와 독자(수신자)사이에서 하나의 메시지로서 존재하는 것이다. 그런데 여기에서 작가의 메시지, 즉 문학 텍스트를 무엇으로 보느냐에 따라서 여러 가지 관점이 생기게 된다. 가령 실증주의자들처럼 '하나의 문헌'이나 '모뉴먼트'로 간주하는 경우도 있고, 문학기호론자들이나 수용이론가들처럼 '기호'로 여기는 경우도 있다. 그러나 본고에서는 문학 텍스트라는 메시지를 작가가 독자에게 보여주는 하나의 '유희 공간'으로 간주한다. 그렇지만 문학 작품은 텔레비전의 화면이나 연극의 무대를 통하여 전달되는 卽事적이고 시각적인 공간을 통한 메시지가 아니라 언어라고 하는 다양하고 추상적인 용기(vehicle)를 매개로 하는 메시지이다. 한편으로 문학 작품은 인간에 의해 재현되고 인간에 의해 이해되는 인간의 세계이기 때문에 생명력 있는 작품의 존재는 텍스트 내부에 시간과 공간의 질서가 종횡으로 교차되는 가운데 최소한의 인물(허구적화자)의 등장으로 가능하게 되는 것이다.

이러한 관점에서 문학 텍스트를 바라보면, 시간과 공간의 총체는 텍스트 내부에 흐르고 있는 상황(situation)이라고 말할 수 있다.8) 따라서 본고에서는 위에서 서술한 관점에서 김상용의 시작품 내부에서의 화자가 가지고 있는 시공간적 위상을 살펴서 그 의미의 공통분모를 밝혀내고자 한다.

---

8) 담화론에서의 상황소(deixis) 중에서 최소한의 등장 인물인 화자가 처해 있거나 주된 화제로 삼고 있는 시간과 공간만을 부각시켜 말한 셈이다.

2. '밤'의 시간 상황과 의미

다른 문학 장르에서와 마찬가지로 시에 있어서의 '시간'에 대한 탐구도 여러 가지 범주가 있다. 가령 화제로서의 시간, 시상으로서의 시간, 과정으로서의 시간, 시간의 거리와 양 등이 그것이다. 또한 시에 나타나는 시간의 양상을 밝히는 방법으로는 크게 (1) 구조적 접근법, (2) 현상학적 접근법, (3) 인식론적 접근법, (4) 사회·역사적 접근법이 있다.[9] 그렇지만 본고는 이러한 시간 탐구에 관한 본격적인 방법을 택하지 아니하고, 서론에서 밝힌 바와 같이 주로 김상용의 시에서 화자가 처해 있는 시간과 화자가 주되게 서술하고 있는 시간을 시간표시어를 중심으로 살펴보려고 한다.

일상적 담화에서와 마찬가지로 시에 있어서도 시간을 표시하는 단어는 얼마든지 있을 수 있다. 가령 '이 때' '접 때' '한동안' '한참' '어느 순간'등 화자를 중심으로 한 추상적인 시간이나 시간의 양을 표시하는 경우가 있는가 하면, '연' '월' '일' '시' 등 구체적인 시각까지를 나타내고 있는 경우도 있고, '봄' '여름' '가을' '겨울' 등의 계절이나 '아침' '오전' '낮' '저녁' '밤' '한 밤중' '새벽' 등과 같이 일상의 하루 중 어느 때를 지시하고 있는 경우도 있다. 여기에서는 다른 경우는 논외로 하고 월파의 시에서 '밤'을 중심으로 '저녁' '새벽'등의 시간이 주로 많이 나타나 있음을 주시하여 보기로 한다. 그의 시에서 시인(화자)이 보여 주는 유희 공간 내부에서의 허구적 화자가 처하고 있는 시간, 즉 허구적 화자의 현실적인 시간 좌표나 혹은 허구적 화자가 주된 화제로 삼고 있는 시간이 '밤'이거나 '저녁' 또는 '새벽'인 경우는 다음의 작품들이다.

---

9) 이승훈, 『文學과 時間』, 이우출판사 1986, 195~273쪽.

1. 『望鄉』이전의 작품 : 「無常」, 「殺妻因의 質問(1)」, 「失題」, 「어이
   넘어 갈거나」, 「내 生命의 참詩 한 首」, 「無題(2)」, 「無題(3)」,
   「무지개도 귀하것만은」,「盟誓」, 「펜」, 「無題三首」, 「孤寂」, 「우리
   길을 가고 또 갈까」, 「即景」, 「無題(5)」, 「暴風雨」

2. 『望鄉』수록 작품 : 「서그픈 꿈」, 「노래 잃은 뻐꾹새」, 「반 불」, 「괭
   이」, 「浦口」,마음의 조각(3)」, 「마음의 조각(4)」, 「黃昏의 漢江」,
   「어미소」, 「追憶」, 「새벽 별을 잊고」, 「가을」, 「颱風」

3. 『望鄉』이후의 작품 : 「旋愁」, 「스핑크스」, 「꿈에 지은 노래」

월파가 남긴 시는 총 83편(시조와 번역시는 제외)이다. 이 중에서
화자가 하루 중 어느 때에 위치해 있는 시간적 사실이 분명하게 드러
나 있거나, 하루 중 어느 때를 화제로서 다루고 있는 작품은 43편 중
위에서 예시한 32편에 '밤' '저녁' '새벽'의 시간이 드러나 있다. 따라
서 월파의 시에 전반적으로 흐르고 있는 시간은 '밤'이라고 해도 과
언이 아닐 것이다. 그러면 그의 시에 나타나 있는 '밤'과 그 의미를
살펴보자.

> ① 그래 나는 떠는 안해 우는 어린 것들을 다라고
>   눈보라치는 어느 날 저녁
>   나의 갈는 땅을 잃고
>   의지하는 집을 잃고
>   빈 거리에 쫓겨 나왔는 것일세
>
> —「殺妻因의 質問(1)」 중에서

> ② 너의 들은 눈오는 이 저녁
>   바람을 마즈면서

눈물의 노래를 부르는구나.

—「無題(3)」 중에서

③ 급긔야 달 떠러지고
　밤만이 김흔거리
　것는 이 눈에
　눈물이 왜 고이나.

—「무지개도 귀하것만은」 중에서

④ 거리의 불 다 꺼지고
　산과 물, 어둠속에
　모습 감췄으나
　절망에 떠난 님의 앞에는
　지성의 내 촉불이 잇지 않소

—「盟誓」 중에서

⑤ 절름바리 '펜'의 멱살을 잡스고
　캄캄한 作造의 漆夜를 끌고 나와
　'잉크병'아갈바리에 태맹이를 치다.

—「펜」 중에서

⑥ 저녁되면 吊鍾으로變할
　새벽의 저 쇠북소리

—「無題三首」 중에서

⑦ 그날 勿論, 내 花壇에도 어둠이 나려
　힘과 希望의 남은 싹이 스러졌습니다.

—「無題(5)」 중에서

　위에서 인용한 작품들은 시집 『望鄕』이 출간되기 이전에 발표된
것 몇 편중에서 '밤'의 시간 표시가 구체적으로 표출된 부분만을 가

려 본 것이다.

작품 ①에서 시간 표시어는 '저녁'이다. 여기에서 '저녁'이라는 시간 표시어의 콘텍스트를 살펴보면, '눈보라 치는'과 '어느 날'이라는 수식어에 주목할 필요가 있다. '눈보라 친'다는 것은 겨울이라는 시간적 사실을 함축하고 있다고 볼 수 있고, '어느 날'은 뒤에 나오는 '쫓겨 나왔든'으로 미루어 보아서 화자가 경험한 과거의 '어느 날'이라는 것을 알 수 있다. 따라서 이 부분은 시인(화자)이 독자(청자)에게 허구적 화자의 발화를 통해서 허구적 화자 자신이 '겨울 저녁'이라는 시간적 상황에 처하고 있음을 보여주고 있는 것이다. 이러한 시간적 상황을 바탕으로 작품 내부에서 보여주는 화자의 행위는 '떠는 안해 우는 것들을 다라고' '쫓겨 나왔던' 사실이다. 이러한 화자의 행위는 화자가 처하고 있는 시간적 사실과 매우 밀접한 관계를 갖게 된다. 왜냐하면 화자가 처하고 있는 '눈보라 치는 어느 날 저녁'이라는 시간 상황은 작품 내부에서의 행위를 더욱 절실하게 하여 주는 효과를 가져다주기 때문이다.

작품 ②에서의 시간 표시어도 역시 '저녁'이다. 여기에서도 '눈오는'을 통해서 겨울 저녁임을 쉽게 알 수 있다. 이러한 시간 상황 안에서 '바람을 마즈면서 / 눈물의 노래'를 부르는 청자인 '너의들'의 행위를 보여주고 있다. 따라서 '눈물'이 가지고 있는 상징적 의미와 '눈오는 저녁'의 시간 상황과의 효과적인 조화를 볼 수 있게 된다.

대개 이러한 방법으로 위에서 예시한 작품들을 살펴보면 화자가 화제로 삼고 있거나, 등장인물이 처하고 있는 '밤'은 ①과거 ②현재 ③현재 ④현재 ⑤현재 ⑥미래 - 현재 ⑦과거로 나타나고 있다. 그리고 '밤'의 시간 상황은 절망의 상황 (①④⑦), 비애의 상황 (②③), 죽음의 상황 (⑥), 울분의 상황 (⑤)과 조화되고 있음을 알 수 있다.

여기에서 작품 ⑤의 '作造의 淡夜'에 주의하여 볼 필요가 있다. '作造의 漆夜'는 인위적으로 만든 밤을 의미한다. 그리고 여기에서는 화자의 행위가 매우 적극적이고 공격적으로 나타나고 있음을 볼 수 있다. 다른 작품들은 ⑤에서와 같은 공격적 저항 행위를 보여주고 있지는 않지만, 작품 밖의 시인, 즉 발신자와의 관계에서 보면 '밤'이라는 의도적인 시간 상황의 설정은 시인 자신의 현실 인식, 역사 의식에서 비롯된 것이라고 할 수 있다. 김학동 교수도 월파의 작품이 "일제 치하의 민족 감정이나 저항 의식을 저류로 깔고 있음"을 지적하고 있다.[10)]

앞에서 서술한 바와 같이 그의 시에서의 '밤'은 대개 텍스트 내부에 존재하는 화자가 과거에 체험하였던 회상으로서의 시간이거나, 화자가 현재에 위치하여 있는 경우가 많다. 그런데 이러한 '밤'의 회상적 체험이나 현실적인 '밤'은 한편으로 '아츰'이라는 미래의 시간과 깊게 관계하고 있는 것을 발견할 수 있다. '밤'의 시간 상황이 절망, 비애, 죽음, 울분의 상황을 표상하고 있다면, 여기에 대비하여 미래의 시간으로 나타나고 있는 '아츰'은 광명의 시간 상황으로서 희망, 기쁨, 재활 등의 상황을 표상하고 있다고 하겠다. 이제 그의 작품 중에서 '아츰'의 시간 표시어가 나타나 있는 몇 구절을 인용하여 보겠다.

① 헛고대의 밤이 가면
　　설은 새 아침
　　가만히 네 불꽃은 꺼진다

—「반딧불」 중에서

② 별이 없어 더 설어운
　　浦口의 밤이 샌다.

—「浦口」 중에서

---

10) 김학동, 「金尚鎔의 詩世界」, 『月坡 金尚鎔全集』, 새문사, 1983, 446쪽.

③ 이제 榮華의 時節이 이로
　　봉오리마다 太陽이 빛나는 아츰,
　　한마디의 네 讚辭 없어도
　　외로운 幸福에
　　너는 호올로 눈물 지운다.

—「괭이」 중에서

④ 고독을 밤새도록 간질하고난 밤,
　　새 아츰이 눈물속에 밝았다.

—「마음의 조각(3)」 전문

⑤ 눈 오는 아츰은
　　가장 聖스러운 祈禱의 때다
　　　-중　　략-
　　연긔는 새로 誕生된 아기의 呼吸
　　닭이 울어
　　永遠의 보금자리가 한층 더 다스하다.

—「눈 오는 아츰」 중에서

⑥ '죽엄'의 밤을 어질르고
　　門을 두드려 너는 나를 깨웠다.
　　　-중　　략-
　　霜刄으로 心臟을 헤처
　　사특, 傲慢, 徵溫, 巡逡 에여 바리면
　　純眞과 潔白에 빛나는 넋이
　　구슬처럼 새 아츰에 빛나기도 하려니 …

—「颱風」 중에서

전문을 인용하지는 않았지만 ①에서의 화자가 처해 있는 시간은 '헛고대의 밤'이고 화자가 예상하고 있는 미래의 시간은 '설은 새 아츰'이다. ②에서도 화자가 처해 있는 시간은 '밤'이고 화자가 예상하고 있는 미래의 시간은 '밤이 새'는 아침의 시간이다. 모두 '밤'의 시간으로부터 '아츰'의 시간까지의 과정으로서의 시간을 나타내고 있다고 하겠다. ①에서의 '아츰'의 시간은 표면 구조로 보면 2인칭의 청자로 등장하는 '밤뒷불'의 불꽃이 꺼지는 상실의 시간을 나타내고 있다. 그러나 이 시의 2연(인용한 부분은 3연임)에서 '부러워하는 이도 없을 너를 / 象徵해 왜 내 맘을 빚엊던지'라고 한 화자의 서술이 가리키고 있는 바와 같이 '헛고대의 밤'을 밝히는 '반딧불'은 곧 '밤'의 현실에 처해있는 화자의 마음을 상징하고 있다고 하겠다. 따라서 표면적으로 나타나고 있는 임무 상실의 시간인 '설은 새 아침'은 심층에서는 기대의 시간으로서 광명의 의미를 안고 있는 것이다. ②에서도 화자는 '浦口의 밤'을 화제로 삼고 있으나 '團欒의 실마리가 풀리는' 밤이 새는 광명의 시간을 기대하고 있다고 하겠다.

①에서의 '반딧불'과 ②에서의 '별'의 역할은 밤의 시간 상황 안에서 화자에게 동일하게 관찰되고 있다고 볼 수 있다. 왜냐하면 ①에서의 '반딧불'이나 ②에서의 '별'의 행위는 결국 '밤'이라는 상징적인 시간 상황에서 '밤'의 본질적 속성 중의 하나인 어두움을 극복하고자 하여 미력하나마 광명의 상황으로 이끄는 자기희생적인 노력에 다름 아니기 때문이다. 그러나 작품 내부에서 '반딧불'과 '별'의 존재는 각기 다른 방법으로 나타나고 있다. 즉 '반딧불'은 무대 위에 주된 캐릭터로 등장하고 있는데 반하여 '별'은 부재의 사물이라는 점이다. ②에서의 이러한 '별'의 부재는 화자가 인식하고 있는 시간 상황의 의미인 '설어운' 밤을 더욱 절실하게 나타내고 있다고 하겠다.

③은 2연으로 된 '괭이'라는 작품 중에서 두 번째 연만을 예시해 놓았다. 작품 전체를 놓고 보면 첫 연에서의 시간은 노동을 끝내고

물러와 있는 저녁이나 밤의 시간이거나 적어도 '아침' 이전의 시간으로 추정된다. 화자가 위치해 있는 시간은 바로 이 시간이다. 따라서 예시한 두 번째 연에 나타나 있는 아침의 시간은 이제 막 다가올 미래의 시간으로 파악된다. 이 미래의 시간인 '아츰'은 '榮華'와 '幸福'의 시간으로 기대하고 있음을 알게 된다.

④는 2행으로 된 짧은 작품이지만 '밤'에서 '아츰'까지의 과정으로서의 시간이 잘 나타나 있다. 밤은 '고독'의 시간이고, 이 고독의 시간이 끝나는 시간이 밝은 '새 아츰'으로 드러나 있다. ⑤에서의 '아츰'은 '聖스러운 시간'으로 설정되어 있다. ⑥에서의 '아츰'은 '죽엄의 밤'이 지나간 뒤에 올 마래의 시간으로서 "파괴 뒤에 따르는 창조의 세계"11)에 대한 기대의 시간이다. 이 작품에서도 화자가 처해있는 시간은 '破壞의 暴君'을 만난 '죽엄'의 밤이다. 이러한 밤의 시간 상황 속에서 구슬처럼 빛날 아침의 시간을 꿈꾸고 있는 것이다.

이와 같이 김상용의 시에서는 화자가 체험한 회상의 시간, 혹은 화자가 처해있는 시간이 '밤'으로 설정되어 있는 경우가 허다하다. 또한 좋은 대조로 미래에 다가올 시간으로서 '아츰'의 시간 상황이 제시되어 있음도 함께 살펴보았다. '밤'의 시간 상황은 주로 불안, 죽엄, 배고픔, 슬픔, 고독 등 결성개념의 의미를 수반하고 있다. 반면에 미래에 대한 기대의 시간으로 나타나고 있는 '아츰'의 시간은 희망, 영화, 광명, 성스러움, 행복 등 적극개념을 수반하고 있음을 보았다.

요컨대 작품 내부에서의 화자가 경험한 과거의 시간으로서의 '밤'이나 화자가 처해있는 현실로서의 '밤'의 시간 설정은 월파의 시대 인식과 전혀 무관하지는 않는 것으로 여겨진다. 따라서 그의 시에서 주된 시간인 '밤'의 시간 상황은 식민치하의 사회 현실의 반영으로

11) 김학동, 앞의 책, 468쪽.

보인다. 그리고 '아츰'의 시간은 해방과 광복에의 염원으로서의 비전의 시간으로 볼 수 있다. 그러나 이 글에서 예시하고 있는 작품을 포함하여 그의 시에 나타난 모든 '밤'을 위와 같이 단정하는 것은 위험한 생각이다. 왜냐하면 그의 시에는 개인의 일생 문제와 결부된 시간 의식과 역사적 사회적 의미의 시간 의식의 복합성을 갖고 있기 때문이다.

3. 화자의 존재 공간과 의미

문학에서 공간의 문제는 여러 각도에서 다루어지고 있다. 먼저 문학 커뮤니케이션 과정에서 보면 작가의 관념과 심상 사이에서 생기는 '표현 공간', 그리고 작품과 독자의 감상행위에서 생기는 '전달 공간'을 상정하여 볼 수 있다. 또 하르트만의 갈래로는 실재 공간, 직관 공간, 기하학적 이념 공간이 있다. 실재 공간은 실재적 자연이 전개되는 차원으로서의 공간을 의미한다. 흔히 우리가 시각적으로 접하게 되는 그런 공간이다. 직관 공간은 자연을 직관하는 의식의 형식으로서의 공간으로 설명되고 있다.[12] 따라서 이러한 하르트만의 공간 개념을 문학 커뮤니케이션 과정에 다시 놓고 보면 실재 공간은 작가가 감각적으로 체험하는 대상으로서의 자연 그대로의 공간이고, 직관 공간은 작가가 실재 공간을 직관하는 부분적 공간인 것이다. 이렇게 작가의 직관을 거친 공간은 작가에게 체험의 공간으로 남게 된다. 그런데 이것이 의미를 갖게 되어 작품에 재구되거나, 작품으로 재구된 공간이 다시 독자에게 돌아와서 간접적 공간 체험을 갖게 될 때, 비로소 이념

---

12) 신상성·유한근, 『韓國文學의 空間構造』, 형성출판사, 1987, 15쪽.

공간으로 인식될 수 있는 것이다. 그러므로 문학 텍스트 내부에서의 공간은 작가의 직관 공간을 바탕으로 한 체험 공간의 상상적 재구성이라고 할 수 있다. 직관과 체험의 공간은 자연 공간의 질서에 바탕을 두고 있기 때문에 문학 작품에 나타나는 공간도 자연 공간의 질서를 바탕으로 한 변용된 세계임을 알 수 있다.

문학은 언어로 표현되는 예술이기 때문에 이러한 공간 지각이 언어로 표현되는 것은 당연한 일이다. 따라서 시 작품의 공간을 분석할 때에 일차적으로 시 작품을 발화로 보고 공간어를 조사·분석하는 방법을 생각하여 볼 수 있다. 공간어라고 하는 것은 인간의 지각 범주에 속한 공간을 나타낼 수 있는 언어 표현을 말한다. 가령 수평 공간을 지각하는 '앞', '뒤', '옆', '왼쪽', '오른쪽', '동서남북'의 네 방위, '멀다', '가깝다', '넓다', '좁다' 등을 들 수 있고, 수직 공간을 지각하는 '위', '아래', '높다', '낮다', '깊다', '얕다' 등을 들 수 있다. 또 입체 공간을 지각하는 '안', '속', '밖', '굵다', '가늘다', '길다', '짧다' 등을 생각할 수 있겠다. 이밖에 여기에서 파생되는 여러 가지 다양한 언어 표현을 포함하는 것이다. 이차적으로 이러한 공간어의 분석을 바탕으로 작품 내부에서의 공간의 구조를 분석하는 방법이 있다. 그렇지만 이 글은 서론에서 밝힌 바와 같이 문학 텍스트라는 메시지를 작가가 독자에게 보여주는 하나의 '유희 공간'으로 간주하기 때문에 텍스트 내부에서의 화자 또는 등장 인물이 어떠한 공간 상황에 처해 있거나 존재하는가를 주된 문제로 삼기로 한다. 그러면 김상용이 시를 통해서 보여주는 특징적인 공간을 세 가지로 나누어서 살펴보겠다.

김상용은 '전원시인'으로 일반에게 알려져 있다. 그것은 그의 대표적인 시가 '전원'이라는 무대 공간을 제시하고 있기 때문이다.

南으로 창을 내겠오.
밭이 한참가리
괭이로 파고
호미론 풀을 메지오.

구름이 고인다 갈리 있소.
새 노래는 공으로 드르랴오
강냉이가 익걸랑
함께 와 자셔도 좋소.

왜 사냐건
웃지요.

—「南으로 창을 내겠오」 전문

이 시는 마지막 연의 "왜 사냐건 / 웃지요."하는 '웃음'의 의미에 핵심이 있다고 한다. 이 '웃음'은 생을 관조하는 인생 태도를 가진 사람만이 갖는 웃음이라고 한다.[13] 이 시에서 화자의 발화는 현재가 아니라 미래를 화제로 삼고 있다. 미래에 행하게 될 화자의 행위는 다음 몇 가지로 나타난다. (1) 남으로 창을 냄, (2) 밭을 갊, (3) 호미로 풀을 맴, (5) 새 노래를 들음, (6) 강냉이를 먹음, (7) 웃음 등이다. 여기에서 청자와 함께 하고자 하는 행위는 (5)와 (6)이다. 이렇게 놓고 보면 이 시의 핵심이라고 하는 '웃음'은 화자의 행위 중 맨 마지막이다. 이러한 '웃음'의 행위가 유발되려면 화자가 존재하고 처하는 공간, 즉 창을 남으로 낸 집과 그 집을 둘러싼 밭과 하늘의 구름, 그리고 밭에서 무르익은 강냉이가 충족될 때 가능하게 된다. 그러므로 이 시에

---

13) 김환태, 앞의 책, 162쪽.
김학동, 앞의 책, 445쪽.

서 제시하고 있는 공간은 화자에게 있어서 미래의 전원공간이다. 따라
서 이 작품은 전원생활에 대한 동경을 나타내고 있다고 하겠다. 이밖에
도 월파는 전원의 공간을 제시하고 있는 몇 편의 작품을 남기고 있다.

들도 쉬고
재ㅅ빛 메뿌리의
꿈이 그대로 깊소.

瀑布는 다음 골(谷)에 두어
안개냥 '靜寂'이 잠기고 ……

―「서그픈 꿈」 중에서

人跡 끊진 山속
돌을 베고
하늘을 보오.

구름이 가고,
있지도 안은 故鄕이 그립소.

―「鄕愁」 전문

이와 같은 작품에서도 월파는 자신이 갈망하고 있는 고향의 전원
공간을 제시하고 있다. '서그픈 꿈'의 전반부만을 인용하였다. 이 부
분은 이 시가 보여줄 무대 공간을 소묘하고 있다. 뒤에 산과 숲이 둘
러져 있고, 돌 사이에서 샘이 솟아 냇물이 되어 흐르고, 그 다음에 들
이 있고 그 앞에 잿빛 산봉우리, 그 다음 골에 폭포가 흐르는 자연
풍경을 이 시의 배경으로 보여주고 있다. '뒤로 山'이라는 구절로 보
아 이 시에서의 화자는 산 앞에 처해 있음을 알 수 있다. 그리고 「鄕

愁」에서의 화자는 산속에 돌을 베고 누워서 하늘의 구름을 보고 있다. 이러한 자연 풍경이 화자를 둘러싸고 있는 하나의 공간 상황이다.

월파에게 있어서의 이러한 전원 공간은 항상 향수, 또는 자연에 회귀하고자 하는 모습으로 제시된다. 이것은 현실로부터 떠나 안온하고 정밀한 고향의 자연 속으로 회귀하고자 하는 '望鄕'의 의지를 형상화하는 것이라고 말할 수 있겠다. 그렇지만 이와 같이 '전원'의 공간을 제시한 작품은 그리 많지 않다. 월파가 남긴 작품들을 일별하여 보면 오히려 그가 처한 역사적인 암울한 현실을 상징적으로 보여주고 있는 공간을 설정하는 경우가 훨씬 많음을 발견할 수 있게 된다.

월파 김상용이 시를 통해서 보여주는 수평적 입체 공간은 크게 '안'과 '밖'으로 나누어서 생각하여 볼 수 있다. 먼저 작품 내부에서 화자가 화제로 삼고 있는 공간이 '안'인 경우를 몇 편 예시하여 보겠다.

   ① 나는 靜謐의 燈燭
     新婦없는 洞房에 잠그리라

                                —「반딧불」 중에서

   ② 달빛은
     처녀의 규방으로 들거라.
     내 넋은
     암흑과 짝진 지도 오래거니 —

                              —「마음의 조각(4)」 전문

   ③ 生의 '기리'와 幅과 '무게' 녹아,
     한낫 구슬이 된다면
     붉은 '독아니'에 더지리라,

                          —「마음의 조각(8)」 중에서

④ 자지러진 '로맨스'의 愛撫를
　　아직도 나래밑에 그리워 하는耆여!
　　蒼白한 꿈의 新婦는
　　골방으로 보낼 때가 아니냐?

—「굴둑 노래」 중에서

위에 예시한 작품에서는 '洞房' '규방' '독아니' '골방' 등의 공간을 화제로 삼고 있음을 볼 수 있다. 화자는 폐쇄된 내부 공간과 대칭되는 외부 공간에 존재하고 있다. 여기에 나타나 있는 화자의 행위는 (1) 靜謐한 燈燭(반딧불)을 洞房에 넣고 잠금, (2) 달빛에게 규방으로 들도록 명령(권유)함, (3) 구슬을 '독아니'에 던짐, (4) 新婦를 골방으로 보냄 등으로 정리된다. 이러한 화자의 행위는 공통적으로 밖(외부)으로부터 안(내부)으로의 방향성을 가지고 있다. 이와 같은 행위, 혹은 내부 공간(안)이 가지고 있는 의미는 '폐쇄'와 '갇힘'이거나 외부의 세계에 대한 부정적 인식으로 인한 일종의 '보호 행위'라고도 볼 수 있다. 이들 시에서의 화자는 밖(외부)의 공간에 존재하고 있기 때문에 화자의 행위, 혹은 내부 공간에 대한 의미는 화자가 존재하고 있는 밖의 공간에 대한 화자 자신의 인식과 매우 밀접하게 관계된다. 따라서 화자가 처해있는 외부 공간에 대한 상징적 의미를 살펴볼 필요가 있게 된다.

① 임금 껍질만한 熱情이나 있느냐?
　　'죽엄'의 거리여!
　　썩은 진흙 골에서
　　그래도 샘찾는 몸이 될가.

—「마음의 조각(2)」 전문

② 새벽 별을 잊고
　山菊의 '맑음'이 불러도
　겨를없이
　길만을 가노라.
　길!
　아— 먼 진흙 길
—「새벽 별을 잊고」 중에서

③ 그래 나는 떠는 안해 우는 어린 것들을 다라고
　눈보라치는 어느 날 저녁
　나의 갈든 땅을 잃고
　의지하는 집을 잃고
　빈 거리에 쫓겨나왔든 것일세
　그리하야 우리는 길잃은 양과 같이
　아니 눈쌓인 벌판우의 주린 이리와 같이
　살 길을 찾아 헤매었었네.
—「殺妻因의 質問(1)」 중에서

④ 진실로 이 해 온 눈만 쌓여있었드라니
　그래 나는 내 안해를 부르며
　내 딸 그리고 내 어린 놈을 부르며
　밤과 낮으로 거리를 헤매였드라니
　거리에는 안해도 만테 딸도 만테
　그리고 어린 놈들도 만테
　그러나 내 딸은 없데 내 어린 놈은 없데
　그리고 내 안해는 보이지 아니 하데.
—「殺妻因의 質問(2)」 중에서

　　월파에게 있어서 '밖'의 공간은 일반적으로 '길'이나 '거리'의 공간
으로 대표된다. 그는 많은 작품에서 '길'이나 '거리'의 공간을 제시하

고 있으며, 이러한 밖의 공간을 통하여 자신의 현실 인식을 보여주고 있다. 화자가 처해있는 '거리'의 공간은 불빛이 현란한 쾌락의 거리도, 햇볕이 따사로운 광명의 거리도, 환희가 넘치는 축제의 거리도 아니다. 그것은 죽엄의 거리요, 진흙의 거리요, 눈보라의 거리요, 절망과 비정의 거리다. 예시한 작품 외에도 이와 같이 '길'이나 '거리'를 작품 내부의 무대 공간으로 설정하고 있는 경우는 많다. 가령 「어미소」, 「물고기 하나」, 「颱風」, 「어이 넘어 갈가나」, 「적은 그 자락 더 적시우네」, 「무지개도 귀하것만은」, 「盟誓」, 「無題吟二首」, 「無題三首」, 「우리 길을 가고 또 갈까」, 「무제(5)」, 「旅愁(2)」, 「苦惱」, 「點景」 등과 같은 작품이 그러한 것들이다. 이와 같은 의도적인 공간 설정은 그의 작품 세계를 총체적으로 파악하여 볼 때 시인이 처한 당시(일제 시대)의 암울했던 시대 상황에 대한 상징적 반영으로 여겨진다.

4. 결론

이 글은 월파 김상용의 시에서 전반적으로 설정되어 있는 텍스트 내부의 특징적인 상황을 시간과 공간으로 나누어서 고찰해 봄으로써 그의 시세계의 일단을 이해하고자 하는 것이었다. 시에서의 시간과 공간은 언어로 만들어지는 비실제적이며 추상적인 상상의 시간이고 불가시한 공간일 수밖에 없다. 그리고 문학 작품은 어디까지나 시인이나 작가의 개인적인 체험을 바탕으로 하는 상상에 의한 우주 질서의 재현이나 모방이기 때문에 문학 작품 내부에 흐르고 있는 시간 상황과 내부에 설정되어 있는 공간 상황이 지니고 있는 의미도 작가와 독자가 공유하고 있는 기호값에 의해서만 전달되고 이해될 수 있는 것이다. 그러면 이러한 시각에서 지금까지 논의하여 온 것을 간추리는 것으로 結을 삼고자 한다.

김상용의 시에 흐르고 있는 시간의 대부분은 '밤'이다. 따라서 '밤'을 중심으로 '새벽' '저녁' 등의 시간 상황을 주시하여 보았다. 이러한 '밤'의 시간 상황은 절망, 비애, 죽음, 울분의 의미를 상징적으로 내포하고 있다. 그는 이러한 암흑의 시간을 현재 또는 과거의 시간으로 설정해놓고 앞으로 다가올 시간, 즉 기대의 시간을 '아침'으로 제시하여 놓았다. 미래에 대한 기대의 시간으로 나타나고 있는 '아침'은 희망, 榮華, 聖스러움, 행복 등의 적극 개념을 수반하고 있음을 알았다.

김상용의 시에서 보여주는 무대 공간으로 전원 공간을 살펴보았고, 한편으로 내부 공간과 외부 공간으로 나누어 고찰해 보았다. 그러나 전원 공간을 설정한 경우는 그리 많지 않았다. 내부 공간은 '洞房' '규방' '골방' 등의 폐쇄된 공간으로 '갇힘'과 '절망' 등의 의미를 수반하는 분위기를 조성하였다. 그리고 화자가 처해 있는 외부 공간은 주로 '길' 혹은 '거리'로 설정되었는데, 이것은 죽엄과 절망과 비정의 공간 상황을 연출해냈다.

따라서 월파 김상용을 단순히 '전원시인'이라고 파악하는 것은 소위 대표작이라고 하는 불과 몇 편의 작품에 대한 국부적인 이해에 의하여 이루어졌음을 알 수 있다. 총체적으로 볼 때 김상용의 시는 암울했던 일제 치하의 시대 상황을 반영하는 시니시즘과 저항의식을 저류로 깔고 있다고 하겠다.

VI. 관용과 화해의 시학 - 박홍원론

1. 서론

시인 박홍원은 1933년 전라남도 신안군 도초면 발매리에서 출생했
다. 목포사범학교를 거쳐 1956년 조선대학교 문학과를 졸업했다. 목포
사범 재학 시절부터 문학에 뜻을 둔 그는 대학에서 당시 문학과 교수
로 있던 시인 김현승을 만나면서부터 본격적인 문학 수업을 하게 된
다. 그의 문학적 재능을 눈여겨 본 김현승은 그를 특별히 지도하였고,
"현대문학"에 추천함으로써 문단에 데뷔하게 하였다. 박홍원의 초회
추천작은 「고행」, 「밤」(1959.6), 2회 추천작은 「수난 이후」(1960.8),
추천 완료작은 「종언을 보며」(1962.9)이다. 그는 이후에 「구두」(현대
문학, 1963.3), 「술과 나와 오늘」(현대문학, 1963.11), 「선인장의 역설」
(현대문학, 1965.1) 등의 수작을 꾸준히 발표하여 시단에서의 위치를
굳혀 갔다. 초회 추천을 문단 활동의 시작으로 보면 그는 2000년 1월
타계할 때까지 약 41년 동안 이 땅에서 시인으로서 창작 활동을 한
셈이다.

그는 평생 동안 6권의 시집을 펴냈다. 제1시집 『雪原』(예문관, 1969), 제2시집 『옥돌호랑이』(형설출판사, 1973), 제3시집 『나무 龍의 웅얼임』(시문학사, 1979), 제4시집 『날개펴는 老巨樹』(예원, 1991), 제5시집 『참대의 詩』(예원, 1994), 그리고 『朴烘元 詩全集』(도서출판 문원, 1999)이 그것이다. 마지막으로 낸 『박홍원 시전집』은 제5시집까지를 5부로 편제하여 전제하고, 6부에 제6시집 『꿈의 變奏』라는 이름으로 제5시집 이후 작품 34편을 싣고 있다.

따라서 이 글은 박홍원의 시세계를 통시적 계기 위에서 살피기 위해 시적 특성의 변전에 따라 세 시기로 나누어 고찰하고자 한다. 제1시기는 제1시집 『설원』과 제2시집 『옥돌호랑이』, 제2시기는 제3시집 『나무 용의 웅얼임』, 제3시기는 제4시집부터 그 이후의 시집으로 구획하였다.

2. 형식과 내용 조화시킨 중용 지향

문단에 얼굴을 내민 지 10년만인 1969년 9월 그는 첫 시집 『설원』(예문관)을 내놓았다. 이 시집에는 10년간의 노작 33편이 수록되어 있다. 그는 시집 『설원』 이후 4년만인 1973년 10월에 제2시집 『옥돌호랑이』(형설출판사)를 상재하였다. 이 시집에는 「부드러움」 등 30편의 작품을 싣고 있다. 이 두 시집에 실려 있는 작품들은 그가 추구한 초기의 시적 경향이 잘 드러나 있다.

김현승은 박홍원의 작품들이 "지니고 보여주는 가치에 상당한 평가를 받아야 마땅하다."면서 그의 시적 특질을 다음과 같이 적시하고 있다.

　　홍원의 시는 소재를 객관적인 사상(事象)이나 자연 가운데서 구하면서
도, 그 표현 속에 반드시 어떤 삶의 의미를 담고야 마는 것으로 특징을
나타내고 있는 것 같다. 그러면서도 그는 삶의 의미라는 사상적 깊이만
에 전념하거나 과열하지는 않는다. 시의 무게를 적당히 이룰 만큼 텃치
하고 있다. 아마도 그는 사상만을 디럽다 파지도 않고, 소재만을 가지고
가볍게 유희하지 않는 것 같다. 말하자면 형식과 내용이 조화된 중용의
길을 지향하는 것이 그의 독자적인 시세계라고 할 수 있을 것이다.[1]

　　이러한 김현승의 지적은 그의 시가 '사물시'이면서도 단순한 시적
대상에 대한 묘사에 그치지 않고, 항상 철학적 깊이를 지님으로써 형
식과 내용이 조화된 미적 질서를 갖추고 있음을 강조한 것이다. 김현
승이 파악한 박홍원의 시적 특질은 그의 전 시세계를 관류하고 있는
바탕일 뿐만 아니라, 그만이 가질 수 있는 시문법의 틀로 판단된다.
그는 언어 사용면에 있어서도 감정어나 관념어 어느 한 쪽에 치우치
는 일이 없고, 일상적 언어들을 그대로 쓰면서도 언어의 내포성을 잃
지 않음으로써 정서적 감동과 예술적 쾌감을 일으킨다.[2] 비평가들에
의해 그의 초기시 중에서 대표작으로 자주 거론된 작품은 첫 시집
"설원"에 맨 처음 실려 있는 '바람'이다.

　　태어나면서
　　빈 가슴을 채우고 있었다.

　　사랑과
　　미움이
　　너를 앞세우고 머리칼을 날렸다.

---

1) 김현승, 「序文」, 『雪原』(예문관, 1969), 14쪽.
2) 구창환, 「詩의 藝術性과 思想性」, 『조대학보』제7호, 조선대, 1974, 94쪽.

어느 아뜨리에에서 만났을 때
너는
비이너스의 주변을 서성이며
그 섬세하고 보드라운 線만큼의 공간에
비이너스를 앉혀 놓고 볼을 부비고 있었고.

어느 날의 황혼,
피아노의 건반에서
情炎을 뽑아 내며 몸을 비꼬던 너는
비어가는 포도주병 속에 들앉으며
게슴츠레한 눈으로 나를 유혹하기도 했다.

네가 침묵을 지킬 때
사람들은 말을 잃고
아름다운,
꽃들은 몸짓을 잃고
세상은
얼어붙은
시간의 빈터에서 고요히 잠들 것을,

나뭇잎에 눈짓을 주어
보이지 않는 제 생명을 살피고,
식은 가슴에서 불씨를 찾아내고

쉬임 없이 거리를 헤매는 너는
태어나면서
사랑과 미움을 잉태하고 있었다.

―「바람」 전문

‘바람’의 존재를 형상화한 작품이다. 이 작품은 바람을 의인화하여 화자가 청자인 '바람'에게 말을 건네는 담론 형식으로 짜여져 있다. 이러한 담론에는 몇 가지의 인지적 전제가 깔려 있다. 즉, '바람은 사람이다.'라는 은유를 깔고 있는 것이다. 이러한 은유에서 발전한 시적 연상은 '바람은 태어난다.', '바람은 잉태한다', '바람이 잉태한 것은 사랑과 미움이다.'라는 시적 명제를 가능케 하고, 바람의 존재와 시·공간과의 접촉을 조화의 시각으로 해석할 수 있게 한다.

천이두는 당시 월평의 제목을 숫제 "박홍원의 '바람'"이라고 붙이고 이 작품을 극찬하였다. 즉 이 작품이 한국시에 대한 불안감을 해소하게 하였을 뿐만 아니라, 오랜만에 좋은 한국시를 만났다는 기쁨을 주는 시라고 평한 것이 그것이다. 그는 이 시를 '어수선한 이미지의 바람'과 '잔잔한 리듬'을 내면화를 통해 조화시켜 통일된 질서 부여에 성공한 작품이라고 평가했다.[3]

강인한은 이 시를 두고 "자연에서 사상(관념)을 해석하고 단단한 구조로 형상화해 낸 서정시"라고 전제하고, "박홍원의 초기시는 부드러운 감성으로 단단한 시적 구조를 형상화하는 미학에 충실하다. 그것은 그를 문단으로 안내해 준 스승 김현승 시인의 시풍과 무관하지 않게 보인다."라고 하였다.[4] 이와 같은 강인한의 주장은 상당한 설득력을 지닌다. 왜냐 하면 김현승의 시적 특질이라고 할 수 있는 실존의 문제를 다루는 내용적 측면과 관념을 형상화하는 기법적 측면이 박홍원의 초기시에서 발견되기 때문이다.

　　이 면밀한 侵攻.

---

3) 천이두, 「박홍원의 바람」, 『현대문학』, 1970. 1.
4) 강인한, 「眞實의 언어에서 朝鮮民畵의 세계까지」, 『문학전남』제5호, 2000. 봄호, 141~142쪽.

깨어난 안개의 모의는 은밀하여
나슬나슬 풀리는 꿈빛 얼굴들,
그림자마저 없는
戰線이 펼치인다.

바람과 어둠이 접선하여
소리 없이 속삭이는 언덕에서
불붙는 눈,
高地에 기어 오르고
계곡을 더듬어 내리고,
싸우면서 생산하는 城郭 안에
희생은 언제나 합법이었다.

―「안개」 중에서

이 작품은 안개가 낀 모습을 그린 것이다. 안개가 끼어 오는 현상을 '전쟁'으로 은유화하여, '침공', '전선', '접선', '고지', '싸우면서', '희생', '합법' 등의 시어들을 동원하여 구조화하고 있다. 안개 끼는 자연 현상을 단순히 묘사하는 것이 아니라, 은유적 전제를 통해 독자를 철학적 사유의 길로 인도하고 있다. "싸우면서 생산하는 城郭 안에 / 희생은 언제나 합법이었다."의 구절에서 비로소 시적 의미를 터치하여 시 전체가 중용의 무게를 유지하게 한다.

이처럼 그의 작품이 김현승의 지적대로 '중용의 길을 지향'하는 것은 서정주의에 기반을 둔 그의 시관에 기인한다. "시적 감동은 시의 효용성과 예술성의 상승작용 내지 그 유기적 조화에서 얻어진다."고 본 것이 그의 시관이다. 따라서 그는 "시가 언어예술임에는 틀림이 없지마는 인간의 현실이나 이상을 도외시해서는 아니되며, 반면에 시가 인류 문화와 사상을 토양으로 하고, 시대적, 사회적 열망을 표현한

다할지라도 정서적 감동을 배제하고서는 시로서의 가치는 희박해 진다."고 하여 서정성의 배제를 경계하고 있다.[5]

위에 예시한 '바람'을 통해서도 알 수 있듯이, 박홍원의 초기시에서 드러나는 전반적인 특징은 사물의 존재 가치를 투사적 기법을 통해 새로운 이미지로 창출해 내고 있는 점이다. 특히 그의 이러한 사물에 대한 미학적 해석은 인간의 존재와 사물의 존재를 등가로 보고 있기 때문에 가능한 것이다. 그는 우주적 시공간의 변화에 따른 존재의 변전을 불교적 세계관을 통해 간파하고 있는 것이다.

3. 실어증 시대의 알레고리 언어

박홍원은 1979년 제3시집 『나무龍의 웅얼임』(시문학사)을 내놓았다. 제2시집 『옥돌호랑이』(형설출판사, 1973) 이후 6년만의 일이다. 이 시집은 6년간의 작품 31편을 1부에, 그의 기존 시집 두 권에서 각각 13편씩을 골라 2,3부에 싣고 있어 그 시점에서의 시적 발자취를 한 눈에 볼 수 있도록 꾸며졌다.

제3시집에서 그의 시적 관심은 초기와는 약간 다르게 변모되고 있음이 눈에 띈다. 그것은 바로 사회 상황에 대한 관심과 문명 비판적 경향이 드러나 있는 점이다. 박철희는 이 시집의 시들이 "쉽게 읽히면서 뇌리에 쉽게 사라지지 않는 것은 그것이 단순한 자기 탐닉이 아니라, 엄연한 현실을 지닌 세계임을 증언"한 것이라고 말한다.[6] 이러한 조용한 변화는 유신 시대 초기에 나온 제2시집의 「옥돌 호랑이」,

---

5) 박홍원,「후기」,『나무龍의 웅얼임』, 시문학사, 1979, 162쪽.
6) 박철희,「失語症時代의 詩 -朴烘元의 詩世界」,『나무龍의 웅얼임』, 157~158쪽.

「양심의 근대화」등 일련의 작품에서 조짐이 이미 보였던 것이다. 이러한 변화를 김종은 "삶의 문제에 대한 보다 풍부한 光明性과 所望의식을 형상화시키는 노력"으로 보고 있다.[7] 그러나 그의 시는 서정적 목소리를 변성시키지는 않는 범위에서 예술성의 수위를 조절하고 있는 점이 특징이다.

> 월출산 숲속의 방울새 소리가
> 아직도 새벽이면 귓속에서 구르고
> 초여름 산의 미소가 가슴에 서려
> 지금도 신새벽이면 내 눈을 띄우는데,
> 심각한 몸짓말의 바위들도 다 두고
> 이목구비 다 잘리고 개울물에 씻기고
> 썩을 대로 썩다 남은 동백나무 등걸,
> 그 지지리도 못난 등걸 하나 업어 온 게
> 용으로 태어나서 입을 열었다.
>   -중　략-
> 어떤 기대 속에 요놈을 끌어다가
> 용호상박 되뇌며 맞붙여 놓았다.
> 청룡의 분노에서
> 백호의 용맹에서
> 오랜 동안 잃었던 시인의 말 찾아질까?
> 한 번 맞붙여 놓아 보았다.
> 천동 지동 치리 … 조마조마하며
> 문 꼭꼭 닫아 걸고 맞붙여 놓았다.
>
> 그러나 세상엔 아무 일도 없었다.
> 천왕봉의 영물스런 돌이나 가져올 걸 …

7) 김　종, 「詩의 光明性과 所望意識-朴烘元論」, 『인문과학연구』제4집, 조선대, 1982, 111쪽.

세상은 말이 없이 해가 뜨고 달이 떴다.
용맹의 긴 수염 거세된 호랑이
정의의 혀끝도 굳어버린 나무용.
요놈들을 아예 내 쫓아 버릴까 하는데,
문득 나무용이 웅얼이었다.
"현대의 용호는 입다문 군자야."
"현대의 군자는 이목구비가 없어야 해."

—「나무龍의 웅얼임」 중에서

　이 시는 무생물인 '동백나무 등걸'을 '용'이라는 상상의 동물로 활유화하고, 이를 다시 의인화하는 과정을 거쳐서 그 시대를 살아가는 지식인의 모습으로 알레고리화하고 있다. 이러한 작품은 역사주의적 시각에서 문학 외적 문맥을 살피지 않으면 안 된다. 박정희의 유신독재가 극에 달하던 시대라는 당시의 사회적 상황을 감안하지 않고는 이 시의 진의를 파악할 수 없기 때문이다. 이 시에서는 '방울새 소리'의 자유와 '심각한 몸짓말'을 하는 바위, 그리고 여기에 대비되는 '정의의 혀끝도 굳어버린 나무용'의 사회적 의미를 살펴야 한다. 그리고 '문 꼭꼭 닫아 걸고 맞붙여' 놓은 '용호상박'으로나마 카타르시스하려는 화자의 심경과 나무용의 발화로 드러나는 패러독스의 의미를 파악해야 한다. 이토록 그는 여러 가지 시적 장치를 통해 그 시대를 살아 온 '지지리도 못난' 지식인으로서의 자아를 확인하고, 언론이 죽고 자유가 죽은 독재 시대에서의 지식인의 고뇌를 작품을 통해 토로하고 있다.

　'나무용'은 유신 시대 언론의 알레고리라는 점에서 유신 초기에 쓴 '옥돌 호랑이'의 시적 발상, 시적 의도와 궤를 같이 한다. 어쩌면 옥돌호랑이의 속편이라 해도 무방할 것이다.

내 옥돌 호랑이는 아가리만 벌린 채
혀가 굳고 소리가 거세되어 버린 것이 아닌가.
어찌된 일인가고 눈 여겨 보니
이 놈은 또 선택의 자유를 빼앗겼는지
고개가 한 쪽에 고정된 채 하품만 하고 있는 것이었다.

—「옥돌호랑이」 중에서

「옥돌호랑이」는 박정희의 유신 헌법이 공포된 후 국민이 정부를 선택할 권리를 빼앗아 버린 시대 상황에 대한 지식인으로서의 고뇌를 표출한 것이다. 그는 포효해야 할 존재인 호랑이가 소리는 거세되고, 시선은 편향적으로 고정되었다는 진술은 유신 독재 시절 언론과 지식들이 제 역할을 못한 것에 대한 강렬한 비판이 아닐 수 없다.

「옥돌호랑이」와 「나무龍의 웅얼임」은 크게 두 가지 면에서 유사하다. 하나는 무생물을 시적 대상으로 하여 시인의 시대적 고뇌를 알레고리화한 점이고, 둘은 화자의 '서재'라는 폐쇄 공간을 설정한 점이다. 그러나 시의 말미를 「옥돌호랑이」는 '연암'이라는 인유를 내세워 선비 정신에 대한 의지를 다지고 있고, 「나무龍의 웅얼임」은 패러독스로 마무리하고 있는 점에서 각각의 특성을 보여 준다. 시집의 표제를 "옥돌호랑이"와 "나무용의 웅얼임"으로 붙인 것은 시인 자신이 이러한 비판적 의도에 힘을 싣고 있음을 짐작할 수 있다.

그의 시는 전반적으로 흥분하지 않는 잔잔한 목소리 속에 강하고 날카로운 메시지를 담고 있는 점이 돋보인다. 그는 초기부터 견지해 온 개성적 특성인 서정주의를 바탕으로 한 미학적 장치의 다양화를 통해 시적 완성을 추구해 가고 있기 때문이다. 신봉승이 일찍이 박홍원의 시 「수난이후」를 들어 "현대를 바로 인식한 진정한 현대시의 갈 길"이라고 평한 것은 바로 이러한 그의 시적 특성을 갈파한 것이다.[8]

4. 관용과 화해의 시세계 구현

1979년 제3 시집 『나무龍의 웅얼임』 이후, 80년대의 어둡고 긴 터널을 지나 90년대 벽두에 서서야 시인 박홍원은 한 권의 시집을 내놓을 수 있었다. 제4시집 『날개 펴는 노거수』(예원, 1991)가 그것이다. 이 시집은 제1부 '내 가슴 널빤지에', 제2부 '차마 못한 말 한마디', 제3부 '뿌리의 계단을 오르며', 제4부 '지산동의 아침'으로 구성되어 있으며, 총 74편의 시편들이 실려 있다. 이로부터 3년 후에 제5시집 『참대의 시』(예원, 1994)를 펴냈다. 이 시집은 제1부 '무등산 자귀나무', 제2부 '노거수의 언어', 제4부 '나랏말씀을 위한'으로 이루어져 있으며, 총53편의 작품을 묶은 것이다.

이 시집들에 담겨 있는 그의 시정신을 한 마디로 말하면 '역사와 시대 인식의 서정적 표출'이다. 한편 그의 시에서 돋보이는 기법적 특징은 시간과 공간의 넘나들기이다. 다시 말하면 과거에서 현재로, 고향에서 도시로 넘나들며 새로운 이미지를 창조해 내고 있는 것이 그의 시작법의 큰 특징이라고 할 수 있다.

바닷가
긴 잔등
문바위로 가는 길
모진 목숨으로 뻗는 찔레가
파도 소릴 끌어안아 출렁인다.

금남로
긴 잔등

---

8) 신봉승, 「현대와 시와 인식」, 『현대문학』, 1960. 11.

민주화로 가는 길
들찔레 푸른잎이 형형한 눈을 뜨고
맺힌 울부짖음 파도로 깨어난다.

웅달과 양달이
한 뿌리인 찔레넝쿨
뙤약볕에 눈송이 핀
바닷가의 긴 잔등

마음이 한 뿌리인
찔레 같은 사람들
뜨거운 가슴으로 파도를 일으키는
성난 거리의
긴 잔등.

―「긴 잔등」 전문

이 시에서 보이는 것처럼 '긴 잔등'의 공간은 두 개의 이미지가 오버랩 되어 있다. 과거 체험의 공간인 '바닷가 긴 잔등'과 현실 인식의 공간인 '금남로 긴 잔등'이 그것이다. 80년 5월의 상징인 금남로의 이미지에 바닷가의 긴 잔등에 뻗어 있는 강인한 들찔레의 시각적 이미지와 파도 소리의 청각적 이미지를 가져 온 것은 공간과 시간의 넘나들기 기법이다. 이러한 기법은 '꿈과 신발' '꿈덤불에 들다' 등에서는 꿈과 현실을 넘나들기도 하고, '허·거·참' '쑥·마늘' '단상'에서처럼 하늘과 땅, 이승과 저승, 현실 사물과 역사의 시·공간을 넘나들기도 한다. 박철희의 말대로 그의 시가 "행복한 과거로 퇴행하지 않는" 이유가 바로 여기에 있다.[9] 다음 작품에서도 이러한 기법적 특성을 확인

---

9) 박철희, 앞의 글, 159쪽.

할 수 있다.

　　세상에 이런 일도 있나
　　鎭安의 馬耳山 골짜기
　　화암굴 은밀한 데 들어가
　　무릎 꿇고 엎드려야 겨우 미치는 곳
　　모조품 표주박으로 간신히 떠올린
　　藥水 몇 모금 마셨더니

　　하늘 저멀리
　　新安의 牛耳島 물푸레나무들이
　　날개를 치며 산을 넘어오고
　　십여 년 전에 세상뜬 고향 친구
　　'기러기 울어 예는 하늘 저멀리'
　　영락없이 코먹은 소리로
　　노래를 부르며 다가오는 얼굴

—「影像」 중에서

　'진안'과 '신안', '마이산'과 '우이도'의 지명의 유사성에 착안한 '비교적 진술' 방법이다. 진안의 마이산에서 신안의 우이도로, 현실에서 과거의 추억으로 공간과 시간의 넘나들기를 통해 이미지를 만들어내고 있다.

　아무튼 90년대에 내놓은 두 권의 시집에 나타난 주제적 특질은 '광주정신'에서 찾을 수 있다. 그는 역사의 산마루에 서서 80년대의 험준한 산골짜기를 바라보며 진정한 '광주 정신'을 노래한 것이다. 이것은 그가 체험한 "80년대의 국가적, 지역적, 학내적 소용돌이"와 "인생의 파국적 상황"이 가져다준 비틀거림과 곤혹스러움을 극복하고 난

후에 비로소 가능한 '광주'에 대한 역사적 해석이요, '광주'에 대한 사랑의 한 방식이다. 그는 광주 정신을 "더러는 넘어져 두 동강 나고 / 짓눌리고 밟혀도 버티는 뚝심 / 더러는 뒹굴다가도 무릎 세우는 슬기"와 "할 일 하고 안할 일 안하는 지조"('서석대')로 파악하고 있다. 그런가 하면 그는 "멀리서 바라볼 땐 / 안풀리는 수수께끼이다가 / 세월인가 네월에게 할퀸 상처이다가 / 정작 가까이 가면 딴전을 부리는 너덜경 / 석기시대의 생수를 흘려낸다."('너덜경')고 하여 "무등산의 참모습" 중의 한 가지를 "방구데미"에서 흘려내는 끊임없는 사랑 생산 행위에서 찾기도 한다. 따라서 그가 파악한 '광주정신'은 '뚝심', '슬기', 그리고 '지조'를 기저로 한 관용과 화해임을 알 수 있다. 이러한 시적 특성을 두고 박진환은 "단순한 素材主義나 로칼리티에 머무르지 않고 이를 광주정신, 광주 혼, 광주의 힘이나 의지, 슬기 등으로 승화시켜 형상화해냄으로서 光州 시인다운 면모를 보여주고 있다."고 평가했다.[10]

박홍원이 희구하고 있는 세계관은 조화의 세계다. 그는 많은 시편들에서 대립되는 관념의 변증법적 조화를 추구하고 있다. 즉, 화합과 갈등, 응달과 양달, 만남과 헤어짐, 사랑과 미움, 눈물과 웃음 등 무수한 대립 개념들이 그의 시 속에서는 탁월하게 융합된다. 이러한 조화의 세계가 창조되는 것은 그가 갖고 있는 인생과 세계에 대한 관조적 태도에서 기인한 것으로 보인다.

---

10) 朴鎭煥, 「現代詩 技法에 충실한 形象美學」, 『참대의 詩』, 예원, 1994, 164~165쪽.

5. 결론

박홍원은 41년간의 시업을 통해 현대시의 한 방향을 뚜렷이 보여
주었다. 그것은 서정주의에 입각한 정서적 감동, 인간의 현실과 이상
에 관심을 갖는 사회성, 이 둘의 조화를 지향해야 할 시 창작의 당위
성을 말한다. 그의 시 세계는 초기의 존재론적 사유와 이미지 생산의
조화에서 출발하여, 비판적 사회의식과 역사의식의 반영, '광주 정신'
의 시적 구현 등으로 이어짐을 살폈다. 이러한 그의 시 세계의 통시
적 흐름의 밑바탕에 자리하고 있는 것은 인생과 세계에 대한 관조적
태도이며, 조화를 통한 세계와의 화해 정신임을 알 수 있었다.

만년의 그의 시는 이미 생사를 초탈한 듯 보인다. "정적은 순간의
끝이요 / 영원의 시작임을 / 온갖 소리로 하여 나는 안다. / 누구나
한 번은 맞이할 그 靜寂"('靜寂은 끝이요, 永遠이다')의 시구에서처
럼, 생사를 초탈한 그는 이제 그 '정적'이 되어 영원 속으로 들어갔
다. 그가 저승의 김종문 시인에게 보내는 메시지는 "시를 보는 밝은
눈 / 흙에 묻혀 싹트면 / 그대 이름 새로이 / 피어나지 않으리 / 시인
은 결코 죽지 않는 법/ 다만 기나긴 침묵만이 있을 뿐."('저승의 金宗
文 詩人께 이승에서 보내는 和答詩')이라는 것이었다. 이승에서 저승
으로 그가 보낸 이 메시지를 박홍원, 그가 저승에서 받아 보고 있을
지도 모른다. 시인의 죽음은 기나긴 침묵일 뿐, 결코 죽음이 아니라는
것을 일찍이 깨우친 그가.

* 이 책에 실린 글이 발표되었던 지면은 다음과 같다.

Ⅰ. 한국 현대시의 흐름, 『한국어문학』,조선대 출판국, 1997.

Ⅱ. 오장환 시 연구, 전북대학교 대학원 박사논문, 1994.2.

Ⅲ. 여상현 시 연구, 『國語文學』제 33집, 국어문학회, 1998.8.

Ⅳ. 未堂 徐廷柱 詩의 傳統性 推移, 『人文科學硏究』제6·7집, 조선대, 1985

Ⅴ. 金尙鎔 詩에서의 時間과 空間의 의미, 『人文科學硏究』 제11집, 조선대, 1989.

Ⅵ. 관용과 화해의 시학 - 박홍원론, 『우리시대의 시인연구』, 시와사람사, 2001.

* 저자 약력

백수인(白洙寅)

　전남 장흥에서 출생했다. 조선대학교 국어교육과와 대학원 국어국문학과를 졸업했다. 전북대학교에서 문학박사학위를 받았다. 1982년부터 현재까지 조선대학교 국어교육과 교수로 재직하고 있다. 국어국문학회 이사, 한국언어문학회 이사, 현대문학이론연구회, 한국시학회 이사로 있다. 저서로는 '대학문학의 역사와 의미'(국학자료원, 2003), '기봉 백광홍의 생애와 문학'(시와사람사, 2004) 등이 있다. '민주화를 위한 전국교수협의회' 공동의장, (재)5·18기념재단 이사, 지역문화교류호남재단 이사 등 여러 사회문화단체에서 일했다. 문단에서는 시인, 평론가로 활동하고 있다.

www.sibaek.com/e-mail:sibaek@chosun.ac.kr

소통과 상황의 시학

인쇄일 초판1쇄 2007년 4월 16일 / **발행일** 초판1쇄 2007년 4월 30일 / **지은이** 백수인
발행처 국학자료원 / **등록일** 2006. 11. 02 제324-2006-0041호 / **영업** 정구형
총무 한선희 / **편집** 이초희, 박지혜, 김나경 / **인터넷** 이재호 / **물류** 박지연, 김종효, 박홍주

서울시 강동구 암사동 463-25 2층 / Tel : 442-4623~4 Fax : 442-4625
www.kookhak.co.kr / E-mail : kookhak2001@hanmail.net
ISBN 978-89-92517-12-6 *93810 / **가 격** 14,000원